COLLECTION FOLIO

Stefan Hertmans

Le cœur converti

Traduit du néerlandais
par Isabelle Rosselin

Gallimard

Stefan Hertmans, né à Gand en 1951, a publié plusieurs volumes de prose, d'essais et de poésie, puis a connu son premier succès international avec *Guerre et Térébenthine*, sélectionné pour le Man Booker International Prize et traduit dans vingt-quatre langues.

Ce livre s'inspire d'une histoire vraie. Il est le fruit à la fois de recherches approfondies et d'une empathie créative.

מניו

Pour la femme qui embrassa une maison

... le non-temps emprunte la forme du présent et de l'actuel[1].

THOMAS MANN,
Joseph et ses frères

1. Traduction empruntée à Louis Vic, Gallimard, 1935, p. 28. (*Toutes les notes sont de la traductrice.*)

I

LE MONT DE JUPITER

1

Il est tôt le matin, les premiers rayons de soleil apparaissent au-dessus de la crête de la colline.

Depuis la fenêtre qui m'offre une vue sur la vallée, je vois au loin deux personnes approcher. Elles doivent venir des hauteurs de Saint-Hubert, d'où l'on peut contempler aussi bien le sommet du mont Ventoux que la vallée de Monieux ; elles ont sans doute marché un moment à travers la chênaie clairsemée sur ce plateau où rôdent les loups.

Le célèbre Rocher de cire – ce mur monumental au-dessus duquel essaiment les abeilles, inaccessibles là-haut, et qui se couvre littéralement de gouttes de miel faisant luire la pierre sous le soleil estival – est encore là, massif inabordable, désolé, noyé dans la brume matinale. Les deux personnes ont vu tout cela et sont passées à côté en silence.

La lumière éclaire de biais les silhouettes encore minuscules. Depuis le mas aujourd'hui appelé La Plane, qui tel un chien de garde se dresse au-dessus de la vallée, elles descendent péniblement la route sinueuse longeant la rive gauche de la rivière – qui est à droite de leur point de vue, car elles se déplacent en sens inverse du courant. Je les vois surgir et disparaître, selon qu'elles sont visibles entre les arbres ou cachées derrière. Quand les deux marcheurs arrivent dans les pâturages en pente, ils descendent un peu plus vite. De là-bas, ils aperçoivent, perchée en haut de la paroi rocheuse, la tour à moitié terminée, un repère qui inspire confiance. Tandis que le soleil monte, éclairant la vallée en contrebas, ils voient le village s'éclaircir ; les maisons en pierres sèches se distinguent à peine dans la pénombre, le village semble se détacher comme par miracle du flanc de la montagne et prendre forme sous la lumière. Comme si quelqu'un écartait un grand rideau pour offrir à la vue un paysage assoupi.

Le bleu de l'aube se dissipe rapidement. Les teintes jaunes et grises prennent le dessus. Un souffle d'air chaud chasse les derniers nuages, les transformant en galets géants vaporeux dans un ciel violet ; le voile blanc de brume au-dessus du cours de la rivière se dissipe à vue d'œil. Déjà une nuée de guêpiers virevolte au-dessus des toits.

Quand le couple se rapproche de quelques centaines de mètres, je remarque que l'homme avance en s'appuyant sur un bâton de bois grossier. La femme boite, elle a visiblement du mal à marcher. Tous deux ont l'air épuisé. La femme s'est-elle foulé la cheville sur un sentier impraticable dans les hauteurs, souffre-t-elle du frottement de ses chaussures, et des longues et pénibles journées de marche ? J'ajuste mes jumelles et constate qu'elle est enceinte, à un stade avancé. L'homme porte une large vareuse et une sorte de chapeau primitif. Parfois il aide la femme à enjamber un obstacle en la tenant par le coude. Un deuxième homme avec un grand sac sur le dos surgit derrière eux. Il suit leurs pas et guide une mule.

À quelle heure se sont-ils levés ce matin ? Le froid les a-t-il sortis de leur sommeil tandis qu'ils dormaient sous un arbre ? Se sont-ils éveillés dans une auberge ? Le chant des rossignols continue de s'élever des buissons près de la rivière dans le magnifique silence de ce matin printanier. On les entend d'ici pousser leurs trilles mélodieux et délirants. Quand le soleil domine la colline, une chouette apparaît, planant sans bruit au-dessus des chênes tordus puis disparaissant jusqu'au soir suivant. Calme intemporel ; hurlement lointain d'un chien-loup ; appel monotone d'un coucou voletant à travers les bois solitaires près de Saint-Jean. Durant les heures matinales, le paysage exhale une odeur divine, il respire une beauté surnaturelle. En ce matin de printemps tous les iris sont ouverts, le merisier est en fleur, le romarin couvert de petites fleurs de couleur vive, les senteurs de thym s'élèvent avec la chaleur de la rosée. Chaleur de la rosée, Hamoutal : le prénom juif de cette femme me vient à l'esprit.

Je sais qui ils sont. Je sais qui ils fuient.

J'aimerais les accueillir ici chez moi tous les deux, leur proposer un réconfort qu'ils ne connaissent peut-être pas encore, une tasse de café par exemple. Où peuvent-ils habiter, maintenant que leur maison n'existe plus depuis mille ans déjà et que la partie médiévale du village a disparu sous les herbes et les arbrisseaux ? Ils risquent à tout instant, frémissant à la vue de leur premier véhicule motorisé, un arrêt cardiaque qui pourrait déclencher chez la jeune femme un accouchement prématuré.

Le couple entre en clopinant dans mon village.

Je m'éveille en sursaut de ma rêverie. Je ferme la fenêtre, allume un feu pour chasser la fraîcheur matinale, me prépare un café. De temps à autre, je suis pris d'une envie insensée de regarder par la fenêtre. Les taches de soleil se déplacent sur le vieux carrelage ; c'est une journée vide, tranquille.

*

Ce village s'appelait autrefois le mont de Jupiter : Mons Jovis. Après l'occupation au néolithique des grottes situées plus loin, des pierres brutes furent pour la première fois entassées ici, longtemps avant le début de cette ère. L'image se perd dans la nuit des temps, mais peut encore se discerner en regardant les maisons très anciennes du village à présent en ruine, un peu plus haut. Dans la vieille chapelle au bord du ravin, on a trouvé jadis une pierre présentant des inscriptions latines, dédiée à Mars Nabelcus, une divinité vénérée par les Romains dans cette région.

Au Moyen Âge les maisons primitives, dispersées parmi des rochers et de grands chênes rendant l'accès difficile, étaient protégées par la haute paroi, un mur naturel de près de cent mètres. Parfois on découvre encore d'anciennes caves au milieu des herbes sèches, des broussailles et des pierres recouvertes de thym. Ces profondes cavités sentent le moisi et la terre, même durant les chaudes journées. Là, dans cet endroit sauvage envahi par les ronces et les vesces desséchées où je viens souvent rêver en plein jour, il y avait autrefois une chambre où l'on naissait et où l'on mourait.

Vers le dixième siècle, les puits profonds en dessous de certaines caves furent à l'origine de violentes rancœurs. Pendant les périodes de grande chaleur – les fameuses *canicules**[1] –, l'eau stagnante empoisonnait les habitants. On accusait et torturait les vagabonds, ne fût-ce que pour perpétuer le principe de sacrifice. Là-bas sur les hauteurs, balayées par les *rafales** de mistral et de tramontane, des bâtisses branlantes tournaient leur dos sans fenêtre au vent, ce qui leur permit de résister pendant des siècles. Elles n'étaient pas fondamentalement différentes des constructions primitives en pierre, les *bories**, que les bergers édifiaient sur le plateau aride ou dans les bois de chênes. À l'époque déjà, pour regarder au dehors, on ménageait dans la pierre un simple trou que l'on bouchait en hiver avec de la peau d'ours ou de renard, parfois avec une vessie de porc tendue.

Les maisons du Moyen Âge étaient construites sur d'étroites parcelles au sol instable. Pesants, montés à la hâte, les murs d'un mètre d'épaisseur s'appuyaient les uns contre les autres. Ils ont pris de la hauteur au fil du temps, sans que le

1. Les mots en italique suivis d'un astérisque sont en français dans le texte.

savoir-faire des bâtisseurs ait beaucoup évolué. Nombre de maisons ont donc commencé à s'effondrer dès la fin du dix-huitième siècle. Il n'en reste que des tas de pierres pittoresques, recouverts de vigne sauvage qui en octobre se teinte de rouge. Depuis des lustres, les constructions qui ont subsisté inclinent leurs lourdes et étroites façades comme des petits vieux penchés sur leur canne. On a remplacé par du ciment le liant d'argile et de sable qui s'était réduit en poudre. Les vieilles jambes de force en chêne et les contreforts improvisés ont été consolidés avec du béton, les maisons tiennent debout grâce à des tirants métalliques glissés entre les murs et maintenus par des écrous, agrémentés d'ancres en fer forgé qui ressemblent parfois aux pinces d'un scorpion.

*

On peut comprendre que les deux amoureux soient venus ici. Le village a souvent servi de refuge aux personnes de passage et aux fugitifs. Les juifs au onzième siècle, les huguenots au dix-septième. Lorsqu'un lieu a une réputation de tolérance, il est connu des vagabonds. Au dix-huitième siècle, quand le village est mentionné dans les annales sous le nom Monilis, la commune comptait près de mille habitants. Les ruelles étroites surpeuplées, sans éclairage, étaient sinistres durant les rudes hivers à sept cents mètres d'altitude, mais fraîches au cours des longs mois d'été torrides. Dans les rigoles s'accumulait la crasse dont se nourrissaient les rats, qui quant à eux alimentaient les puces, et celles-ci la peste. Les premiers cas de peste dans la région sont décrits au quatorzième siècle. Quatre siècles plus tard, lors de la grande épidémie importée via Marseille, le mur de la peste fut édifié : d'épais entassements de pierres sèches étroitement surveillés. Quand des fugitifs essayaient de les franchir à l'insu des soldats, on les frappait à mort. Les détrousseurs de cadavres parcouraient le pays pour dépouiller de leurs dernières possessions les morts gisant à terre. Ils s'enduisaient d'une substance faite de thym, de romarin, de lavande et de sauge. La superstition faisait le reste : apparemment le produit préservait les bandits d'une contamination. J'ai d'ailleurs entendu un jour une vieille femme appeler ce mélange d'herbes devenu classique les *quatre bandits**. Le mur de la peste est à peine à quelques kilomètres d'ici, recouvert d'herbes et de plantes aromatiques.

Pendant des siècles, cette région rude s'est fièrement opposée au centralisme parisien. La population s'est peu à peu mélangée. Espagnols, Marocains et Italiens, matelots égarés venus de Marseille, ont engendré des enfants auprès de beautés locales issues de ces collines arides, désolées. Sous la brise printanière, les miséreux s'asseyaient les yeux larmoyants parmi les iris sauvages, les coquelicots et l'épeautre humblement semé. Leurs enfants avaient les pieds rugueux, arqués, le regard farouche, la peau abîmée. Parfois une bande de pillards passait, fracassait ici et là le crâne d'un berger contre un mur, violait quelques femmes et prenait, une fois que la peur avait resserré son étau sur le village, tout ce qu'elle voulait.

Puis disparaissait de l'autre côté de la colline, laissant libre cours au vent, au soleil, au silence, à l'angoisse et aux prières.

Ainsi le village, tel un vagabond d'une époque reculée, entre dans le vingt et unième siècle. Pratiquement rien n'y a changé ; tôt les matins de printemps, les bergers et leurs troupeaux qui dégagent de la chaleur continuent de passer par la rue principale, le claquement des fins sabots et le léger tintement des clochettes aux notes variées ne sont pas fondamentalement différents de ce qu'on entendait à l'époque où Virgile écrivait sa poésie bucolique ; une traînée de crottes et de touffes de laine reste sur l'asphalte tandis que les animaux se bousculent et que les agneaux caracolent nerveusement. Le facteur dans sa petite fourgonnette attend patiemment en fumant une cigarette que le troupeau sorte du village. Dans la vieille église romane, on célèbre encore la messe. Les croyants chantent un peu faux, comme il se doit pour les chants dévots.

L'hiver, le village reste parfois bloqué plusieurs jours par la neige. Les habitants vivent alors des réserves de leurs caves et de leurs congélateurs. Pendant les longs étés chauds, la nature est rude, écrasante, la sécheresse consume le sol, la lavande est récoltée et une odeur de feu plane sur le plateau quand l'huile précieuse de la plante est pressée. Les saisons intermédiaires sont les plus belles ; la terre reprend alors son souffle et les abeilles sauvages bourdonnent dans les vignes. Par le passé il a été envisagé de construire une voie ferrée à travers ces gorges d'aspect préhistorique, dans le lit capricieux de la rivière, pour faciliter l'accès au village depuis la plaine ; le projet a vite été abandonné, car il s'est révélé impossible de se frayer un passage à cet endroit, même à cheval. C'est seulement depuis les années quatre-vingt-dix du siècle dernier que le plateau est devenu rapidement accessible en voiture par une route franchissant le col de Notre-Dame-des-Abeilles à une altitude de mille mètres.

Les journées n'ont pas d'heures. On peut regarder fixement une tache de soleil se déplaçant sur un sol rustique, sorte de lumière blanche qui semble trembloter et grimpe sur le mur en fin d'après-midi avant de disparaître. Rien ne se passe, voilà le seul événement qui capte le regard. Le temps fait ce qu'il veut.

2

En fait c'est le rabbin du village, Joshua Obadiah, qui depuis la synagogue voit descendre de la colline les fugitifs, tôt le matin en ce printemps de l'année 1091. Il a dû être informé quelques jours plus tôt de leur arrivée, par un messager à cheval. Il est inquiet pour ces jeunes gens – non seulement parce qu'ils ont besoin de protection en raison de leur mariage mixte, mais aussi parce qu'il sait que la femme est sur le point d'accoucher, alors qu'il ne pourra sans doute pas leur trouver de logement avant plusieurs semaines. Il les hébergera le temps nécessaire. Le rabbin, qui constate qu'ils ne sont pas venus jusqu'ici à cheval, doit pour l'instant s'en tenir à des suppositions. Peut-être ont-ils été attaqués par des brigands ou des voleurs de chevaux ? Peut-être ont-ils pris l'apparence de gens simples pour passer inaperçus aux yeux de ceux qui les pourchassent ? Il attend avec impatience qu'ils entrent dans les murs et envoie sa femme les accueillir à la porte, au sud du village, appelée aujourd'hui encore Portail Meunier. Ils arrivent en claudiquant jusqu'à sa maison – juste à côté de l'endroit où moi, mille ans plus tard, j'ai passé des étés à lire sans me douter de rien et où je me suis senti plus heureux que nulle part ailleurs en ce bas monde.

Hamoutal a une profonde plaie au pied droit et s'est tordu la cheville si fort que ses ligaments se sont déchirés. Son pied est rouge et enflé, du sang s'est accumulé sous la peau, formant des taches noires, et la cheville risque une inflammation. La femme du rabbin la tamponne d'un mélange d'huile de lavande, d'ortie et d'eau tiède. L'époux d'Hamoutal, David Todros de Narbonne, informe Joshua Obadiah des récents événements.

Le rabbin hoche la tête, l'air songeur, en tirant sur sa barbe ; sa femme badigeonne le pied délicat, blessé, de la jeune femme.

Quel est ton vrai nom ? demande le rabbin.

Elle hésite. Lui demande-t-il son ancien nom chrétien ?

David la précède : Sarah, dit-il. Ma femme s'appelle Sarah.

Hamoutal est le surnom affectueux que je lui ai donné.

Il pose sa main sur celle de sa femme.

Tous gardent le silence.

*

Les temps sont violents. La paix religieuse, jadis instaurée par Charlemagne, s'est lentement effritée dans un contexte d'instabilité politique. Partout les seigneurs de guerre féodaux ont pris le pouvoir et règnent en maîtres sur leurs territoires ;

l'ordre centralisé perd son emprise, on signale des abus, les lois s'appliquent de manière plus arbitraire. Alors que les juifs et les chrétiens ont vécu ensemble pendant des siècles dans une relative tranquillité, des actes d'agression contre les communautés juives sont de plus en plus souvent signalés. Ces derniers mois, un très grand nombre de juifs ont fui l'Espagne en prenant la direction du sud de la Provence – notamment Narbonne, petite ville près de la mer submergée de sans-logis en quête de bonheur ou de salut. Le père de David, le grand rabbin de Narbonne, que tout le monde nomme le *Roi aux juifs** car sa lignée descendrait tout droit du roi David, prend de l'âge. Épuisé, souffrant d'insomnies, il parvient à peine à faire son travail ; il s'inquiète aussi du sort de son fils aîné et de sa belle-fille.

Il a envoyé les deux fugitifs vers ce lieu reculé du Vaucluse dans l'espoir de les mettre hors de portée des chevaliers chrétiens que le père normand de la jeune femme a lancés à sa poursuite avec l'ordre de la ramener. Fuir en direction de l'Espagne aurait été trop dangereux : les pèlerins chrétiens pullulent sur le trajet menant à Saint-Jacques-de-Compostelle. Les environs de Toulouse et d'Albi, où se livre une lutte contre les manichéens et la montée de mouvements hérétiques, sont trop agités aussi. Des combats et des exécutions ont lieu à tort et à travers. Le couple n'aurait pas pu fuir non plus vers les grandes villes : partout on recrute pour les expéditions vers le Moyen-Orient, des troupes irrégulières se forment, qui rendent les routes peu sûres et cherchent la bagarre avec les voyageurs rencontrés en chemin.

Le rabbin Todros a donc envoyé les jeunes mariés dans une direction qui ne viendrait pas à l'esprit du père d'Hamoutal fou de rage : après Arles, le long du Rhône, au-delà de la petite ville de garnison d'Avignon – où à l'époque le célèbre pont n'existe pas encore –, puis en direction de Carpentras, de là vers les collines des Préalpes en grande partie inhabitées, ensuite plus loin en direction de Sisteron, vers le versant sud-est du Mons Ventosus, où il sait que vit une petite communauté juive : dans le village de montagne reculé de Moniou – une déformation de Mons Jovis. Son collègue Obadiah serait certainement prêt à accorder sa protection et un logement au jeune couple. Joshua Obadiah, originaire de Burgos en Espagne, est un ami d'enfance qu'il a rencontré lorsqu'ils étudiaient tous deux la Torah à l'école juive de Narbonne. La région montagneuse déserte de Moniou fait partie depuis 1032 de l'Empire romain germanique. Autrement dit, c'est une région étrangère pour les chevaliers lancés à la poursuite de la jeune femme. On sait en outre que, dans cette région, les juifs et les chrétiens entretiennent des relations le plus souvent paisibles. Obadiah fait au jeune Todros un signe de tête pour marquer son accord et dit que son père a pris une sage décision.

*

L'après-midi je me promène parmi les vestiges médiévaux du village. Le maire a récemment fait placer dans ce secteur une pancarte indiquant « Jardin de Saint-André », un nom inspiré par la chapelle en ruine tout en haut du village, au bord du ravin. Ici et là émerge, au-dessus des herbes folles, la moitié d'une arche romane. J'emprunte le sentier abrupt pour commencer mon ascension. Il y a eu plusieurs tentatives de restauration des vieux remparts, des initiatives romantiques de reconstruction, qui ont abouti pour la plupart à des empilements réalisés par des petits groupes de bénévoles, des jeunes passant l'été sur place à transporter des pierres et des pioches toute la journée avant de retourner dans leur camp de vacances. Ils érigent des constructions d'un aspect trompeusement séculaire, bêchent au petit bonheur des terrains plats qui recouvrent des ruines et sur lesquels poussent des ormes et des chênes encore jeunes. Rares sont ceux qui se préoccupent de la vulnérabilité historique de ce lieu. Il a aujourd'hui l'aspect d'une oasis de verdure, avec ses cultures en terrasse envahies de fleurs sauvages dont les murets échelonnés ont été érigés en utilisant les décombres des constructions médiévales. Tout donne l'impression que le paysage est resté le même au fil des siècles. Pourtant, ce jardin d'apparence paisible était à l'époque la partie la plus peuplée du village, où les ruelles étaient étroites et les hautes maisons sombres collées les unes aux autres. Ici dominaient le bruit, la puanteur et la diversité quotidienne d'une communauté médiévale grouillant de vie, entretenant des relations étroites et intenses. Ici on vivait et on mourait, on dormait, on travaillait et on jurait, on faisait l'amour et des enfants venaient au monde dans les conditions les plus primitives. À présent une couleuvre aux teintes vives se glisse à toute allure entre les brindilles cassantes, fuyant mes pas. Au-dessus de moi sur un rocher, quelques chèvres qui ont réussi à s'échapper de leurs enclos branlants cabriolent, grignotent, lancent des regards extatiques de leurs yeux jaunes diaboliques, puis s'éloignent vers le ciel et disparaissent derrière la crête. Une buse décrit lentement des cercles au-dessus de la haute paroi rocheuse. Le silence semble de mauvais augure. J'ai l'impression d'entendre gronder le passé depuis les profondeurs de la terre.

*

La synagogue et la maison de David Todros devaient être proches l'une de l'autre – tout au plus à deux mètres de l'endroit où se situe la vieille maison où j'écris ces lignes. Elles ne pouvaient pas être plus distantes, sinon l'une d'elles aurait été à l'extérieur des murs d'enceinte. Les parcelles des maisons du côté sud étaient remarquablement petites. Cela signifie que le quartier juif se situait de ce côté ; les juifs se voyaient toujours attribuer des petits terrains à bâtir, ce qui permettait de limiter leur influence et leur richesse. Comme on peut aussi repérer des parcelles en pointe correspondant à l'endroit où j'habite sur des copies de plans médiévaux datant de l'époque napoléonienne, je sais que de telles constructions existaient déjà au même endroit autrefois. Par conséquent, les deux fugitifs ont dû souvent passer dans cette ruelle. Leur proximité est encore perceptible dans le magnifique silence qui règne sur le paysage. Je redescends vers le village actuel – comme si l'on pouvait tout simplement revenir d'une époque longtemps révolue et pénétrer dans le présent.

Je m'installe à mon bureau et me remets à feuilleter un article scientifique que m'a donné, il y a une dizaine d'étés, un voisin âgé, originaire du sud de l'Allemagne, qui vit ici depuis plusieurs décennies dans une vieille maison idyllique. J'en avais fait une copie que j'avais glissée dans le tiroir du vieux secrétaire de mon grand-père, à côté des cahiers qu'il m'a donnés autrefois. L'article, comme j'allais le constater plus tard, s'intitulait simplement « Monieux ». Publié en 1969, il est écrit par Norman Golb, philologue de renom spécialisé dans les documents anciens en hébreu.

3

En la voyant assise, son pied endolori trempant dans une bassine d'eau à l'huile de lavande, David prend soudain conscience de la grande fatigue de sa jeune femme. Le pied ne désenfle pas, l'hématome qui a fait apparaître des taches noires et jaunes lui donne un vilain aspect. L'enfant s'agite dans le ventre d'Hamoutal, le rabbin craint qu'elle n'accouche d'un instant à l'autre. On la fait allonger pour qu'elle se repose dans un court lit en chêne. Comme elle ne cesse de grelotter, on fait du feu. Elle s'endort dès qu'elle commence à sentir la chaleur dégagée par le foyer. Les taches de soleil se déplacent sur le vieux carrelage.

La journée est calme, tiède. Une buse plane au-dessus de la paroi rocheuse, là-haut près de la tour en construction, d'où provient vaguement un bruit de martèlement sur les pierres. Le rabbin se demande comment expliquer au prêtre soupçonneux de la petite église Saint-Pierre, de l'autre côté de Moniou, que la femme très blonde aux yeux bleus qui vient d'arriver est une juive séfarade.

Vers six heures, le soleil plonge derrière la paroi

rocheuse. Brusquement, la lumière devient bleue et ténue tandis que, de l'autre côté de la vallée, une lueur rouge vibre dans les bois. Un souffle de vent balaie la plaine. Pendant quelques secondes, les buissons et les arbres au bord de la rivière sont parcourus d'un grand frémissement. Puis le silence infini reprend le dessus dans ce massif montagneux désert.

Quand la jeune femme se réveille en sursaut, il fait déjà nuit. N'ayant pas la moindre idée d'où elle se trouve, elle est prise de panique. Puis elle distingue peu à peu les contours d'une armoire, d'une huche foncée, d'une chaise. Elle sent soudain dans ses reins une vive douleur qui lui coupe la respiration. Elle pousse un cri étouffé. La porte s'ouvre aussitôt. La faible lueur d'une flamme vacillante grandit sur le mur. Une vieille femme apporte une bassine d'eau et un tas de linge. Elle s'assoit en silence, la tête inclinée et les mains jointes, pour veiller sur la femme en sueur s'agitant dans le lit. Elle marmonne de vieilles prières incompréhensibles. Après une heure de contractions qui ne font que s'amplifier, la jeune femme se rendort ; elle se réveille le cœur battant au milieu de la nuit en hoquetant de douleur. La femme qui la veillait a disparu. Une lune d'une grosseur irréelle s'est levée au-dessus de la colline à l'est. La lumière vive s'infiltre à l'intérieur par l'entrebâillement de la petite fenêtre en tremblant comme un être vivant. Elle a une envie pressante d'uriner ; dans un demi-sommeil, elle s'extirpe de son lit, cherche ses chaussures éculées à côté de son chevet, sort en titubant. Une contraction lui transperce le corps. Hagarde et haletante, elle voit une ruelle qu'elle ne reconnaît pas. Elle se traîne plus loin et se retrouve au milieu de rochers et d'arbustes. Étourdie de douleur, elle s'accroupit. Elle croit uriner, mais perd les eaux. Dans la position où elle est, l'accouchement se déclenche brutalement. L'esprit brouillé par la douleur, elle sent son corps se déchirer par en dessous. Elle gémit comme un animal mourant, glapit, sanglote, bascule en arrière entre deux pierres en se faisant mal dans le bas du dos. Une petite tête sort de son bas-ventre, elle pousse et geint, fouille la terre sèche de ses mains, au désespoir elle exerce encore une forte pression sur ses reins, agrippe ce qu'il y a entre ses jambes, sent le sang couler, tremble de peur et de douleur. La lune semble projeter une lumière encore plus intense ; la fraîcheur nocturne s'abat sur la partie inférieure de son corps trempé. Pendant que la chose inerte glisse entre ses jambes dans la poussière et les cailloux, elle perd connaissance. Peu après elle entend soudain des cris et des pas dans la ruelle étroite, des portes qui claquent. On la soutient, un grand flot de sang se déverse de son corps, en même temps que le placenta. La lune impitoyable lui éblouit les yeux. Elle pleure par à-coups en émettant une plainte aiguë, elle hurle le nom de sa mère. La vieille femme coupe le cordon avec un couteau mal aiguisé, elle asperge d'eau le bas-ventre de la femme dont la tête tourne, prend le nouveau-né blême par les pieds, le secoue d'un côté et de l'autre, lui donne une tape jusqu'à ce qu'il pousse un faible gémissement, un sanglot qui se transforme en cris perçants, en hurlements. Tandis que trois femmes transportent à l'intérieur la jeune femme inanimée, la personne qui l'a veillée montre quelque chose qui se trouvait juste à côté du nouveau-né : un gros serpent presque paralysé par le froid nocturne, qui disparaît avec une extrême lenteur et comme dans un rêve entre les rochers. Marmonnant à côté du lit de l'accouchée aux premières lueurs du jour, le jeune David prononce les mots anciens : *Baruch ata Adonay Elohanu Melech Haolam...*

*

Les premiers jours qui suivent la naissance, ils éprouvent encore une peur qui est profondément ancrée. Ils se souviennent de l'ombre des chevaliers dans une ruelle de Narbonne et sentent encore chaque jour une menace peser sur eux. Comme rien ne se passe, comme les collines immuables leur apportent le repos et que la vie de tous les jours dans ce village reculé semble les protéger, ils s'apaisent peu à peu. David Todros est assis le soir au chevet de sa femme. Dans la journée, il aide le rabbin Obadiah dans l'école de la synagogue.

Le huitième jour après la naissance, l'enfant est circoncis. Il reçoit, selon les documents dont on dispose, le nom de Yaakov. Hamoutal garde le lit, mais entend l'enfant crier et sangloter en bas pendant le grommellement des prières. Puis les conversations, les rires et les boissons. Elle s'endort en ressentant une douleur dans ses jeunes seins tendus.

Selon la tradition, le fils premier-né doit être racheté. Le nourrisson est apporté sur un plat, des gousses d'ail ayant été déposées à côté de lui. Les hommes présents dans la pièce en prennent une pour la mordiller ; afin de chasser les mauvais démons. David tend l'enfant au rabbin Obadiah, qui tient lieu de Cohen. Il lui remet la somme de rachat rituelle et reprend son fils dans ses bras. Ils s'attablent devant un repas frugal. C'est une journée torride, le soleil est brûlant au-dessus de la vallée, la rivière est presque à sec. Des lézards surgissent entre le lierre et les vignes sauvages et grimpent sur les vieilles pierres de la maison. De l'épeautre et des coquelicots se balancent dans le vent chaud. Dans les profondeurs fraîches du ravin, un kilomètre plus loin, devant une petite église nichée dans une cavité rocheuse, un ermite occupé à prier le Seigneur des chrétiens se fait attaquer par un ours qui, d'un mouvement nonchalant de la patte gauche, lui brise la nuque.

À la tombée du jour, un groupe de chevaliers traverse l'étendue d'herbe, le long de la rivière, mené par le tristement célèbre Raymond de Toulouse, un noble ambitieux proche de la cinquantaine qui pose son regard sur le village, se retourne sur son blanc destrier et lance à l'un des hommes : comment s'appelle ce nid d'aigle là-haut, à flanc de rocher ? Le chevalier à qui il s'adresse hausse les épaules. Ils sont en route vers l'Orient, un pèlerinage qui durera un an et dont le batailleur Raymond de Toulouse, futur croisé de renom, reviendra éborgné. Il est au courant des recherches engagées pour retrouver la fugitive de haut rang et connaît même le montant élevé de la récompense promise par le père ; il arrive souvent que des chevaliers normands, en route pour leurs territoires conquis en Sicile, traversent la Provence et logent chez de grands seigneurs. Il ne lui vient pas à l'idée d'inspecter le village pour essayer de la trouver. La jeune accouchée a vingt ans à ce moment-là ; elle ignore que le danger est si proche. David en revanche a vu les chevaliers, là-bas dans la plaine. Son cœur bat fort dans sa gorge, un sombre pressentiment l'assaille. Il rentre, mortellement inquiet, trouve sa femme agenouillée devant son lit. Que fais-tu ? lui demande-il choqué. Tu avais pourtant promis de ne plus prononcer de prières chrétiennes ? Elle se lève péniblement, consciente de sa faute, une main sur la taille. Je ne sais plus, dit-elle.

Elle retourne s'allonger et ferme les yeux. Elle se souvient d'encens formant des volutes derrière une fenêtre d'église près de la mer.

4

À présent les tilleuls et les ormes prennent des teintes jaunes et rouges, les matins sont plus froids et plus lumineux. La jeune mère voit les hommes rentrer au village en rapportant les sangliers, les cerfs et les lièvres qu'ils ont tués. Lorsqu'on fait griller la peau des sangliers, une odeur âcre et puissante se répand qui lui donne la nausée. Au-dessus des toits bas s'élève en tournoyant la fumée du chêne qu'on brûle dans l'âtre. Les journées pluvieuses arrivent. Le plateau fertile se transforme en une morne cuvette grise traversée par le vent d'ouest.

Elle a du mal à s'habituer à cette vie simple et rude de village qu'elle n'a jamais connue auparavant. Les collines et les sombres rochers lui paraissent parfois irréels, comme si tout n'était qu'un rêve.

Un soir pluvieux, elle s'aperçoit de la présence silencieuse d'innombrables escargots et crapauds. Les crapauds émettent un sifflement, un bruit qui rappelle le cri de la chouette, mais plus ténu et plus subtil. À son passage, ces animaux indolents s'écartent d'un bond près des façades des maisons. Désespérés, presque humains, ils se dressent, les pattes avant tendues vers le haut, comme pour implorer le ciel de leur prêter assistance. Quand ses pas s'éloignent, ils sombrent de nouveau dans leur apathie.

Les escargots sont différents. Sans aucune notion du danger, ils vont se placer après chaque averse vespérale au beau milieu des vieilles ruelles et glissent les uns vers les autres pour s'accoupler sur les petits pavés bombés. Souvent ils meurent sous les pas d'un passant tardif. Leurs minces coquilles craquent et le mucus en jaillit. Ce qui auparavant avait une forme et une substance redevient matière, inerte et privée de sa délicate structure. Certains habitants ramassent ces escargots sur les pavés en plein ébat amoureux, ils les jettent dans une boîte en cuivre et les font bouillir vivants pour les manger aussitôt.

Hamoutal trouve perturbant ce genre de choses.

Dans les récits qu'elle a entendus en grandissant, Dieu était maître de la nature. Pour le dieu juif, dont elle n'a pas le droit de prononcer le nom, il en va autrement ; mais la différence est minime et elle ne la distingue toujours pas très bien. Il lui suffit de voir une guêpe rester engluée dans un pot de miel et agoniser en produisant un bourdonnement bruyant, un petit scorpion noir se faire écraser sous un pied, pour détourner le visage, se demander en se tourmentant quel dieu peut expliquer cela. Quand elle met au sein le petit Yaakov, son enfant qui a quelques mois à présent, il lui arrive d'éprouver soudain un sentiment d'oppression et une vague angoisse. Ne lui reste-t-il rien de sa jeunesse choyée dans une belle demeure du Nord ? À quoi lui sert cette vie rudimentaire ? Elle se fond dans un cycle effrayant avec la mort. Les théologiens ne s'arrêtent pas à ce genre de choses, comme si tout ce qu'ils voyaient autour d'eux avait un sens. Elle a parfois l'impression que, maintenant qu'elle a rejeté la religion de ses parents, elle se retrouve face au vide. Certes David l'instruit sur la Torah et l'histoire ancienne du peuple juif, mais elle sent que le socle de ses certitudes s'est dérobé et qu'elle n'a personne à qui en parler : les chrétiens la traiteraient aussitôt de sorcière et voudraient la faire monter sur le bûcher, les juifs lui feraient remarquer qu'elle est indigne d'être une prosélyte si elle doute et qu'elle ne pourra jamais être acceptée dans leur communauté. Elle fait par conséquent ce qu'ont dû faire à tout moment et en tout lieu les femmes cultivées de l'époque : se taire, baisser la tête, prier en silence. Il lui arrive de ne pas savoir à qui adresser ses prières, peut-être à cette voix en elle, un ange perdu qui semble se poser parfois sur son épaule, ce qui la fait frémir et l'incite à se rappeler à l'ordre en marmonnant des incantations.

Elle a beau faire de son mieux pour s'intégrer à la petite communauté, avoir un mot gentil pour chaque personne qu'elle croise sur son chemin, elle n'obtient pratiquement pas de réactions, la plupart des villageois passent à côté d'elle avec indifférence. La jeune Normande de haut rang n'y a jamais été accoutumée, pas plus que la juive privilégiée qu'elle était à Narbonne.

À mesure qu'elle prend conscience qu'elle

n'appartiendra jamais à cette communauté, elle cesse d'essayer de se montrer aimable. À partir de ce moment-là, on l'accepte plus ou moins en silence, car elle a adopté son rôle d'étrangère. Au bout d'un certain temps, les notables chrétiens la saluent poliment d'un signe de tête. Les interrogations dans leurs yeux n'ont rien de vraiment sympathique, mais bon, au moins elle est en sécurité ici et son mari s'est lié d'amitié avec le rabbin Obadiah. Personne ne lui demande ce qu'elle est venue chercher ici. Mais le silence autour d'elle, quand elle est parmi d'autres habitants sur la petite place du village, en dit long. Une juive blonde aux yeux d'un bleu glacial, il y a quelque chose qui ne va pas, on les voit se le dire, mais personne ne cille. Un jour, quelques enfants lui lancent des cailloux en chantant une petite chanson : Mouri, Jusiou, mouri – Meurs, juive, meurs.

En réfléchissant à tout cela, elle rentre chez elle dans l'obscurité en boitant, avec ce pied gonflé et douloureux qui refuse de guérir tout à fait, sur les pavés inégaux de la Grande Rue – pas plus qu'un large chemin qui aujourd'hui fait partie d'un sentier de randonnée. Elle essaie de ne pas écraser d'escargots, surtout ceux enchevêtrés de manière spectaculaire, leur masse molle transparente débordant de leurs coquilles, avec une ardeur saisissante, obscène, dans leurs ébats amoureux lents et oniriques.

5

L'hiver survient avec une rigueur inattendue. Pendant des semaines, le village est enfoui sous une épaisse couche de neige glacée. Par temps clair, un mistral glacial s'engouffre dans la vallée. La vie s'interrompt dans une splendeur aveuglante de blanc et de bleu. À l'intérieur des maisons obscures, les gens toussent assis près du feu et brûlent de petites bûches de chêne qu'ils ont entassées soigneusement à la fin de l'été derrière un muret. Des volutes bleues s'élèvent des cheminées branlantes. La fumée reste suspendue dans les pièces. Les villageois vivent de ce qui leur reste dans leurs caves et leurs soupentes qui sentent le moisi : des tubercules et des choux, de l'épeautre dur qu'ils transforment tant bien que mal en un gruau pâteux, de gros morceaux de viande salée qu'ils font bouillir dans de l'eau ou griller à la broche. La famine menace. Des chiens morts, totalement gelés dans la neige avec sur le museau une tache de sang, sont dépecés, vidés et bouillis avec un peu d'herbes. Ils ont mauvais goût et sont secs. On jette des petits bouquets de thym dans de l'eau chaude ;

ce breuvage, mélangé à un reliquat de miel, soulage les brûlures dans les poumons. La paille dans les lits devient humide, les enfants frissonnent ; ils sont maigres. Les rats couinent dans les caves. Puis pendant des journées entières tout est mortellement blanc et clair. Rien ne bouge. Parfois, juste après midi, quand des courants d'air chaud et froid se croisent dans la vallée, une violente rafale vient pousser sans trop de bruit les murs. *Vouv*, fait le vent, *vouv*, puis il émet soudain un sifflement strident en s'introduisant dans un interstice, et finalement laisse de nouveau s'installer un interminable silence. David fait la lecture dans la synagogue, les voix monotones apportent un réconfort. Des stalactites suspendues aux toits bas, de la neige soulevée par le vent devant les portes des quelques maisons de plus grande taille. Invocations, malédictions, tribulations, prier, patienter, somnoler. Un pas crissant dans une ruelle bleutée. Le frottement de vieilles charnières. C'est le mois de téveth de l'année hébraïque 4852. Pour les chrétiens, on est en janvier 1092 et il recommence à neiger, il fait nuit à trois heures et demie de l'après-midi, quelques corbeaux tournoient à travers les flocons qui, quand on lève les yeux, paraissent noirs et non blancs. Ils filent vers le haut de la paroi rocheuse comme une horde d'éclaireurs insignifiants partant en reconnaissance, ils adhèrent aux grottes où dorment les ours, ils se fixent aux tours de guet et aux cils. On prie et on tremble. Un prêcheur marche à travers la neige en faisant tourner une crécelle pour annoncer la fin des temps.

À Fontaine-lès-Dijon, un garçonnet du même

âge que Yaakov est enveloppé dans un châle en laine et gâté par sa mère Aleth. Il se nomme Bernard. Des décennies plus tard, quand il sera devenu adulte et que les os d'Hamoutal auront déjà blanchi, on l'appellera du nom du lieu où il aura fondé une abbaye cistercienne, la vallée claire : Clairvaux.

Dans la paroi rocheuse au-dessus du village, une énorme masse de pierre émet soudain un craquement. Sous l'effet du gel sévère, un bloc pesant des centaines de tonnes se détache de la montagne de quelques centimètres. Une fissure de plusieurs mètres apparaît, cinquante mètres au-dessus de la synagogue. Si ce bloc gigantesque tombe, il est de taille suffisante pour écraser la moitié du village en roulant vers la vallée. Le tracé probable de sa chute passe à travers le quartier juif. Mais le colosse reste bêtement suspendu, s'enfonce dans les cailloux et demeure là où il est, en s'appuyant sur les pierres en haut des remparts. Il est encore là, après un millier d'années, je le vois quand j'ouvre la porte à l'arrière de ma maison. Le mistral continue de siffler autour. Les habitants du village se signent et prient que Dieu les épargne. La jeune femme rêve que son père lève la main sur elle et se réveille en sursaut, tremblant pendant la nuit où s'amorce le dégel.

6

Les années s'écoulent vite. Leur vie n'a guère changé mais leur peau est devenue rugueuse, leur visage tanné, et leur passé s'estompe peu à peu.

La plupart du temps, le petit Yaakov joue seul dans la rue. Parfois il s'aventure jusqu'à la place des Bœufs, près du portail tout en bas du village. C'est là qu'on abat les animaux, que se dresse la tour de guet qui sert aussi de prison et que jouent et chahutent les enfants toute la journée. Il revient toujours seul.

Hamoutal a encore des difficultés à bien comprendre la variante locale de la langue d'oc, le vieux provençal, même si David le lui enseigne. Parfois les gens emploient des mots et font des plaisanteries dans le dialecte local, elle les entend sans comprendre, ils la regardent avec un malin plaisir essayer de s'expliquer en bredouillant dans la langue du Nord. Pendant que dans la synagogue David discute avec Obadiah ou se penche sur les rouleaux de la Torah, elle part avec son jeune fils sur le dos explorer toujours plus loin la vallée. Elle marche alors en compagnie de quelques autres femmes juives. Elles cueillent des herbes, ramassent des tubercules comestibles, font des petits bouquets et s'assoient pour admirer le paysage. Partout le monde occidental gronde et tempête, les tensions politiques s'amplifient chaque jour, les chrétiens se querellent entre eux, le pape de Rome s'est engagé dans une lutte de pouvoir sans issue avec l'empereur germanique, mais ici les moutons se promènent dans une paix intemporelle. La population des grandes villes se révolte. On parle d'hérésie, de vols accompagnés de meurtres, de règlements de comptes, d'échauffourées et de faux prophètes. On raconte partout que l'antéchrist est apparu sur terre. Le monstre de la fin des temps millénaire annoncé dans l'Apocalypse a tout de même fini par arriver, mais personne ne le reconnaît, le diable se déguise, attention. Ce borgne difforme là-bas ne serait-il pas le diable ? Ce mendiant boiteux avec son pied bot n'est-il pas un habile déguisement du démon ? Tout le monde peut être soupçonné d'avoir provoqué une quelconque mésaventure ou une maladie contagieuse. La menace est partout. La peur règne sur l'imagination. Peut-être que tout est la faute des juifs finalement, on entend dire tant de choses. Dans les ruelles oppressantes des petites villes et des villages, les juifs sont de plus en plus malmenés.

Toutes ces nouvelles ne lui parviennent qu'au compte-gouttes. Avec son mari, elle vit comme une exilée sur ce plateau reculé et il lui arrive parfois, lors des prières dans la galerie réservée aux femmes à la synagogue, de se remémorer la vie luxueuse qu'elle a quittée si précipitamment quatre ans auparavant par amour pour cet homme, qu'elle a aussi contraint sans le vouloir à l'exil. Mais surtout, à l'issue des nuits sombres, ses parents à Rouen lui apparaissent devant les yeux : sa mère qui aura du chagrin toute sa vie et qu'elle voit parfois assise dans la grande pièce à l'avant de la maison, loin dans le Nord ; son père qui, alors qu'elle était autrefois la prunelle de ses yeux, a lancé de fureur ses chevaliers à sa poursuite et dont elle redoute la main, au point de s'éveiller brusquement, en nage, dans le profond silence du village endormi sous le rocher.

Elle sait qu'elle porte à nouveau un enfant dans son corps fatigué.

II

ROUEN

1

Par une claire journée d'automne de l'année 1070 naît une fille dans le port normand de Rouen. Ce jour-là les rues résonnent des cris de soldats se flagellant, des incantations et des prières monotones, du claquement des fouets sur les dos nus, des murmures de psaumes, des appels de voix de femmes, du cliquètement de chaînes traînées sur les pavés des rues, du sombre martèlement du gros tambour, des plaintes poussives du tambour à friction des pénitents marchant avec peine. Cette désolante et pitoyable procession est formée par les guerriers autrefois implacables de Guillaume de Normandie, descendants de sinistre réputation des Vikings que les évêques ont contraint de faire pénitence pour les atrocités barbares commises quatre ans plus tôt lors de la bataille de Hastings. Le père du bébé est lui-même un descendant des Normands qui un siècle et demi plus tôt ont conquis cette région par des raids, des pillages et des incendies, et qui se sont finalement installés près des berges de la Seine, dans les épaisses forêts au voisinage du fleuve sinueux.

Bien qu'ils se soient approprié leurs terres et leurs maisons, ils vivent, après avoir semé la terreur pendant plusieurs années, dans une relative paix de Dieu. Ces immigrés apportent un style de vie plus hygiénique et s'adaptent à leur environnement en quelques générations. D'ailleurs ils impressionnent la population locale : les hommes de la première génération se rasent les sourcils, se maquillent les yeux au khôl et rassemblent leurs cheveux en une petite queue-de-cheval serrée, ce qui semble contredire leur abord brutal et leur combativité. Leur puissance est redoutée et souvent subie avec résignation. Les Normands sont nombreux à enlever et à violer des femmes autochtones. Mais des liens affectifs se nouent aussi. Les intérêts matériels de familles entières s'imbriquent. On cherche à rétablir pleinement la paix de Dieu qui régnait autrefois. Quand les conquérants, contre lesquels on ne peut rien faire, se montrent prêts à se convertir au christianisme, ils obtiennent le droit de transmettre leurs possessions par voie de succession. On les appelle les Normands. Un siècle plus tard, certains arrière-petits-fils des premiers hommes du Nord parviennent même à devenir des bourgeois de premier plan, intégrés à la vie de la ville en pleine expansion. Gudbrandr, le père du nouveau-né, est l'un d'eux. Quant à la mère du bébé, elle est originaire d'une famille fortunée d'Arras et parente éloignée des comtes de Flandres qui à l'époque gouvernaient la ville.

L'enfant mise au monde en ce jour d'automne dans une maison patricienne reçoit un vieux nom norrois, Vigdis, qui signifie « déesse du combat ».

Ce nom païen ne figurant pas dans le calendrier des saints chrétiens, le prêtre demande lors de son baptême s'il peut être changé. Le père s'y oppose ; un Normand converti garde sa fierté. Un compromis est trouvé : elle reçoit lors de son baptême dans l'église locale un deuxième prénom, celui de sa grand-mère maternelle flamande : Adélaïs. Son grand-père maternel était d'origine franque. L'ange gardien de Vigdis Adélaïs sera de sang mêlé. En Normandie, des rapaces francs et norrois volent en se frôlant dans le firmament menaçant, chacun avec une aile ensanglantée, selon un moine de l'époque qui décrit un mauvais rêve.

*

Vigdis Adélaïs, avec ses cheveux blonds et ses yeux bleus qui présentent un léger strabisme, grandit dans un environnement protégé au sein de cette ville opulente où l'on fait des affaires, où de grands bateaux transportant des marchandises comme des étoffes, des épices, du bois et des articles en cuivre s'amarrent à côté de bateaux de pêche puants. Sur les rives de la Seine où elle joue avec d'autres enfants, les snekkes effilés des Normands pullulent dans le fleuve. On voit même accoster des bateaux plus lourds en provenance d'Angleterre, qui parfois arborent encore sur le gaillard d'avant une tête de dragon.

Durant la première moitié du onzième siècle, de grands progrès sont réalisés dans l'agriculture. Le climat est plus favorable et les récoltes sont plus abondantes ; le bétail, plus sain, engraisse, la famine chronique appartient au passé, l'alimentation est plus variée. Après des décennies vécues dans l'angoisse du changement de millénaire et des invasions, les pillages s'arrêtent peu à peu, la société semble retrouver un équilibre. En l'espace d'un siècle, les femmes grandissent de quelques centimètres. Vigdis peut espérer vivre un peu plus longtemps que ses ancêtres. Rien ne laisse présager les catastrophes qui caractériseront la fin du siècle.

*

À partir de six ans, Vigdis Adélaïs reçoit un enseignement à domicile. Ses parents sont prospères et cultivés. Un prêtre vient lui apprendre à lire et à écrire. Si son père y tient, ce n'est pas seulement par piété : l'instruction des jeunes filles est avant tout pour les patriciens de l'époque un signe extérieur de richesse. Plus elle acquiert par son éducation de l'élégance, de l'éloquence et de bonnes manières, plus elle devient un parti intéressant pour des prétendants de haut rang. Aussi sa liberté est-elle restreinte. Dès son dixième anniversaire, elle ne peut jouer qu'à l'intérieur de la maison pendant ses quelques heures de loisir, l'après-midi avant le début des vêpres. Elle doit apprendre à se taire quand on ne lui demande rien et à ne pas prendre la parole la première. Elle doit baisser les yeux quand elle marche dans la rue et ne dévisager personne. Elle doit savoir marcher à petits pas élégants. Son corps qui s'épanouit est comprimé dans des vêtements distingués confectionnés dans de coûteuses étoffes.

Un soir, elle entend une conversation entre ses parents après le repas. Elle se faufile dans la pièce et va s'asseoir discrètement sur un banc contre le mur.

Son père vient de critiquer sévèrement la honteuse lutte de pouvoir dans laquelle s'est engagé le pape Grégoire VII contre l'empereur germanique Henri. Il fulmine contre les dirigeants de l'Église et condamne avec virulence la corruption de certains évêques qui nomment systématiquement des parents à des postes influents.

Sa mère hausse le ton, défend l'Église et les prêtres avec une véhémence dont Vigdis s'effraie. Elle reproche à son mari de ne pas avoir renoncé à ses idées hérétiques.

Son père souffle rageusement, plante son couteau dans la table et rétorque que les prêtres ne font qu'attiser la haine des juifs, qui s'accentue au sein de la populace, ce dont il est mécontent car cela crée un climat d'insécurité et donne lieu à des bagarres en ville.

Sa mère se signe, dit d'un ton sifflant que ce sont tout de même les juifs qui ont fait clouer le Messie sur la croix et fait remarquer à son époux qu'en tant que descendant de Normands, il est bien placé pour savoir ce qu'est la violence, avec tous ces batailleurs qu'il compte parmi ses oncles et ses cousins, ou est-ce qu'elle se trompe peut-être ?

Son père répond sèchement que les juifs, tout comme les Normands, veulent vivre en paix et que ce sont souvent les prêtres et les zélotes qui sont les instigateurs de troubles.

Sa mère offusquée marmonne que les juifs

sont en tout cas responsables de la destruction de l'église du Saint-Sépulcre à Jérusalem, parce qu'ils ont laissé les musulmans entrer dans la ville.

Son père lui réplique d'un ton vif qu'il en a par-dessus la tête de tous ces agitateurs qui incitent à marcher jusqu'à Jérusalem et à mener des actions de représailles en Orient.

Sa mère aboie que Jérusalem devra tout de même être libérée de ces diaboliques Sarrasins, et que la destruction de l'église du Saint-Sépulcre a été perpétrée par ce démon d'Al-Hakim, soixante-dix ans plus tôt, et que c'est une honte pour tout le monde chrétien.

Là-dessus, son père au comble de l'exaspération soupire que saint Wulfran a désigné la Normandie comme le pays où plusieurs nations se fonderaient entre elles.

Il sort et demande rudement au palefrenier son cheval.

En se retournant, la mère aperçoit sa fille qui la regarde fixement, les yeux écarquillés. Viens ici, dit-elle. Elle prend sa fillette sur les genoux et lui caresse les cheveux. Vigdis n'y comprend pas grand-chose mais, des années plus tard, ces discussions lui reviendront à l'esprit avec une précision qui l'étonnera. À présent, elle joue encore dans la cour intérieure en compagnie de son frère Arvid avec des pattes de lapin, des billes de pierre et des phalanges de porc, elle fait de petites danses dans l'ombre portée de l'arrière de la maison avant qu'on ne l'appelle à l'intérieur pour la leçon de chant et les prières.

2

Elle a quinze ans quand un jour elle sort de la grande église avec sa mère et passe devant la synagogue de la rue aux juifs. Un jeune homme de son âge est poursuivi par un marchand, à qui il a manifestement volé un sac. Haletant, jurant, l'homme qui court après le voleur est vite contraint de renoncer. Alors même que le garçon s'apprête à disparaître au coin de la rue, un jeune chevalier sort par un portail. Il l'attrape par le col et lui demande ce qui se passe. Maintenu par cette poigne de fer, le garçon se débat, lâche le sac et commence à donner des coups de pied à son assaillant. Ce dernier lui assène un choc si brutal sur la tête que le jeune tombe par terre comme un chiffon. Plusieurs personnes dans l'assistance se mettent à hurler des injures. Quelqu'un lance son pied au visage du garçon, dont la tête est projetée en arrière avec un craquement tel que le cou semble s'être brisé. Le gros marchand arrive, essoufflé, ramasse une pierre et la jette sur la tête ensanglantée. Un type maigre donne au garçon un coup de pied dans le ventre, comme pris d'un accès de folie : sale juif, crie-t-il, sale fils de pute de juif puant, ordure. Il ne cesse de l'injurier et le roue de coups de pied. Le chevalier sépare le petit attroupement et dit à tout le monde de s'arrêter. Il soulève le garçon. La tête mutilée pend mollement en arrière tandis qu'un flot de sang se déverse par terre. Vigdis et sa mère passent à ce moment-là. Les yeux de la jeune fille se posent droit sur le visage ravagé, la masse de sang qu'il en reste, le filet glaireux qui coule d'un œil, la langue gonflée qui sort entre les lèvres, le sang qui se répand à travers le sarrau de toile grossière à la hauteur du ventre. Le chevalier les voit, s'incline devant la mère et sa fille en s'excusant du regard et disparaît par le portail en emportant le jeune mort. Vigdis est complètement retournée. Elle émet un sanglot, tremble de tout son corps et manque de défaillir ; c'est la première scène de violence à laquelle elle assiste de si près. Sa mère s'efforce de la soutenir, de l'apaiser, mais Vigdis ne semble pas l'entendre. Elle glisse par terre, sa mère essaie de la redresser, la jeune fille crie des propos incompréhensibles et secoue violemment la tête. Puis elle vomit sur sa robe de brocart.

3

Deux ans après cet incident, le grand rabbin de Narbonne, l'éminent *Rex Judaeorum* Richard Todros, envoie son fils David dans la ville de Rouen pour qu'il y étudie auprès de certains des plus éminents érudits.

À l'époque où David fait ses études, un grand débat est en cours. Quelques décennies plus tôt, le rabbin Guershom ben Yehouda a édicté l'interdiction de la polygamie, une règle qui s'applique aux juifs d'Europe septentrionale, les Ashkénazes. Cette interdiction repose sur une interprétation littérale stricte de la Torah. Les Séfarades, les juifs d'Europe méridionale et du monde islamique espagnol, donnent quant à eux une interprétation plus large aux textes, et ont de surcroît une approche plus profane. Ils restent attachés au droit à une polygamie restreinte. La discussion anime ici et là les esprits.

La yeshiva – ou école rabbinique – de Rodom, le nom de Rouen à l'époque, a eu pour enseignants de grands maîtres comme le célèbre Rashbam et plus tard Menahem Vardimas – des hommes dont les commentaires sur la Torah font encore autorité de nos jours. Des érudits viennent de toutes parts pour y suivre des cours ou en donner, comme Abraham Ibn Ezra d'Andalousie. La yeshiva de Rouen est encore relativement nouvelle ; sa construction remonte à 1080 environ. La communauté juive, présente dans la ville depuis l'époque romaine, s'est considérablement développée.

Quand le jeune David Todros arrive à Rouen, la ville compte cinq mille habitants juifs, environ un cinquième de la population totale. Avec Narbonne, elle est la principale *terra judaeorum* de l'époque. En plus de l'école talmudique où le jeune Todros vient étudier et discuter, il y a une synagogue et un abattoir rituel. L'ensemble du quartier juif est contenu entre l'actuelle rue du Gros-Horloge et la rue aux juifs. On retrouve même des traces du séjour de David : le nom Todros figure dans les archives juives de Rouen.

Vigdis Adélaïs a souvent vu lors de ses promenades dans le centre de la ville le prestigieux bâtiment de la yeshiva ; le quartier chrétien est tout proche. Le jeune chapardeur juif a été tué à coups de pied à un jet de pierre de l'école. Elle a parfois échangé quelques mots avec des élèves. Certains la saluent. Cependant le tuteur ou la dame de compagnie qui l'escorte condamne ce comportement alors qu'il n'y a eu qu'un signe de tête ou quelques mots en passant. Peut-être la mort cruelle du garçon a-t-elle éveillé son attention pour cette catégorie de la population dont elle sait finalement peu de chose et avec laquelle elle n'a absolument aucun contact. Quoi qu'il en soit, compte tenu de la proximité des quartiers chrétien et juif qui étaient contigus, Vigdis Adélaïs a forcément dû apercevoir à un moment donné le jeune David Todros, fils du grand rabbin de Narbonne.

*

Le vieux rabbin a mis son fils en garde contre les dangers de ce voyage d'étude. D'année en année, les chrétiens se montrent de plus en plus intolérants envers les juifs. Cependant, comme ces derniers paient des taxes considérables pour pouvoir exercer leur culte, on les laisse dans l'ensemble tranquilles et les tensions se limitent à de vives altercations. Les exégètes juifs réagissent verbalement : comment ça, de leur faute ? La crucifixion de Jésus n'a-t-elle pas été l'aboutissement de la volonté et du dessein de Dieu ? Dieu ne l'a-t-Il pas envoyé sur terre justement pour expier les péchés de l'humanité ? C'est pourtant bien ce qui est écrit dans leur Bible chrétienne ? Alors à supposer que les juifs aient été d'une quelconque manière à l'origine de sa mort, n'ont-ils pas justement exécuté la volonté de Dieu ? Que peut-on leur reprocher ?

Dans la yeshiva, David entend parler du témoignage choquant de l'érudit juif Jacob Jequthiel, quelques générations auparavant. En 1007, le seigneur de guerre normand Robert a proposé aux juifs de se convertir librement au christianisme. La suggestion d'un libre choix dénote un certain cynisme : s'ils ne se convertissent pas de leur propre gré, on les passera au fil de l'épée. Après délibération, les juifs décident de rester fidèles à la Torah, à la suite de quoi un grand nombre d'entre eux sont effectivement tués ou se noient avec les membres de leur famille dans la Seine.

Sois prudent, a dit le vieux Todros à son fils quand, au printemps de 1087, il commence avec plusieurs autres élèves sa longue route vers le nord. Il ne peut se douter que David, lorsqu'il reviendra à Narbonne, aura un tout autre problème.

4

Les mouettes planent au-dessus de la Seine, le soleil matinal éclaire les toits de Rouen. On est au printemps de 1088. David a environ vingt ans, Vigdis Adélaïs en a dix-sept.

Le monde occidental est en proie à une agitation croissante. Prophètes de malheur, mendiants et hérétiques parcourent le pays ; ils annoncent des messages qui ameutent et troublent le peuple crédule. Ils fustigent les prêtres et affirment qu'il ne faut plus chercher la vraie foi à Rome. Ici et là, on tue un gars en meute, on rosse un paysan, on met le feu à une ferme, on règle des comptes à coups de couteau émoussé ou de hache. La chevalerie a les coudées franches dans les campagnes et règne avec une poigne de fer sur la population qui, pendant des siècles, a vécu assez librement. Les châtelains festoient avec ce qu'ils dérobent aux paysans. Les Normands surveillent du coin de l'œil les risques de bagarres. Le maintien de l'ordre leur vaut une certaine considération, de la part de la population mais aussi de la noblesse.

Les feuilles s'accumulent, les heures s'accumulent, les jours s'accumulent, les lunes s'accumulent. Vigdis Adélaïs, beauté en herbe d'origine scandinave et flamande, rentre du marché avec sa gouvernante. Ses cheveux graissés de beurre, lissés et tournés à l'arrière de sa tête en un chignon tissé de petites perles, luisent intensément. Elle a le visage pointu de ses ancêtres maternels. Un nez fin et droit, un menton légèrement fuyant, des joues minces, un front haut. L'apparence d'une personne d'esprit, une femme qui de nos jours exercerait une profession intellectuelle, ou serait une icône du cinéma d'art et d'essai. Ses sourcils blonds sont presque entièrement épilés, conformément à la mode de l'époque, comme nous l'ont appris les peintures des primitifs flamands ou la célèbre madone de Jean Fouquet. Quiconque souhaite s'imaginer Vigdis au naturel doit penser aux Ève représentées dans toute leur fraîcheur par Lucas Cranach. Dans la rue, elle garde ses yeux bleu clair presque toujours baissés. Elle porte, on le voit par intermittence lorsqu'elle marche, de fines et élégantes mules pointues en cuir d'un brun aux reflets roux qui contraste subtilement avec l'émeraude de sa robe et le bleu intense de son mantelet. Une femme plus âgée vêtue de noir la chaperonne ; elle est veuve. Le père de Vigdis l'a prise à son service pour s'occuper de la jeune fille, maintenant qu'elle devient adulte. Devant elles, un valet mène un bourricot chargé des aliments achetés. Il fait frais pour la saison.

Devant le portail de l'école talmudique, plusieurs jeunes hommes parlent à voix basse. Ils se taisent au passage de la jeune femme accompagnée de son chaperon. Vigdis lève furtivement les yeux. Son regard croise deux yeux étincelants, elle voit un jeune homme d'aspect méditerranéen qui l'observe effrontément. Il porte, comme y étaient souvent tenus les juifs à l'époque, un petit chapeau pointu jaune. Sa bouche se plisse en un sourire. Avant même de s'en rendre compte, elle lui rend son sourire et sent rougir son visage et même son cou. Un jeune juif, se dit-elle, un jeune juif me sourit. Le souvenir de la tête ensanglantée, monstrueusement déformée, du petit voleur lui vient brusquement à l'esprit. Elle se sent bête et mal à l'aise, toute la journée elle est grognon et peu diserte.

*

Ses parents avaient certainement pour elle des projets de mariage. Ses frères aussi devaient la surveiller ; si elle parvenait à épouser un bon parti, il apporterait une dot considérable et toute la famille gagnerait en prospérité et en prestige. Vigdis parlait un langage soigné et savait faire preuve de réserve. Elle apprenait le latin, recevait des cours de chant, jouait de la vielle à cinq cordes, un instrument moderne à l'époque, aimait plaisanter avec les jeunes chevaliers toujours occupés au voisinage des écuries et adorait les chevaux magnifiques – bien que monter à cheval lui fût formellement interdit, plusieurs palefreniers le lui avaient tout de même appris. Elle avait arrêté quand l'un d'eux s'était montré incapable de garder ses mains à leur place. Elle apprenait à filer, à tisser, à tout superviser dans la cuisine ; elle bavardait volontiers avec les gens de la campagne à l'arrière de la maison, malgré la désapprobation de sa mère. Elle posait des questions à son père sur les dieux scandinaves, la doctrine impie de ses lointains ancêtres.

Accompagnée de sa gouvernante, elle se rend à son cours de chant. Il a lieu dans une église voisine, à quelques rues de distance seulement. Mais au lieu de rentrer chez elle en passant par le Decumanus, qui s'appellera plus tard la rue du Gros-Horloge, elle demande à sa gouvernante de faire un petit détour par la rue aux juifs.

À une occasion, en fin de journée, il se produit ce qu'elle espérait : le jeune homme est de nouveau occupé à parler avec ses amis devant l'école talmudique. Elle se sent haleter d'excitation. Elle approche, n'est plus qu'à quelques pas du petit groupe. Elle doit lever les yeux, il le faut, il le faut. Elle le fait et regarde droit dans ses yeux. Il est encore plus choqué qu'elle, par ce mélange d'hésitation et de franchise dans le regard de la jeune fille. Elle semble vriller ses yeux dans les siens, elle sent que son regard produit sur le garçon un effet douloureux. Quand elle s'en aperçoit, elle éprouve une curieuse volupté qui lui donne une brève impression de puissance, de cruauté, tandis que son cœur s'emballe sous ses beaux habits brodés. Non seulement les autres jeunes hommes se taisent, mais ils voient avec un certain étonnement le jeune David Todros s'interrompre au milieu de son discours, tenter de se ressaisir et cligner des yeux.

Vigdis Adélaïs a déjà disparu au coin de la rue.

Pendant des semaines, lors de sa promenade quotidienne, elle emprunte le Decumanus. Elle ne sait pas quoi faire. Finalement, un soir, elle avoue à sa gouvernante qu'elle meurt d'envie de revoir le jeune homme. La femme, qui repense avec mélancolie à son mariage perdu, a suffisamment de sagesse pour ne pas trahir la confiance de la jeune fille. Elle la met en garde en lui expliquant qu'un tel désir vis-à-vis d'un jeune juif est tabou, qu'il ne peut en être question. Comme Vigdis commence à pleurer, s'arrache les cheveux de douleur et de frustration, est dans tous ses états, la gouvernante l'aide à se coucher. Et elle passe la nuit à réfléchir, inquiète et déchirée.

5

Le risque que prend cette jeune fille à l'époque est totalement irresponsable. Elle n'a en aucun cas le droit de décider de son propre sort. David ne peut pas non plus la demander officiellement en mariage. De jeunes chevaliers allaient parfois jusqu'à enlever la jeune fille de leurs rêves pour obliger les parents à donner leur accord ; quand ils étaient riches et avaient du prestige, ils achetaient cette autorisation en apportant une dot importante. Se marier contre le gré de ses parents était presque inconcevable et donnait régulièrement lieu à des actes de violence et à des homicides.

Le mariage d'une jeune fille chrétienne avec un jeune juif sort par conséquent du cadre de pensée de la haute société. Les amours interdites sont pourtant omniprésentes dans les esprits – il en a toujours été ainsi. En cette bienheureuse année 1088, Pierre Abélard est un garçon de neuf ans qui joue dans les rues de Nantes. Sa belle Héloïse n'est même pas encore née à ce moment-là. Ils formeront les amants les plus renommés et les plus tragiques du haut Moyen Âge. Pendant un certain temps, magister Abelardus parviendra à garder secret son amour pour la jeune abbesse : le théologien et sa bien-aimée se réfugieront chez l'oncle de la jeune femme pour s'aimer. Quant à Vigdis Adélaïs, elle peut s'attendre, avec ses amours proscrites, à se retrouver littéralement à la rue.

*

Il est difficile de savoir de quelle manière et à quel endroit ils ont fini par engager la conversation. Les usages ne facilitaient pas la tâche. Mais des rencontres furtives n'étaient pas exclues. Le monde n'était pas encore réglementé comme aujourd'hui par le temps qu'affichaient les pendules, il était possible de s'échapper subrepticement, à des moments volés. Et comme le centre de la ville n'était pas très grand et que l'église et la synagogue étaient proches l'une de l'autre, il était facile d'engager la conversation dans les rues animées sans être aussitôt surveillé.

Après avoir évité pendant des semaines la synagogue et la yeshiva, Vigdis, encouragée par sa gouvernante qui ne sait plus quoi faire de la jeune fille, emprunte de nouveau la vieille rue aux juifs. Elle passe devant l'école, voit les fenêtres étroites de la yeshiva et pense à David à l'intérieur penché au-dessus des manuscrits. Elle manque de s'évanouir sur place.

Elle est jeune, elle a envie de liberté, d'un monde autre que celui d'une existence bourgeoise oppressante et du mariage qui l'attend. Elle est plus attentive qu'avant à sa tenue. Pendant ses promenades quotidiennes devant la synagogue et la yeshiva, elle cherche à apercevoir David en levant et en baissant les yeux rapidement. Après tout, rien ne l'empêche de saluer les juifs, bien que ce ne soit pas vraiment convenable.

Leur première conversation ne s'est certainement pas déroulée facilement. Leur première véritable salutation a dû être formelle et compassée de son côté à elle, plus méridionale et un peu plus fleurie de son côté à lui. Avec son accent de la langue d'oc, David malmène la langue d'oïl nordique de Vigdis. Ils se comprennent à grand-peine, sont très intimidés l'un par l'autre. Bafouillements, pouffements de rire, enchaînement de phrases maladroites inachevées, volettement des mains, le sentiment permanent d'être bête, les tourments de la jeunesse. Cela produit un effet comique et douloureux, mais ils sont terriblement sérieux.

À l'époque l'art de la séduction était complexe. On faisait sa cour à travers un nuage de métaphores et de détours. Les contraintes culturelles accentuaient l'attirance réciproque. Cependant, Vigdis Adélaïs et David vivent un siècle avant la propagation du concept d'amour courtois dans les milieux cultivés.

Qui plus est, David n'a rien du jeune chevalier batailleur, un modèle qui domine les esprits dans l'Occident chrétien.

Les jeunes juifs vivent sur une autre planète, où l'on accorde de l'importance aux écrits anciens, aux érudits, à la connaissance. Il grandit dans une tradition où combativité et piété ne vont pas forcément de pair ; il a une vision du monde plus paisible et plus intemporelle. Sa manière de séduire n'a pas non plus sa place dans la culture d'une demoiselle chrétienne. Il n'a à sa disposition que des formules et des rituels séculaires : *Ô ma fiancée juive, laisse-moi te conduire à l'autel comme Moïse a conduit nos ancêtres hors d'Égypte.* Il doit lui promettre le bonheur du Souccot : l'accomplissement de la fête des tabernacles, la récolte des fruits des années. David Todros est comme paralysé. La jeune fille ne comprend pas la moitié de ce qu'il dit. Mais elle trouve à la situation un certain exotisme et un grain de folie. Même si, dans sa culture, cette notion ironique de « grain de folie » est inconcevable et inexistante. Nous tâtonnons dans les ténèbres.

*

Cette jeune fille a-t-elle conscience de ce qu'elle entreprend ? Bien sûr que non. C'est elle, en effet, qui devra changer de planète, et même de calendrier. Elle plonge dans l'incertitude, avec aveuglement et enthousiasme, imprudence et ignorance. Elle le fait pour ces yeux et cette barbichette, ce sourire et cette étrange atmosphère, pour ce petit chapeau jaune sur le crâne de David, pour l'inconnu et l'aventure qui l'aspirent fatalement, pour ce nuage d'éblouissement aveuglant dans son esprit troublé. Elle a vu la licorne blanche et elle se précipite dans une forêt de vieux interdits.

Les parents de David sont loin, il vit dans un logement pour étudiants qui fait partie de la yeshiva et jouit d'une certaine liberté. Il est bien entendu surveillé de près, les relations du grand rabbin de Narbonne y veillent. Mais il a aussi du temps libre, il peut rire, boire, se promener dans les champs les jours de congé, il a toutes sortes de possibilités. En ville, il y a des bordels et des cafés obscurs. Même les bourgeois aisés font discrètement usage de ce qu'on appelle des maisons de filles, des maisons closes pour les jeunes femmes qui ont fait un écart. Pourquoi ces jeunes hommes n'auraient-ils pas fréquenté ces maisons closes, sans faire savoir qu'ils étaient juifs ? Les seules personnes susceptibles de déterminer sans aucun doute possible leur identité étaient les femmes mêmes, qui appréciaient ces jeunes gens circoncis. Et elles avaient appris à se taire. Quoi qu'il en soit, les jeunes étudiants rêvent de femmes, ils en parlent et plaisantent à ce sujet. Jusqu'à ce que David Todros n'ait plus envie de plaisanter, devienne sombre, distrait durant leurs conversations, ne veuille plus aller dans les tavernes, trouve leurs plaisanteries obscènes déplacées, n'ait plus la tête à l'étude de la Torah, regarde fixement par la fenêtre étroite au premier étage de la salle d'étude, perde l'appétit et se présente à la prière du matin après avoir visiblement mal dormi.

*

Comment ont-ils réussi à démarrer une véritable relation ? Cela reste un mystère, mais c'est pourtant ce qui s'est passé. Un jour d'automne, ils se donnent rendez-vous sur la place du marché.

Ils se rendent discrètement dans la maison d'un des amis de David et échangent quelques paroles en bredouillant. Lors de leur entretien, Vigdis a le cœur qui bat si fort qu'elle parvient à peine à trouver ses mots, et s'en va. En larmes, elle rejoint sa gouvernante inquiète qui l'attend. Trois jours plus tard, ils se donnent un deuxième rendez-vous. Il lui promet de venir s'asseoir discrètement à côté d'elle le lendemain après-midi dans l'église déserte, en prenant soin de dissimuler tous les signes de son identité juive aux regards des curieux.

Dans l'ombre fraîche de l'église, elle lui chuchote fiévreusement qu'elle souhaite apprendre l'hébreu. Il la regarde avec stupéfaction. Il veut lui prendre son élégante main blanche baguée ; elle la retire sous la précieuse toile de lin qui dissimule son jeune corps. Son trouble est si grand qu'elle en a le vertige. Pareil blasphème devant la douce mère de Dieu, alors que la petite flamme de l'Esprit saint vacille devant le tabernacle, mais qu'est-elle donc en train de faire ? Dieu, pardonnez-moi ce péché, mais je ne peux faire autrement. Le jeune juif est troublé par ce qu'elle dit, mais touché aussi. Cette jeune fille qui, presque au péril de sa vie, se risque à lui parler l'a déjà conquis depuis longtemps. Il lui promet en balbutiant de lui donner des cours.

*

Ils s'arrangent pour se rencontrer en toute discrétion les mois suivants au crépuscule, qui tombe tôt. David, qui a parlé de la jeune fille aux rabbins, l'a présentée en tant que prosélyte. Cela fonctionne : les convertis étaient les bienvenus dans le monde juif d'alors. Quand on voulait se convertir, on passait pour pleinement juif. Par conséquent, chaque fois qu'elle réussit cette gageure de pénétrer voilée dans la maison d'un ami de David, Vigdis peut s'exprimer relativement sans crainte. Par l'intermédiaire de David, elle entre aussi en contact avec d'autres élèves juifs. Ils sont surpris, mais la saluent. Tout le monde est vite au courant que cette jeune prosélyte étudie dans le plus strict secret auprès du fils du grand rabbin de Narbonne et se trouve sous sa protection. Et que les choses ne s'arrêtent pas là.

Un jour, alors que tous deux sont penchés au-dessus d'un rouleau, David enseignant à Vigdis l'alphabet hébraïque, il se passe ce qui doit se passer. Leurs mains se touchent, leurs visages se tournent l'un vers l'autre, le rouleau tombe sur les dalles, ils manquent d'air dans cette pièce pour ce qu'ils désirent et retiennent leur souffle. Affolé, David ramasse le rouleau qu'il doit aussitôt embrasser car il a été profané en touchant le sol, mais Vigdis approche sa bouche et ferme les yeux. Sur la Seine les embarcations affrontent la houle d'une tempête automnale, on est fin novembre, les pêcheurs tirent leurs bateaux sur la rive, les hirondelles sont parties depuis longtemps vers le sud, le ciel se couvre de nouveau, les passants se dépêchent de rentrer avant que la nuit ne tombe. Le feu aux joues, chancelante, Vigdis Adélaïs retourne chez elle par la rue aux juifs et s'attire les foudres de sa mère qui lui demande où elle a traîné, toute seule comme ça. J'étais à l'église, mère, tout simplement à l'église, répond-elle sous le regard soupçonneux, tout en tremblant intérieurement et en baissant les yeux.

6

Ses conversations avec le jeune intellectuel juif lui font peu à peu prendre conscience qu'il existe une alternative religieuse à l'agitation et à la violence du monde chrétien. Ce changement de perspective considérable perturbe son équilibre et la fascine. Elle entrevoit un autre monde, une autre histoire qui ne commence pas par un martyre et une crucifixion. Une notion du temps qui n'est pas hantée par des croyances comme l'Apocalypse et par la crainte du millénaire, le retour de la Bête redoutée, l'enfer et le diable, le tourment et la chute, mais qui correspond à une ère bien plus ancienne commençant par un acte créateur, le début de la vie même : le moment où Iahvé a conçu le monde. Cette pensée l'apaise, il n'y a plus de rupture dans l'histoire. En même temps, dans son étroite alcôve, elle reste éveillée la nuit à réfléchir aux mots de la Torah, qu'elle compare à ce que les prêtres lui ont appris. Elle ressent une angoisse face à toutes ces pensées secrètes ; elle ose à peine affronter sa vision du monde en pleine transformation, au fond totalement hérétique. Elle ne dit rien de sa confusion et de ses doutes croissants à sa gouvernante, et encore moins à ses parents. À l'église, pendant la célébration du culte en latin, elle incline humblement la tête, elle psalmodie avec les autres les prières chrétiennes, sent encore l'effet réconfortant des chants en chœur et du marmonnement monotone. Ses cheveux tirés sont attachés en arrière. Sous le châle posé dessus sans être noué, ils luisent, enduits d'une huile odorante par la femme de chambre. Sa robe verte comme de l'herbe, d'une étoffe raffinée, est étroitement lacée et garnie de petites perles de verre. Une peau de renard tombe élégamment sur ses épaules et couvre discrètement sa jeune poitrine. La messe l'apaise, elle se sent absorbée dans le monde sûr qu'elle connaît, celui de ses plus anciens souvenirs. Elle supplie la Sainte Vierge de lui prêter assistance, lui demande pardon pour ses pensées. Elle est au désespoir, puis le calme monotone des prières et des litanies lui redonne de la force. Ses yeux brillent et picotent tandis qu'elle entonne à l'unisson les vieux chants d'église. Sa prise de conscience, et par là même son évolution, semble s'être accélérée. Soudain en proie à des sentiments intimes d'aliénation, elle devient sans le vouloir une jeune intellectuelle ; elle se détache de l'évidence d'un monde familier. Elle a d'ailleurs acquis un bagage suffisant pour réfléchir en toute indépendance à ses doutes. Elle a appris le latin dans le cadre de son éducation chrétienne et à l'occasion des messes en latin d'église ; elle parle le francique depuis son plus jeune âge, mais le flamand ne lui est pas étranger non plus. Et qui sait ? Peut-être parle-t-elle aussi quelques mots de danois ou de norrois, que son père lui a enseignés par jeu. Par son contact avec David, elle découvre rapidement la langue d'oc, et elle apprend en plus l'hébreu. Plus tard, à Narbonne, dans une famille composée essentiellement de juifs séfarades, elle acquerra aussi quelques notions d'espagnol. Mais pour l'instant, elle doit seulement apprendre à garder strictement secret tout ce qui la ronge et la perturbe, une tension considérable pour son jeune esprit.

7

Ces dernières semaines, elle refuse systématiquement de porter les beaux vêtements bourgeois qu'on lui prépare le matin. Elle veut mettre à la place une robe sombre, au-dessus d'une simple camisole. Elle prie même sa gouvernante de lui faire confectionner une robe noire sans le moindre ornement, avec une cape assortie. Sa demande est en soi hautement suspecte. Comme si, aujourd'hui, la fille d'une famille chrétienne annonçait qu'elle allait désormais porter le voile. Quand sa mère prend connaissance de sa requête, elle fait irruption dans la chambre de la jeune fille et exige d'un ton autoritaire une explication. Vigdis baisse la tête, se tait, endure une longue tirade, puis lève lentement la tête, regarde sa mère droit dans les yeux, ne dit rien.

Ce regard vide, fixe, et ce silence opiniâtre incitent la mère à parler le soir même de cet incident à son mari. Celui-ci convoque sa fille le lendemain dans la salle à l'avant de la maison pour une conversation en présence d'un prêtre. La jeune fille tient des propos incohérents ; comme elle ne peut divulguer son secret, elle marmonne quelques mots. Le prêtre lui ordonne de se signer ; elle le fait, mais elle a un regard si farouche qu'il prononce alors un discours sur les multiples dangers qui guettent les demoiselles et le salut de leur âme. Il lui dresse un tableau de l'enfer et du diable ; elle détourne la tête et ferme les yeux. Le père n'est pas dupe, il se fie à son intuition ; il souffle bruyamment, jette son gant de chasse sur la table, interdit sèchement à sa fille de sortir durant le mois en cours et la prévient qu'elle sera envoyée pendant six mois au cloître si elle n'améliore pas son comportement. Vigdis tape des pieds, secoue la tête de désespoir, se tord les mains, mais reste muette comme une tombe. Elle part s'asseoir dans le jardin et se met à pleurer à gros sanglots ; ses parents abordent de nouveau la question le soir même. Vigdis est emmenée sans ménagement dans sa chambre. Elle passe son temps à bouder dans les appartements qui lui ont été assignés et regarde les liserés incandescents des nuages au crépuscule.

À la tombée de la nuit, elle s'échappe de chez elle pour la première fois, après en avoir informé sa gouvernante, en passant par la cuisine et le petit portail au fond du jardin familial. En plein centre de la ville, elle marche le cœur battant vers l'église Saint-Lô, longe l'Hôtel de Bonnevie, puis passe devant la synagogue, devant l'établissement de bains juifs et les abattoirs, en direction de la yeshiva. Sur la façade qui donne sur la rue, il n'y a qu'une seule petite fenêtre, elle ne parvient pas à voir quoi que ce soit. La première des deux lourdes portes est encore ouverte. Elle descend l'escalier vers la deuxième porte et frappe. Il ne se passe rien. Il règne un silence de mort, que seul brise un miaulement. Debout sur une marche, elle scrute affolée la pénombre autour d'elle. La lune, à moitié pleine, éclaire à peine les rues ; le cœur de Vigdis bat à tout rompre. Elle n'a pas vraiment conscience qu'il est strictement interdit pour les femmes de pénétrer dans la yeshiva. Elle retourne chez elle, déconfite, s'assoit sur le vieux banc du jardin pour laisser son cœur et ses pensées se calmer, se faufile, les cils embués, à l'intérieur de la maison, ne trouve pas le sommeil dans son alcôve et sent dans son corps quelque chose brûler, se déchirer et palpiter.

Elle reste un mois dans ses appartements, essaie de prier, ne cesse de penser à l'impossibilité de concilier ces deux mondes, tente de déchiffrer quelques petits rouleaux que David lui a confiés, puis reprend lors de ses promenades et de ses excursions avec sa gouvernante ses allers-retours vers l'église, le marché, les rives de la Seine, restant aveugle à tout, cherchant secrètement à entrapercevoir son bien-aimé étranger.

Le roi Guillaume, duc de Normandie, est mort, son successeur est un exalté, elle entend son père le dire, il s'inquiète pour l'avenir du pays. Que lui importe à elle, au nom du Ciel !

*

Peu de temps après, leur relation secrète commence à s'ébruiter. Des ragots, des rumeurs circulent ; le sacristain de l'église les a vus main dans la main. Vigdis est de nouveau privée de sortie. On l'envoie même cette fois dans un cloître des environs pendant six mois. Lorsque quelqu'un aperçoit David à la nuit tombante au voisinage du cloître, les foudres se déchaînent. À la demande du prêtre, le rabbin autorise, en vérité contre son gré, l'inspection de la yeshiva. On y trouve un petit parchemin calligraphié de la main de la jeune fille, un poème à propos de papillons dorés dans un jardin. Il était posé sur une étagère réservée aux rouleaux de la Torah, sous les affaires de David Todros. Elle s'entend dire qu'elle va rester dans sa cellule au cloître jusqu'à ce que son père ait désigné pour elle un prétendant convenable au mariage. David a droit aux remontrances du rabbin, qui menace de le renvoyer à Narbonne pour son comportement fougueux. Il promet de s'améliorer, de se recueillir, manifeste des regrets. Mais tôt le lendemain matin, on le voit de nouveau au voisinage du cloître, tenant sous le bras un morceau d'étoffe précieuse. Le rabbin écrit une lettre au vieux Todros à Narbonne et lui demande de rappeler temporairement son fils.

Ce moment de leur vie est crucial, la situation étant cependant à première vue bien plus dramatique pour elle que pour lui. Quand une jeune fille de haute lignée atteint sa dix-neuvième année, on a déjà décidé de son sort depuis longtemps, ou elle en a elle-même décidé en acceptant un prétendant au mariage. Or Vigdis a déjà repoussé trois prétendants ; ses frères la considèrent avec méfiance, l'aîné vient lui dire au cloître que leur père va bientôt désigner son futur époux parmi les chevaliers de son proche entourage. Discussions, menaces et disputes s'ensuivent. Elle tente de leurrer ses parents en affirmant qu'elle va devenir nonne si on lui impose un mari. Dans l'église du cloître elle s'allonge sur la pierre froide et essaie de ne pas penser aux prières juives que David lui a apprises. Mortification, pénitence, pas de purification. Faim, insomnie, moments d'exaltation mystique et de panique, nausées et crampes, menstruation et automutilation. Prier, mais qui ?

Au bout de quelques semaines, un petit miracle se produit : par l'intermédiaire du jardinier, qui pendant tout ce temps l'a regardée avec un sourire de convoitise, un message de David Todros est introduit secrètement à l'intérieur. L'homme, qui est illettré, espère entrer dans les bonnes grâces de la jeune femme en lui remettant le message. Celui-ci est extrêmement court et factuel : heure et lieu, au fond du jardin du cloître. Pas de nom. Mais elle reconnaît l'écriture, les lettres avec une curieuse boucle.

Il est onze heures du soir quand elle sort, frissonnant dans ses vêtements légers, en passant par la grande cuisine du cloître pour accéder à la porte de derrière. Elle longe les écuries, arrive dans la cour fermée, se heurte le pied contre les pierres rugueuses délimitant le jardin de simples. Cherche à tâtons la petite porte qui s'ouvre sur les prés. Elle est fermée à clé. Silence. Une chouette ; un chien au loin. Pas de lune, pas de lumière. Elle respire fort et claque des dents. Puis elle entend son nom de l'autre côté. Un couteau est introduit dans la serrure, qui cède après quelques grincements et secousses. Elle voit devant elle une silhouette sombre. Elle entend son nom. Ce n'est pas la voix de David. Elle trébuche sur le petit seuil de pierre, il la rattrape, elle cherche à reprendre son souffle. L'homme lui prend fermement le bras et lui dit d'un ton impérieux : suivez-moi. L'herbe dégage sous leurs pas une odeur glaciale, mousse et picride, orties piétinées. L'homme silencieux la guide vers une maison non loin de là, au bord de l'eau. Une porte s'ouvre à l'arrière, on les éclaire avec une petite torche. Elle est conduite jusqu'à une chambre, personne ne dit mot. On la laisse seule. La porte est refermée à clé. Elle s'allonge sur un lit étroit et reste éveillée en écoutant les bruits de cette maison inconnue. Si on la dénonce maintenant, elle peut s'attendre à la condamnation la plus sévère, peut-être sera-t-elle même soumise à la question. Il faut qu'elle soit partie d'ici avant les matines, avant qu'on ne s'aperçoive que sa cellule est vide. La porte de la liberté s'ouvre en grand, mais c'est un piège.

Il n'y a plus moyen de revenir en arrière.

III

LA FUITE

1

Cet après-midi, j'ai pris à Bruxelles l'autoroute en direction du sud vers Tournai et Lille puis j'ai continué jusqu'à Rouen. J'y arrive en début de soirée. On est fin mars, un vent âpre balaie les places désertes. Je passe par la rue Massacre, prends une photo de la plaque indiquant le nom de la rue. Un peu plus tard, je rejoins la rue aux juifs – une longue voie rectiligne, où deux bâtiments officiels se font face. Du côté droit, le palais de Justice. En 1976, lors de travaux de terrassement nécessaires à la construction d'un parc de stationnement souterrain, un bulldozer a heurté une grande pierre carrée sur laquelle se distinguait vaguement une inscription. Le responsable a fait aussitôt interrompre le chantier et creuser prudemment. Un grand bâtiment a progressivement été dégagé. Une étude archéologique a révélé qu'il s'agissait d'un fragment d'un bâtiment juif datant du onzième siècle. Une synagogue ? Une école juive ? Une demeure patricienne ? Il s'est avéré qu'une communauté juive prospère vivait à Rouen. L'érudit américain Norman Golb s'est intéressé à la question et a écrit à ce sujet un livre bien documenté. Apparemment le bâtiment était une école juive, une yeshiva.

J'ai l'intention de commencer ma quête à cet endroit. Elle me conduira, tout comme Vigdis Adélaïs et son bien-aimé juif, loin de chez moi.

Le lendemain après-midi, j'ai rendez-vous avec Annie Lafarde, une femme passionnée qui organise sur demande des visites guidées à travers les vestiges de la yeshiva. Elle veut tout raconter en même temps, retient pendant une heure la dizaine de personnes qui se sont présentées dans une petite salle en vis-à-vis de la façade de Notre-Dame, une vue qui détourne mon attention. Cette cathédrale a tant fasciné Claude Monet qu'il l'a peinte près d'une trentaine de fois, à chaque reprise dans de nouvelles teintes, selon la lumière passagère qu'il cherchait à saisir – une passion touchante, car la lumière sur les vieux monuments n'est pas stable un seul instant. Pas plus que notre regard sur le passé.

Nous entrons dans la cour intérieure du palais de Justice et nous dirigeons vers la droite, où une porte en verre sécurisée donne accès au sanctuaire. Je prends conscience seulement maintenant qu'il y a mille ans, la ville était deux mètres plus bas. Nous descendons un escalier et soudain j'ai l'impression de recevoir un coup sur la tête. Sous le sol, dans l'humidité et la condensation, entre des murs de béton et des poutrelles métalliques, éclairée au néon par une lumière diffuse, elle est là : la ruine miraculeusement bien conservée de la yeshiva de Rouen. Je touche les murs rugueux sur lesquels perle l'humidité et me dis : David Todros, je touche mille ans plus tard la pierre que tu as connue. Je trouve assez vite l'inscription qui a donné son nom au lieu : « maison sublime » – sublime, élevée, parce que chaque yeshiva renvoie au Temple de Jérusalem à jamais détruit par les Romains en l'an 70, pendant la Guerre des juifs dont Flavius Josèphe a fait le récit dans ses écrits. Contrairement aux chrétiens qui reconstruisaient sans cesse leurs grandes églises, les juifs n'ont plus jamais érigé une construction centrale. La catastrophe est commémorée dans les innombrables synagogues dispersées de par le monde, comme la diaspora elle-même – ce qui fait de tous les établissements de prière un kaddish architectural à la mémoire du Temple à jamais disparu.

Quelque part devant la façade de cette « maison sublime », Vigdis et David se sont rencontrés pour la première fois. Je vois David Todros arriver ici, avec à présent les détails concrets du bâtiment sous les yeux. Je vois dans le mur de la pièce centrale les trous ronds où s'enfonçaient peut-être les étais des étagères supportant les rouleaux de la Torah. La yeshiva avait deux portes : une en haut, du côté de la rue, et une autre en bas de l'escalier, près de l'entrée. Les portes devaient être lourdes, ce qui indique que ce qu'il y avait à protéger ici était de grande valeur. On voit les traces du grand incendie déclenché lors du pogrom de 1096 – quand David vivait déjà avec Vigdis dans mon lointain village méridional, Vigdis qui avait alors une autre identité, mais que le sort a tout de même fini par rattraper là-bas. Ici dans le Nord à cette époque, la synagogue et cette yeshiva ont brûlé, ce qui a mis un terme à une période de coexistence paisible en Normandie. Je vois les ornements babyloniens et les colonnes à l'entrée du bâtiment : le lion foulé aux pieds, symbole du mal vaincu, et de l'autre côté le dragon, symbole de vie et de combat, tous deux encore clairement visibles dans la pierre usée. Il existe un passage étroit vers un premier étage, où l'on étudiait peut-être aussi. Tout est bien plus intime que je ne me l'étais imaginé. Je pense aux hautes maisons étroites de mon village provençal. Quelqu'un m'a dit un jour à leur sujet : comme on attribuait aux juifs de très petites parcelles, ils ont inventé les constructions à plusieurs étages. Norman Golb a même avancé qu'il y avait peut-être un second étage ici, ce qui était assez exceptionnel pour l'époque. Annie Lafarde écarte cette suggestion en riant.

Je m'étonne de la forte impression que je ressens ici : je sais qu'en dehors de mon village dans le Sud et d'une synagogue dans la lointaine Égypte, cet endroit est le seul où Vigdis Adélaïs est forcément venue. Ici, devant le portail, elle s'est promenée le cœur battant, sachant qu'il lui était strictement interdit d'entrer à l'intérieur. Ici elle s'est attardée et elle a attendu.

Je voudrais pouvoir la mettre en garde contre ce qui va lui arriver. Passe ton chemin, jeune fille, choisis un autre homme, échappe à ce sort, fuis ce qui t'attire. Mais non : elle tombe si profondément amoureuse qu'elle laisse tout son monde derrière elle.

Quand nous remontons à la surface, j'ai du mal à supporter la foule. Je me promène le long de la Seine, l'heure d'affluence de la fin de la journée a commencé, je ne respire que des gaz d'échappement. Les mouettes décrivent des cercles au-dessus des eaux du port.

2

Aux premières lueurs du jour, elle entend qu'on déverrouille la porte. David est devant elle. Il la prend dans ses bras, sans dire un mot. Il lui a apporté des vêtements, les habits noirs et sobres qu'elle n'a pas obtenus de sa mère. Ils sortent par l'arrière de la maison, située à la périphérie de la ville. Il est six heures du matin ; les portes de Rouen sont surveillées, mais à cette heure elles sont ouvertes pour permettre aux paysans de livrer les négociants.

Le jeune couple passe par la porte de Saint-Ouen, à l'est, en se faisant passer pour de pauvres marchands venus s'approvisionner à l'extérieur de la ville. Ils marchent pendant longtemps, à côté de la charrette à bras chargée de provisions et de vêtements qu'on leur a prêtée, sur la rive gauche de la Seine. Ils arrivent dans les prés et les champs de Saint-Étienne-du-Rouvray et poursuivent leur chemin jusqu'à Pont-de-l'Arche – qui portait encore à l'époque son nom latin Pons ad Archas. La région est déserte et, en dehors de quelques habitations de paysans, il n'y a pas de maisons à la ronde ; les nuages sont bas au-dessus des terres. En début d'après-midi, ils croisent sur leur chemin quelques renards et quelques chiens sauvages, la pluie fouette le pays et leur visage. Près de Pont-de-l'Arche, un ami de David a organisé pour eux la traversée en bac. Il les attend de l'autre côté avec un mulet harnaché simplement, qu'ils peuvent mener par la bride. Il leur souhaite un bon voyage ; les amis se serrent dans les bras.

Vigdis abandonne toute sécurité, sa fortune, son prestige, son avenir et sa bonne réputation, parce qu'un juif lui a promis de l'épouser dès qu'ils arriveront dans son port d'attache, Narbonne. David doit régulièrement la calmer, la réconforter ; elle a des accès de panique, pleure d'angoisse, se signe, prie le Dieu de sa jeunesse, demande pardon, pense au dieu juif, l'Adonaï de David, ne sait plus rien, ferme les paupières, est prise de vertige, tombe du cheval sur lequel ils ont foncé à travers champs pendant un certain temps. Il doit l'aider à se relever, elle s'est tordu le poignet et elle est couverte de boue. Elle n'a plus le droit de prier des saints, parce qu'ils n'existent plus. Au commencement était le Verbe. Elle en est privée et elle tremble de tous ses jeunes membres.

*

Le seul écrit qui raconte leur sort fait partie de la collection de manuscrits de l'université de Cambridge mondialement connue sous le nom de Cairo Genizah Collection. Il s'agit d'un document vieux de près de mille ans, en hébreu, que je tiendrai moi-même entre mes mains après toutes sortes de pérégrinations. Ce document précise entre autres que David et Vigdis sont arrivés à Narbonne en l'an 1090. Neuf cents kilomètres à travers la France de l'époque, en se heurtant sur le chemin à d'innombrables obstacles et dangers. Ces deux jeunes gens qui ont pris le mors aux dents font en fait preuve d'une grande audace. Ils savent que des chevaliers se lanceront aussitôt à leur poursuite pour retrouver leur trace, les faire prisonniers et les ramener. Leur vie à ce moment-là ne vaut plus rien : lui peut s'attendre à la peine de mort pour enlèvement, et elle à une vie dans un cloître austère, du moins si elle n'est pas accusée de pratiques diaboliques. Dans ce cas, ce sera le bûcher. Mais ils tentent leur chance, comme les fugitifs le font toujours, parce qu'il ne reste aucune autre possibilité vivable.

Dans ma voiture à la sortie de Rouen, je vois les mouettes voler au ras de l'eau dans le petit port. Sur le grand pont qui enjambe la Seine, une file interminable de voitures et de camions avance lentement en direction d'Évreux et d'Orléans. J'essaie d'imaginer, par cette claire matinée de printemps, de quelle manière deux personnes fuyant dans le plus grand secret ont pu atteindre l'autre rive de ce large fleuve, qui a constitué leur premier obstacle. Ensuite, quel immense trajet, à pied ou à cheval.

Je gare la voiture sur l'une des premières aires de repos de l'autoroute en direction d'Évreux, et monte une petite colline, d'où je domine du regard les routes et les banlieues. À ma gauche, je vois au loin de grandes étendues de forêt. Je reprends la voiture et m'arrête devant les berges de la Seine.

Ici la vie est paisible ; une femme est assise avec son jeune enfant sur un terrain de jeu près de la rive. Une grande voiture est garée devant la porte d'une élégante demeure pleine d'animation, qui a vue sur l'eau sableuse entraînée par le courant. L'eau ici est peu profonde ; ont-ils pu traverser facilement ? Cela paraît insensé, mais j'ai envie de voir le paysage de mes propres yeux, de m'imprégner des détails, des panoramas possibles. Je veux découvrir ce qui peut encore être visible après un millénaire. Presque rien en fait. Je peux à peine concevoir la façon dont s'est déroulé leur trajet, même si des sources historiques m'y aident. Il ne me reste qu'à rayer, retirer, réduire à son essence : pas de pont, pas d'autoroute, pas de constructions, pas de berges empierrées, pas de bruit non plus, pratiquement aucune présence humaine. À tout retirer prudemment comme un archéologue, pour buter contre des terres sauvages. Tohu-bohu, *tōhū wābhōhū* en hébreu : un tout encore sauvage et vide. Les nuages et les arbres, les fleuves et les collines, les premières villes, les forêts infinies. À gommer : les stations essence, les supermarchés, les banlieues animées, les zones d'habitation, l'aménagement de la campagne, les prés et les champs. Même la plupart des forêts ne donnent plus une idée de l'aspect que pouvait avoir le paysage à l'époque. Des terres désertes, une maison perdue, une hutte de limon de paysans sans le sou, des ornières de charrettes, des creux et des bosses, aucun panneau de signalisation, aucun abri. Des tours d'église basses pour seuls repères. Ne pas voir à dix pas devant soi la nuit. Devoir s'orienter en fonction du soleil. Manger là où l'on peut obtenir de la nourriture ; parfois ne pas trouver de toit avant le coucher du soleil et passer la nuit dans un fossé, en risquant sa vie.

Les animaux de l'époque : ours et loups, chiens sauvages, le redouté chat sauvage d'Europe. Mais aussi les autres créatures nocturnes : braconniers et voleurs, vagabonds et truands. Dans la journée, rôdeurs, prêcheurs, pseudo-chevaliers opérant seuls, marchands forains véreux, extorqueurs extralucides, zélotes, suffisamment de gens louches pour les contraindre à une extrême vigilance pendant ce long voyage. Presque personne à qui ils puissent se fier ; la nouvelle qu'ils sont recherchés les a très vite précédés, colportée par les messagers du père de Vigdis et l'abbesse du cloître. Pas moyen de trouver refuge dans les abbayes, dans les églises ni chez des prêtres, dans les citadelles ni les châteaux ; difficile de loger chez des bourgeois. Le plus sûr, ce sont encore les remises de paysans pauvres ignorant leur présence.

Ils ont dû mettre au moins un mois et demi, sachant qu'une moyenne de vingt kilomètres par jour est un maximum quand on ne dispose pas de chevaux rapides – et ils ne devaient certainement pas en avoir les premières semaines, car ils auraient trop attiré l'attention. Comme ils doivent rester anonymes quand ils frappent ici et là pour demander à passer la nuit et reprendre un peu leur souffle, ou rester invisibles pour les chevaliers qui circulent, le voyage dure bien plus longtemps, disons presque trois mois. En tout état de cause, avant d'avoir passé Orléans, ils doivent prendre garde à ne pas se faire remarquer ; ils apprennent par une famille juive au voisinage d'Évreux que les chevaliers sont déjà passés par là et ont sommé les membres de chaque foyer juif de leur dire s'ils avaient vu le couple ; on menace de réduire en cendres leurs maisons s'ils l'ont abrité ou dissimulé des informations.

*

De nos jours, la distance entre Rouen et Narbonne peut se parcourir selon un trajet assez droit en empruntant les autoroutes françaises. Après avoir examiné les cartes en détail pour trouver d'éventuelles routes de campagne anciennes, j'en conclus que même à l'époque, en dehors de quelques sections, il était assez évident de définir des grands axes pour effectuer ce voyage. Ainsi, la route la plus confortable pour s'éloigner le plus vite possible de Rouen était la grande voie de communication romaine connue sous le nom de chaussée Jules-César. Suivant un tracé rectiligne à travers les bois du Vexin, elle était encore très passante. Mais elle s'orientait vers le sud-est en direction de la capitale, ce qui les exposait à un grand danger. Les messagers sur cette route fonçaient dans les deux sens entre Rouen et Paris. Elle était donc très fréquentée et on aurait pu les reconnaître. Les amants en fuite ont sûrement dû rester à l'ouest de Paris dans les régions rurales de la Normandie et de l'Eure-et-Loir. En quittant Rouen, ils ont longé Chartres pour aller vers Orléans, où ils ont tout de même trouvé refuge chez des juifs qui ont pris le risque de les accueillir et où ils ont pu se reposer un peu pour la première fois, reprendre des forces pendant quelques jours. C'est déjà toute une étape : jusqu'à Chartres plus de cent trente kilomètres, jusqu'à Orléans près de deux cent cinquante, une distance que je parcours à présent en voiture, en prenant des petites routes départementales, à la vitesse modérée de cinquante kilomètres par heure, en une demi-journée. À l'époque, à une vitesse moyenne de tout au plus vingt kilomètres par jour, le trajet aura duré un peu moins d'un mois, en supposant qu'ils aient progressé jour après jour au même rythme et qu'au bout d'un certain temps ils aient finalement pu disposer d'un petit véhicule bâché tiré par un cheval et se défaire de leur mule.

Combien de cours d'eau doivent-ils traverser durant cet interminable trajet, chaque fois qu'ils veulent éviter de faire un détour ? De Rouen à Narbonne, il y en a une cinquantaine, en comptant tous les petits. Les ponts présentent des risques, ce sont des goulets d'étranglement. À peine le couple a-t-il franchi la Seine près de Pont-de-l'Arche qu'il doit traverser une rivière un peu plus loin : l'Eure, qui rejoint la Seine non loin de là.

Debout devant la rive sableuse, je me mets de nouveau à douter du chemin qu'ils ont emprunté pour s'enfuir. Pourquoi ne les aurait-on pas fait sortir clandestinement de la ville, justement en suivant le cours sinueux de la Seine sur un petit bateau discret, avec la complicité d'un pêcheur juif sur place ? Ils risquent à tout moment d'être découverts et trahis. J'imagine que leurs poursuivants contrôlent attentivement le fleuve. L'autre rive de la Seine, au nord-ouest vers l'embouchure à Honfleur, est également étroitement surveillée, à l'aide de quelques petits snekkes rapides. Le père de Vigdis a tout autant de raisons de soupçonner sa fille et ce juif méridional de vouloir fuir par la mer, en naviguant de Rouen à Bordeaux, puis poursuivre leur voyage par la terre. Encore faut-il que le père ait l'idée que le jeune homme a enlevé sa fille pour se rendre à Narbonne. Le manuscrit en hébreu de la Genizah Collection de Cambridge, sur lequel se fonde mon récit, raconte en tout cas que les chevaliers de son père les ont poursuivis jusqu'à Narbonne.

*

Elle s'est laissé emporter, se dit-elle parfois. Les mots de la Torah s'enroulent autour des prières de sa jeunesse comme un phylactère. À bien y réfléchir, le rabbin et le prêtre lui inspirent l'un comme l'autre de l'angoisse, elle voit la main menaçante de son père au-dessus de sa tête. Elle n'a pas auprès d'elle de conseiller qui puisse lui dire comment se comporter, comment faire face à cette situation. Elle a bénéficié de l'éducation d'une enfant choyée, mais maintenant qu'elle a écouté ce que lui dictait son cœur et qu'elle s'en est tenue à sa position, elle ne sait plus quoi faire. Seules sa volonté, sa personnalité peuvent la sauver. La ténacité des Vikings est un trait de son caractère qui refait surface au bout d'une dizaine de jours. Tandis que le cheval avance sur les routes désertes, elle se ressaisit peu à peu. Le frémissement de son cœur se transforme en une détermination nerveuse. Elle serre les dents et, quand elle se sent envahie par un sentiment d'impuissance, elle regarde le jeune homme vigilant à ses côtés. Souvent, ils ont envie de se dépêcher, mais ils ne feraient qu'attirer l'attention de ceux qui les croisent. En effet les paysans méfiants recueillent vite les rumeurs venant de la ville : la fille d'un éminent bourgeois a filé avec un juif ! Le problème n'est donc pas de s'enfuir le plus vite possible, mais le plus discrètement possible. Aussi voyagent-ils déguisés, souvent tôt le matin, en restant sur leurs gardes. Ils marchent sur les routes furtivement, ne font confiance à personne et tirent leurs capuchons au-dessus de leurs têtes quand ils croisent des cavaliers sur une route de campagne. Ils font de petits détours pour éviter les lieux où ils soupçonnent ou craignent la présence de postes de guet.

Un après-midi, voyant passer un groupe d'individus extravagants et pittoresques, ils décident de faire un bout de chemin avec eux. Dans ce cortège, de curieux messies et aspirants à la sainteté montent la tête à des hordes de miséreux, de crève-la-faim, en tenant des discours et des prêches. Ils citent des passages de l'Apocalypse de saint Jean, crient que la Bête à dix cornes arrive, que l'antéchrist est déjà parmi eux, que le monde va être anéanti par le feu et par l'épée. La population réagit de manière insensée, chahute, siffle, forme des rondes et court devant pour tambouriner aux portes dans les petits villages. Où que passe le cortège, des gens quittent leurs humbles logis pour le rejoindre. Ils abandonnent leur maison et leurs biens, partent avec femme et enfants. Ils espèrent un sort meilleur tout en beuglant avec les autres que la fin des temps est imminente. Ils rêvent de butins, de profanations et d'aventures. Ils n'ont rien à perdre, rien à gagner non plus, mais le fait d'être ensemble les rend téméraires. Ils boivent une sorte de bière rudimentaire, en viennent aux mains. Ici et là un blessé tombe sur le bas-côté. Il est souvent abandonné sur place. David et Vigdis marchent avec eux, leurs capuchons bien tirés au-dessus de leur tête : le groupe leur offre une protection bienvenue contre les chevaliers partis à leur recherche, car il ne vient à l'esprit de personne de fouiller ou d'interroger cette bande de zélateurs. Ils se tiennent tranquilles, le plus souvent au milieu des femmes et des enfants. Parfois on leur donne un morceau de pain ou un peu de lait. On ne leur demande rien. Ils dorment avec les autres. La nuit sont allumés des feux qui sont censés protéger l'ensemble du groupe. Ils parcourent ainsi des parties du trajet qui sont parmi les plus dangereuses, les premières centaines de kilomètres. Mais un matin au réveil, ils s'aperçoivent que leur petit cheval a disparu. Ils doivent laisser derrière eux le véhicule bâché, prennent sur les épaules ce qui n'est pas trop lourd à porter, poursuivent leur route en se traînant, voyant la meute déchaînée disparaître au loin.

*

Quand ils arrivent à Évreux après cette première semaine bousculée, Vigdis Adélaïs respire de nouveau. Comme ils se font surprendre par une averse matinale, leurs vêtements, qui ont séché sur leur corps en sueur, sentent mauvais. Ils trouvent à se loger auprès d'une famille juive apparentée à un ami de David à la yeshiva. On leur sert pour la première fois un repas consistant, ils peuvent se baigner ; on met à leur disposition des chemises de lin fraîchement lavées. On remet à Vigdis des vêtements discrets, une cote munie d'un surcot ajusté et une jupe évasée. Elle porte au-dessus une cape faite d'une étoffe simple et grise. On nettoie leurs propres vêtements et on les suspend dans une soupente. Ils dorment ensemble pour la première fois dans une chambre humide à l'arrière de la maison, sur un lit de feutre, mais ils se touchent à peine. Ils sont allongés l'un contre l'autre vêtus de leurs chemises, les yeux ouverts et le corps en feu. Incrédules, ils ont le regard vague. Les idées se bousculent dans leurs têtes.

En proie à la fatigue et à un curieux mélange d'euphorie et de panique, ils entendent vers quatre heures et demie du matin le premier coq chanter. Vigdis perçoit des marmonnements à côté d'elle, des mots qu'elle ne comprend pas. *Modé ani léfanékha, Mélékh 'Haï vékayam, chéhé'hézarta bi nichmati bé'hémla, rabba émounatékha*. Puis David se lève. Dans la pénombre, la jeune fille regarde le rituel dont elle a entendu parler. Le jeune homme enroule une lanière de prière sept fois autour de son bras, l'autre autour de sa tête ; elle observe attentivement l'étrange boîte sur son front et retient son souffle. Il récite la prière du matin dans la chambre nue et silencieuse. Elle le fixe, sous le drap rugueux. Elle pense au credo chrétien que son père récitait souvent tôt le matin. Elle est libre et en danger de mort.

Elle peut difficilement se douter qu'elle emportera ces lanières de prière avec elle après le meurtre de son mari et qu'elle les laissera dans la genizah d'une synagogue égyptienne, où elles seront retrouvées après huit siècles par le rabbin Solomon Schechter, et soigneusement conservées comme un rare exemple de tefillin du Moyen Âge. Sur Internet circule une photo grise et floue de ces objets dans leur pièce silencieuse, froide, mille ans plus tard. Diaspora des objets.

3

Après Évreux, la vaste plaine s'étend devant eux jusqu'à l'horizon. Ils contournent des petits villages et avancent vite, le paysage ici est plat et facile. Ils arrivent près de l'emplacement de l'actuel Nonancourt, où la route grimpe. Ils montent un peu vers la plaine suivante. En regardant derrière eux, ils voient le chemin parcouru, une large vue d'ensemble surplombée par des nuages et des nuées d'hirondelles. Broussailles, fourrés, quelques mares aux eaux stagnantes noires, de temps à autre un sanglier les fait sursauter, égratignures en se frayant parfois un chemin à travers les ronces, fatigue, découragement. Une crise de larmes au crépuscule ; faim et soif, méfiance des rares habitants de quelques maisons basses quand ils viennent frapper à la porte.

Ici et là on cultive de l'épeautre. Les champs sont petits, négligés et irréguliers. Près d'un rempart sous un vieux chêne de grande taille quelques cochons foncés fouillent furieusement le sol de leurs groins. Juste en dessous de Blévy, ils traversent la paix enchanteresse du bois accueillant de Saint-Vincent. Ortolans, pies-grièches, fauvettes des jardins, un loriot jaune, les *toc-toc* creux d'un pivert. Bruissements de feuilles, hautes fougères dans les sous-bois, sceaux-de-Salomon, espoir fugitif. Ils cueillent des baies. David, qui a appris enfant comment attraper des oiseaux avec un filet, prend quelques pigeons, leur tranche la gorge d'un seul geste. Il les plume et les nettoie, les rince à l'eau et, avec un peu de sel, les laisse se vider de leur sang pendant toute une nuit conformément aux règles de la cacherout. Il les rôtit le lendemain matin sur un petit feu. Des mouches bourdonnant près du cadavre d'un jeune renard, l'impulsion de Vigdis d'adresser une prière à un quelconque saint. Confusion, angoisses nocturnes. Vent doux aux premières lueurs du jour. Ils se mettent aussitôt en route, arrivent en début d'après-midi au voisinage de l'actuelle Méréglise. Soudain, quelque part à la lisière d'un jeune bois, David, accablé par ses préoccupations et ses doutes, la prend dans ses bras. Elle essaie de le repousser, il l'étreint. Une flamme semble leur parcourir le corps. Il la fait basculer dans l'herbe, lui ôte ses vêtements en haletant. Elle est en sueur et l'odeur de sa peau étourdit David de désir. Elle ne sait pas ce qu'il lui arrive. Elle brûle et se sent devenir humide, un désir insupportable, il est déjà sur elle, avant qu'elle n'ait le temps de s'en apercevoir il est en elle, dur comme une lance, pourtant elle se sent submergée de douceur. Elle voit les pigeons battre des ailes, des taches de lumière éclairent son visage, l'odeur d'herbe séchée est envahissante. David l'embrasse dans le cou, la caresse sauvagement et maladroitement, marmonne des mots qu'elle ne comprend pas, ils tressautent et ondulent l'un contre l'autre, l'euphorie alterne avec un sentiment d'angoisse et des tremblements qui stimulent leurs corps. Elle sent quelque chose de chaud couler entre ses jambes. Une grive siffle dans un jeune bouleau agité par le vent. Tout devient flou, il n'y a plus que cet ample mouvement infini en elle, soudain cela s'arrête, il est agité d'une secousse et pleure, elle le caresse, ils mettent longtemps à reprendre leur souffle, ils sont trempés de sueur, ils recommencent, avec acharnement et sans un mot, pendant près d'une demiheure cette fois, elle sent en elle quelque chose de si intense qu'elle en a le vertige. Ses doigts se cramponnent à l'herbe, puis à ses épaules, les odeurs de leur respiration amoureuse se mélangent. Des abeilles bourdonnent à leurs oreilles, des fourmis dans l'herbe sous elle, elle sent les morsures acides pénétrer dans sa peau. Elle en éprouve une excitation encore plus grande, leurs mouvements se déchaînent, elle sanglote, hoquette, embrasse, mord, lèche, ils recommencent à peine ont-ils terminé. Après quelques heures ils finissent par s'apaiser, il est encore allongé sur elle de tout son poids, elle est sous lui, rêvant, regardant un cerf qui détale en grognant au-dessus de leurs têtes, elle éclate de rire, elle sent en elle une joie folle, insensée, et dit : maintenant je suis ta femme.

*

Elle a raison. D'après les coutumes juives de l'époque, ils sont devenus, par ces transports dans un pré insignifiant à l'orée d'un bois, mari et femme pour l'éternité de leur courte vie. Ils ne se lèvent qu'au crépuscule, chancelant encore sur leurs jambes. J'ai encore envie, dit-elle en riant, comme ivre. Il la soutient, pendant un instant elle se tient nue de tout son long avec en toile de fond le bois, au loin des chiens sauvages se poursuivent. Il prend son propre manteau pour l'envelopper, la protège du vent et du monde, enfonce à nouveau son nez dans ses folles boucles blondes, dans son cou. Elle pouffe de rire, se tait, le regarde fixement, se rassoit dans l'herbe, il l'aide à s'habiller. Ils s'endorment là où ils sont assis, se réveillent seulement le lendemain matin aux premières lueurs en entendant le chant éblouissant du rossignol. Ils s'embrassent de nouveau, faisant jouer leur langue autour de celle de l'autre, se mordant mutuellement les lèvres. Ils reprennent leurs ondulations énergiques et prolongées l'un en l'autre, elle lui enfonce les ongles dans la nuque, il s'enfouit dans la chaleur de son bas-ventre en mouvement, ils se perdent totalement l'un dans l'autre, cela dure jusqu'à ce que le soleil répande à nouveau sa chaleur et qu'ils recommencent à transpirer, odeur paradisiaque de leur désir réciproque. Puis ils se reposent paisiblement dans les bras l'un de l'autre en écoutant les bruits dans les fourrés derrière eux.

*

Les jours suivants, ils avancent régulièrement mais plus lentement, ils s'arrêtent après quelques heures de marche pour plonger dans les hautes herbes, ardents et fatigués, indolents et acharnés, et s'embrasser et s'étreindre longuement. L'amour les épuise et leur donne une énergie inconnue ; une ivresse est née qu'ils ne savent pas maîtriser, ils oublient la faim, ils dorment sous les étoiles et ne cherchent plus de logis. Même s'ils peuvent voir d'un seul coup d'œil tout le paysage, c'est durant ces jours-là qu'ils encourent les plus grands risques : s'ils croisent sur leur route quelques sinistres vagabonds, c'en est fait d'eux, car leurs vêtements sont d'assez bonne qualité et David porte sa bourse attachée à sa ceinture. Allongés, sans défense, ils sentent le vent du soir souffler sur leur peau en sueur, entendent de temps en temps un chien-loup hurler. Un jour, ils voient un ours brun à la lisière d'une forêt. Ils rient en haussant les épaules, ils ont un peu perdu le sens de la réalité, ils planent puis reprennent péniblement leur route. En se fiant au soleil, ils suivent leur cap vers le sud, mais au bout d'un moment ils semblent tout de même avoir dévié vers l'est. Il leur faut encore une semaine avant d'apercevoir au loin Orléans, ils restent à quelques kilomètres à l'ouest de la ville, arrivent près des rives sableuses de la Loire, lavent leurs vêtements, se baignent, font l'amour dans l'eau jusqu'à ce qu'un homme approche dans un bateau à fond plat. Il les regarde fixement, paraît évaluer ses chances. David se redresse dans l'eau, garde les yeux rivés sur l'homme jusqu'à ce qu'il soit passé. Avec la camisole de Vigdis qu'il plie pour la transformer en filet, il reste une heure à pêcher des poissons ; quand il en a attrapé trois, ils en mangent un cru, conservent les autres qu'ils grillent sur un feu à la tombée de la nuit. Ils se caressent le corps de leurs doigts que le gras a rendu glissants. Ils décident d'aller à Orléans ce soir-là et de se présenter chez un riche marchand juif, une connaissance du père de David chez qui il a déjà séjourné quand il a fait le voyage jusqu'à Rouen.

4

À l'époque, il y avait à Orléans une importante communauté juive – plus grande que celle de Paris. Les chroniques font état de plus d'un millier d'habitants juifs vers l'an 1090. Il allait donc de soi qu'ils y cherchent refuge, mais entrer dans une ville par une porte surveillée n'en était pas moins dangereux. S'ils disaient qu'ils étaient juifs, ils risquaient d'être discriminés, injuriés ou rançonnés. Si Vigdis faisait savoir qu'elle était chrétienne, ils pouvaient être suspectés : partout, des chevaliers étaient à leur recherche, et une blonde voyageant avec un juif d'aspect méridional ne passait pas facilement inaperçue. Néanmoins, les communautés juives communiquaient activement entre elles. Il existait un réseau qui permettait d'envoyer des messagers vers une adresse amie, qui prenait alors des mesures de sécurité : quelqu'un venait chercher les fugitifs à l'extérieur des portes de la ville et les cachait dans sa voiture bâchée pour les faire entrer clandestinement. Les possibilités étaient aussi nombreuses que les dangers.

À Orléans, la maison du rabbin tient lieu de yeshiva. David y rencontre le fameux Rachi de Troyes – un érudit haut en couleur qui vient discuter de jardinage, de questions linguistiques en français, de transcriptions hébraïques et de circoncision. Ils peuvent passer la nuit dans la maison du marchand juif. Vigdis reçoit de nouveaux vêtements. Elle se repose à côté d'un puits, sent l'amour lui enflammer le corps – loin de ses parents, du calme de la maison, de ses premiers pas timides devant la yeshiva de Rouen. Le soir, elle se promène avec David au bord du fleuve. Des enfants jouent sur la rive, des pêcheurs passent avec de petits filets le long d'endroits peu profonds. Un homme joue du pipeau, un autre tape sur un tambourin. Une bande de chiens errants est étendue près de l'eau, un ivrogne fait ses besoins là où ils viennent de s'asseoir un instant, une charrette tirée par un cheval avance dans la poussière. Moustiques, coléoptères, taons. Le chaos de la vie les entoure. Ils brûlent de sommeil, de démangeaison, d'excitation. Ils dorment dans des chambres séparées que le marchand a fait préparer pour eux. Le matin, David se faufile dans la chambre de Vigdis, se rue sur elle comme un affamé, une servante les surprend. Elle pouffe de rire et veut se joindre à eux, David la tient à l'écart, Vigdis est soudain silencieuse et se dit : pourquoi vois-je tant de taches sombres dans la lumière ?

Dans la maison du marchand, elle reçoit ses premiers cours sur la cacherout, les prescriptions déterminant la préparation des aliments casher. Elle apprend que les ruminants au sabot fendu peuvent être mangés, mais pas les autres ; qu'il ne faut pas faire cuire un chevreau dans le lait de sa mère. Elle apprend qu'il y a deux éviers, un pour la viande et un pour le lait, et deux ensembles de couverts. Elle fait aussi la connaissance d'un curieux objet nouveau : une fourchette à deux dents, une rareté à l'époque, ce qui montre que la famille où elle se retrouve est aisée et qu'elle a de bonnes manières. En riant, elle enfonce cette chose moderne dans un morceau de fromage de chèvre, elle le porte à sa bouche. Aussitôt après, elle a la nausée, au point de devoir s'agripper au bord de la table, on l'installe sur une chaise. Les femmes autour d'elle marmonnent et secouent la tête.

Plus tard, elle passe en compagnie de plusieurs femmes juives devant l'église romane d'Orléans. Elle ressent une vive douleur, éprouve l'envie d'entrer à l'intérieur pour prier dans la fraîcheur de la cathédrale. Une des femmes dit : c'est là que vont les goyim. Vigdis regarde les représentations des saints en pierre, essaie de ne pas réfléchir.

En parlant de chrétiens, dit la femme, quand ma grand-mère était encore enfant, on a brûlé vivants douze hérétiques ici ; c'était la première fois qu'on faisait ça en public, toute la ville en parle encore. Même dans la communauté juive, on continue d'évoquer cette histoire. C'étaient des religieux de haut rang. Apparemment, il y a eu pendant le procès une discussion animée et érudite. La foi et la dignité des accusés ont semé le trouble. Peut-être est-ce justement leur étonnante ferveur religieuse qui a été perçue comme la plus grande menace. Leurs convictions devaient être proches de celles des cathares plus tard. Sur le plan théologique, ils paraissaient rationnels : d'après eux, la transformation du pain et du vin en corps du Christ ne devait pas être prise à la lettre, mais avait valeur symbolique, le corps d'un être humain ne pouvait recevoir le Saint-Esprit par le baptême, et, après un meurtre, aucun pardon n'était possible. Comme les cathares, ils ne reconnaissaient pas l'autorisation divine accordée au mariage chrétien. Le plus intéressant est peut-être qu'ils étaient végétariens : selon eux, manger des animaux était impur et interdit. Ils ne s'étaient doutés de rien ; ils avaient le sentiment de contribuer à une discussion théologique. Finalement, les accusés ont confessé leurs idées hérétiques. Dehors la foule exigeait en hurlant leur exécution. Ils ont été enfermés et, quelques jours plus tard, emmenés en dehors de la ville à la lisière d'une forêt, où on les a jetés dans une cage en bois à laquelle on a mis le feu. La population a été très impressionnée par le spectacle de ces membres haut placés de l'Église qu'elle voyait hurler et crever. Depuis, les bourgeois juifs haut placés se montrent prudents, conscients que la tolérance peut vite basculer dans la haine et la calomnie.

Vigdis Adélaïs pense à son propre sort ; ce récit la choque, elle demande d'autres explications, les femmes haussent les épaules, un homme passe en jouant de la vielle. Le monde lui semble à la fois menaçant et familier, proche et insaisissable. Mais en fait, elle n'a pas idée de ce que peut signifier

« insaisissable ». Elle ne pense pas en ces termes. Dans le monde de ses parents, elle est devenue une hérétique. Dans celui de son futur mari, une convertie. Comme c'est difficile de perdre l'habitude de dire certaines prières, dit-elle soudain. Les autres femmes la regardent étonnées et lui demandent de réciter une prière juive. Elle bredouille, bafouille, cherche à reprendre son souffle. Une des femmes affirme qu'elle ne sera jamais une vraie juive, une autre la prend par le bras et lui dit : il est tard déjà, rentrons à la maison. Soudain Vigdis se rend compte qu'il ne reste plus qu'une seule personne au monde qui puisse la sauver : l'homme qui l'a mise dans cette situation désespérée.

*

Trois jours plus tard, ils sont contraints de partir. Ils ont entendu que des chevaliers sont venus dans la ville et ont posé des questions les concernant – seulement dans les familles chrétiennes, heureusement, mais on ne sait jamais, quelqu'un les a peut-être aperçus sur les rives de la Loire et a pu faire le rapprochement avec la description donnée. Pourvus d'une mule, de nouveaux vêtements et de couvertures, d'une gourde remplie de vin, de sacs de viande séchée, de pain azyme et de farine, ils reprennent la route, inquiets et traqués, aux aguets, proches l'un de l'autre, pressant le pas sur les routes poussiéreuses. Accablés par les premières chaleurs de juin, ils se dirigent vers Bourges, plus au sud, au-delà des étangs de Sologne. En chemin, ils se font dévorer par les insectes. Ils s'enduisent la peau d'un baume que leur a donné la femme du marchand. La substance leur fait luire la peau, sent mauvais et s'avère inefficace. Ils se grattent furieusement durant les nuits chaudes qu'ils passent à la belle étoile, restent éveillés et écoutent les cris des petits animaux sauvages, en sentant la forte odeur des déjections à proximité. Mais surtout, ils tendent l'oreille au cas où ils entendraient des chevaux passer au trot dans les ténèbres. Il fait si chaud qu'ils ne font pas de feu pour tenir les animaux à distance ; de toute façon ce serait trop dangereux. David a délimité un cercle autour de l'endroit où ils dorment à l'aide de bâtons pointus sur lesquels il a suspendu des peaux de bête. Même entourés de ce petit bastion rassurant, ils ne s'endorment que lorsqu'ils sentent la première fraîcheur matinale. Dans le jeune ventre de Vigdis Adélaïs grandit une chose qu'elle ne comprend pas encore.

*

Région boisée, petits étangs, hérons au bord des mares, poissons en abondance, jour après jour. Ils mangent des groseilles, des fraises des bois très sucrées, des cerises sauvages croquantes. Elle a appris à faire cuire des galettes de pain sur des pierres chaudes. Elle vide les poissons avec ses mains devenues rêches, elle ressemble à présent à une jeune paysanne. Elle a le visage tanné, dort parfois debout dans la journée et un jour vomit tout ce qu'elle a dans le corps. Ses vêtements éclaboussés d'une bouillie acide, elle continue de hoqueter, ressent le besoin d'uriner, puis vomit encore, soutenue par David elle va s'allonger sur l'herbe du talus, il la recouvre d'une étoffe légère. Elle dort jusqu'à ce qu'elle sente une brise fraîche souffler au-dessus d'elle en fin d'après-midi. Un orage éclate, brusquement la voûte céleste ténébreuse se déchire, déversant des trombes d'eau, les éclairs se succèdent partout autour d'eux. Elle hurle, se signe, se dit alors que ce Dieu ne l'aidera plus, se cramponne à David. La mule se cabre, tire sur sa bride, se libère, s'éloigne au trot sous la pluie battante. La pluie tiède tombe si dru qu'ils ont l'impression d'être sous l'eau. Elle a la sensation de ne plus pouvoir respirer, la foudre frappe tout près, il n'y a pas d'abri en vue. Ils attendent serrés l'un contre l'autre la fin de l'orage. Dieu, pense Vigdis, Dieu de ma jeunesse, comme la prière me manque ! Elle prie, en silence, en latin, tandis que David marmonne des textes hébreux.

Quand l'orage se déplace vers l'est, ils voient s'élever des terres désertes une vapeur irisée. De quel dieu est-ce un signe ? se demande-t-elle. Elle pince si fort le bras du jeune homme à côté d'elle qu'il sursaute et s'apprête à lever la main sur elle. Effrayé par sa propre réaction, il la prend dans ses bras. Il n'y a rien à dire. Les premières étoiles apparaissent dans le ciel bleu pâle, terne. Ils sont totalement seuls, quelque part au voisinage de l'actuel Vierzon, à l'époque pas plus qu'un hameau. Les vêtements humides, ils arrivent à une auberge avec un vieux toit de chaume, boivent du moût acide à une table foncée, mangent le pain dur et le fromage de chèvre que leur sert l'aubergiste ;

la chambre où ils passent la nuit sur une paillasse bruit et grouille de loirs, de rats et de souris.

*

Je prends la voiture pour suivre leurs traces, après avoir passé une heure à examiner des cartes. Depuis Rouen, je me dirige le plus droit possible vers le sud, en empruntant des petites routes en direction d'Évreux. La France rurale déploie tout son charme en ce début d'été. Gerbes de roses sauvages dans les vieilles haies, étangs sur lesquels glissent majestueusement des cygnes, jours de marché sous des tilleuls fleuris, bleuets dans les blés, arbres fruitiers en fleurs, paysages à perte de vue, jardins potagers et vieilles serres. Petites routes bitumées semblant se prolonger à l'infini sur lesquelles je ne croise strictement aucun véhicule. Tous les dix kilomètres, je constate une modification du paysage, chaque fois conscient que presque rien n'est resté inchangé. Au voisinage de Montigny-le-Chartif, je flâne dans ce qui reste du bois où David et Vigdis ont fait l'amour pour la première fois. Un motard fonçant le long de ce bois estival silencieux produit un tel bruit que mon cœur bondit. Aujourd'hui aussi il y a des myrtilles, j'essaie d'imaginer ce qu'ils mangeaient, s'ils marchaient vite ou d'un pas de promeneur.

En début d'après-midi, je flâne dans les rues tranquilles d'Illiers-Combray. J'ai déjà visité ce lieu il y a vingt ans. Je reviens fureter dans la maison de la tante Léonie de Proust. J'entre dans le jardin, j'y trouve quelques instants de paix. Je me souviens à quel point j'avais été saisi, la première fois, par les reflets colorés que le soleil projette à travers ces petits carreaux teintés sur le sol ancien, qui ont donné à l'écrivain l'occasion de se plonger dans des considérations sur la lumière et le temps. À présent je cherche une autre lumière et un autre temps, mais d'une certaine manière, lorsque je retourne vers ma voiture, cette soif qu'avait Proust de sensations intimes vibre sous le soleil de l'après-midi. Je reprends le plus lentement possible ma route vers Orléans.

Au coucher du soleil, je me tiens devant les rives de la Loire. Je vois les bateaux à fond plat, les jolies filles qui embrassent fougueusement des jeunes gens laids, la paix par ces temps agités. J'ai en tête un air qu'a chanté David Crosby : « Orléans, Beaugency, Notre-Dame de Cléry, Vendôme... »

Ensuite m'attendent trois cents kilomètres d'autoroute noire déserte, le regard fixe face aux phares comme si le générique d'un début de film ne cessait de s'afficher, musique de Gregorio Allegri et du divin Josquin des Prés. Je sonde mon imagination, l'idée que je me fais de l'époque de David et Vigdis : un lointain obscur, une tache de lumière devant moi qui s'éloigne chaque fois que je m'en approche. Sous les ciels nordiques, je retrouve mon logis bruxellois à deux heures du matin et me dis : ces derniers jours, en ai-je appris ou vu davantage que maintenant, dans le noir, pendant ce voyage nocturne dans mon monde intérieur ? Mon illusion, mon désir de percevoir le moindre détail de cette femme aboutissent à la constatation qu'aujourd'hui elle n'est présente nulle part en dehors de mon imagination.

*

Un matin d'été, au centre de la France. Le claquement des sabots des chevaux, le roulement des tonneaux, les coups de marteaux chez un forgeron, les carillons, les banderoles jaunes devant une place forte rudimentaire. David et Vigdis observent pendant un certain temps un moulin à aubes, l'eau gargouille, scintille, goutte, se déverse et coule sous leurs pieds à travers les rues boueuses, puis s'évapore au soleil. David achète une mule, une petite monture vive, d'aspect oriental. L'homme affirme que quelqu'un l'a amenée de Jérusalem. Yerushalayim, dit David, en regardant rêveusement devant lui. Vigdis lui parle de son frère Arvid à Rouen, qui dansait en bondissant dans la cour intérieure et en criant : plus tard j'irai à Jésusalem, Jésusalem, et de sa mère qui le corrigeait en riant : oui, plus tard tu iras à Jérusalem, la ville sainte des chrétiens, et je viendrai avec toi. David lui dit : non seulement votre église du Saint-Sépulcre est détruite là-bas, mais notre Temple l'est aussi, et depuis bien plus longtemps. Dire qu'il s'adresse à elle comme à une étrangère, en employant « votre », dire qu'à un moment d'inattention il l'associe de nouveau au monde de son père à Rouen ! Elle se tait et réfléchit : je n'ai encore jamais été aussi seule.

*

Le monde où ils sont en fuite connaît des changements bouleversants, révolutionnaires, des idées nouvelles se forment à un rythme soutenu. J'ignore ce qu'ils savaient déjà. Par exemple, l'étudiant David était-il au courant que le grand philosophe Avicenne avait décrit pour la première fois le mécanisme des maladies contagieuses ? Avait-il entendu parler des conceptions sur la dentisterie du praticien arabe Abu al-Qasim al-Zahrawi ? Avait-il ce genre de discussions avec elle ? Les poèmes d'Omar Khayyám n'avaient pas encore gagné l'Occident, le lyrisme courtois n'existait pas encore, mais peut-être parlaient-ils ensemble de poésie, en jeunes gens cultivés qu'ils étaient. Il n'est pas impossible non plus que Vigdis ait déjà su déchiffrer la musique dans la notation musicale conçue par Guido d'Arezzo un demi-siècle plus tôt. Les premiers chants à plusieurs voix ont retenti dans les églises pendant sa jeunesse, la polyphonie arrivait. L'architecture était sur le point de passer du roman au gothique, on construisait des édifices religieux toujours plus hauts ; le monde se revêtait, comme l'a écrit le moine Raoul Glaber, d'un manteau blanc d'églises.

5

Il se peut qu'à partir d'Orléans ils aient progressé rapidement, même si le Loiret est moins simple à traverser que la Loire : il est certes plus étroit mais son courant est plus fort, avec ici et là de petits tourbillons. Dans la forêt solognote, les insectes bourdonnent autour des étangs. De jeunes arbres poussent partout et les bosquets alternent avec les clairières et les plans d'eau. Je mange un sandwich et fais un somme au bord de l'Ardoux. La région a été drainée au fil des siècles : à l'époque les terres devaient être bien plus marécageuses et souvent difficiles à traverser. Une des rivières suivantes, le Cosson, coule de nos jours juste derrière le château de La Ferté-Saint-Aubin, une demeure seigneuriale lumineuse et très agréable datant du dix-septième siècle.

Les jours où Vigdis et David parvenaient à séjourner chez des juifs appartenant à la bourgeoisie, peut-être goûtaient-ils des plats exquis. Quand ils logeaient chez des paysans, David devait expliquer à Vigdis tous les aliments qui lui seraient interdits après sa conversion. Les gens au Moyen Âge, même dans les classes inférieures, mangeaient presque tous les petits oiseaux possibles, souvent dans des pâtés, ou rôtis entiers jusqu'à ce que leurs os s'amollissent et puissent être consommés. Faisans, cailles et grives étaient régulièrement servis. Parmi les recettes des meilleures cuisines figurait, pour ne citer qu'un exemple, le brouet d'hirondelles. Quand ils en avaient les moyens, les hommes et les femmes de l'époque mangeaient copieusement : dix œufs par personne en plat unique ne formaient pas une exception dans les milieux aisés. Chaque famille fortunée pouvait compter sur la récolte des quelques métayers et serfs qui vivaient sur leurs terres. Cela valait aussi pour les seigneurs féodaux, qui disposaient cependant de récoltes bien plus importantes. Le menu comportait beaucoup de viande de porc, mais David s'en tient certainement à bonne distance. Vigdis adapte son régime à sa nouvelle religion. Quand, entre deux villes ou lieux d'hébergement, ils traversent champs et forêts, ils ont sur eux des provisions : des sacs de cuir étanches contenant du vin, de l'eau, de la viande séchée, du pain azyme, du pain dur et du fromage. Ils trouvent des fruits partout, c'est l'été : les myrtilles, les mûres et les framboises abondent, même les premières pommes et les premières poires, bien que ce soient souvent les fruits durs d'arbres encore sauvages, non cultivés. S'agissant de légumes, au onzième siècle, on mange des carottes, des petits pois, beaucoup de haricots et de betteraves, des poireaux et du cresson de fontaine, avec des échalotes et de l'ail. Dans les étangs et les ruisseaux, ils peuvent attraper des poissons.

Les hommes et les femmes du Moyen Âge étaient aussi de fervents guérisseurs. Presque chaque herbe aromatique avait son utilité, il existait des herbiers médicinaux détaillés, toutes sortes de décoctions étaient conseillées et utilisées pour les maux les plus divers. Hildegarde de Bingen, née en 1098 quand Vigdis Adélaïs rentre d'Égypte, sera la première à écrire un manuel médicinal approfondi. Peut-être avaient-ils emporté un petit stock de remèdes pour la route, des sachets de simples, de graines et d'onguents.

*

Ils suivent un certain temps la Rère, une petite rivière traversant une région boisée bucolique. Ils se baignent, se reposent, dorment un peu. Il lui enseigne le *Chéma Israël*. Elle lui chante les vieilles chansons flamandes que sa mère lui a apprises.

Ils sont dans le Berry, la région pour moi associée à George Sand et Chopin. Ils poursuivent leur voyage jusqu'à ce qu'ils arrivent dans les vignes de Menetou-Salon, les plus anciennes connues en France, qui sont déjà évoquées dans les chroniques en 1063. Comme David sort de sa bourse une pièce d'argent, ils sont les bienvenus chez le seigneur de Menetou. Dans les archives, il est réputé être un homme généreux et magnanime, dévot mais ouvert d'esprit. Il offrait régulièrement son vin à des ordres religieux de la région, surtout à l'abbaye de Saint-Sulpice, au voisinage de

Bourges. Il donne au jeune couple tout le nécessaire pour reprendre des forces ; son jardin cruciforme fleuri est un régal pour les yeux, un petit paradis privé composé de parterres carrés de plantes aromatiques, de fleurs et de légumes. Ils logent cinq jours sur place, parlent le soir avec le Seigneur, qui est bien disposé envers eux et leur prodigue des conseils pour la route. Au moment des adieux, il leur rend la pièce en souriant.

Quant à moi, qui suis leurs traces, je ne reste sur place qu'une nuit. Peu avant minuit, j'erre encore dans le jardin. La pleine lune se reflète dans l'eau stagnante d'un étang bordé de hauts bambous. Dans la propriété actuelle, la lumière est allumée comme dans un tableau de René Magritte.

*

Pour entrer dans la ville de Bourges, comme ils viennent du nord, ils doivent traverser trois rivières : le Moulon, l'Yèvre et l'Yévrette. À l'époque déjà, un pont enjambait les deux premières ; la troisième en a été dotée un peu moins d'un siècle plus tard, mais il y avait certainement un bac.

Je ne sais pas chez qui ils ont logé ; les traces de la communauté juive de l'époque ont totalement disparu. Mais ils sont en sécurité dans cette ville bourgeoise qui sera élevée, dix ans plus tard, au statut de ville royale. Partout les cloches sonnent, elles résonnent dans les petites églises, elles carillonnent dans la cathédrale, elles tintent dans la cour intérieure d'un cloître. La cathédrale, construite au début du Moyen Âge, est encore romane. Comme de coutume à l'époque, les représentations des saints sont peintes de couleurs vives. L'entrée de l'église donne de ce fait une impression presque orientale ; une beauté multicolore qui prend même David au dépourvu.

C'est là, à Bourges, que je reconnais aussitôt une sculpture double dans la cathédrale de Saint-Étienne montrant des époux priant l'un en face de l'autre, les mains jointes en profonde dévotion, un bréviaire posé devant chacun d'eux, un chapelet à côté. Figés dans la pierre, ils se regardent fixement, dans une concentration extrême, deux personnages qui semblent réaliser une performance. À gauche, la sculpture de la femme, faite de diverses sortes de marbre, est pour moi une réplique de la jeune femme de Rouen – même si je sais qu'il s'agit d'un portrait de Jeanne de Boulogne, duchesse du Berry au quinzième siècle. C'est ce visage, cette expression, que j'avais en tête à Rouen, non, avant déjà, quand je la voyais descendre de la colline et atteindre en clopinant le village de montagne en Provence. Elle a dû elle aussi porter ce genre de vêtements somptueux durant ses jeunes années à Rouen – même si la suggestion du riche brocart convient mieux à cette femme mariée de la noblesse que j'ai ici sous les yeux. Le marbre de son vêtement est peint de motifs délicats ; ses petits seins sont élégamment mis en valeur par un plissé raffiné ; le marbre non peint représentant les manchettes de sa chemise en dentelle est d'un grand raffinement. Les mains sont jointes fermement et sereinement ; les pouces fins pressés l'un contre l'autre suggèrent la concentration dans la prière. Les extrémités pointues de ses doigts brillent. Le col haut, fermé autour de son cou, dépasse de son vêtement et monte jusque sous ses oreilles. Il dissimule et souligne la force frêle de son cou et de sa tête, sa volonté et son intense focalisation sur l'espoir contenu dans sa prière. Dans son dos, sa magnifique ceinture est agrémentée d'une large boucle. La lanière en cuir retombe élégamment dans la traîne de son vêtement.

Je ne suis ni le premier ni le seul qui ait été frappé par cette statue réaliste ; quand Hans Holbein a visité cette église en 1524, il a fait de cette effigie de Jeanne priant une esquisse attentive. Lui aussi a senti l'intensité du personnage, tout comme j'ai envie de la toucher, de poser ma main sur son épaule menue. C'est ainsi que Vigdis Adélaïs s'est agenouillée dans l'église de Rouen ; ce sont ces teintes presque aristocratiques qu'elle a échangées contre le vêtement juif simple avec lequel elle est entrée dans le monde d'une autre noblesse.

J'observe le jeu de lumière matinale et d'ombre dans cet espace saisissant aux deux nefs latérales, la paix intense qui émane des effets de perspective produits par les énormes piliers – la vie ténue, silencieuse, qu'insuffle cette architecture colossale à la prière murmurée intérieurement par cette femme. À travers un haut vitrail pénètre une tache de lumière ovale qui, comme une poussière lumineuse, étincelle sur le sol ancien. J'ai à l'esprit la musique de Hildegarde de Bingen.

6

Ils quittent Bourges à regret. Leur hôtesse leur recommande de rester prudents. Ils acquiescent, lui assurent qu'ils feront attention. Ils empruntent un sentier sableux sinueux et respirent l'air de l'été ; ils ont parcouru près de la moitié du chemin vers Narbonne.

Mais cette fois, dans un bois aux fourrés impénétrables du sud de Bourges, les choses tournent mal. Une forme invraisemblable surgit des ronces et des orties et leur barre la route. Un fils de paysan misérable, visiblement sorti de ses gonds, avec dans les yeux une lueur de folie, un sauvage colossal affublé d'un assemblage de guenilles puantes, un capuchon rabattu sur sa tête farouche – il agite ses poings massifs, balbutie, se racle la gorge et crache. Samule, grogne-t-il, hé, hé, Samule, il grimace et sort un couteau dentelé émoussé, Samule, ohé, ohé, Samule. Que veut-il dire, au nom du Ciel ? Il ricane comme un possédé. Sous le capuchon ils voient deux yeux étinceler. Le diable, se dit Vigdis, c'est le malin sorti tout droit de l'enfer pour venir me chercher. Elle voit ses grands pieds nus crasseux dans les ornières de la route dont il bloque l'accès. Ils restent figés sur place. Vigdis agrippe le bras de David qui aussitôt le retire, il porte la main à son poignard. Samule, ohé, ohé, crie l'homme, on dirait une plainte animale. Il se jette sur David qui se ramasse sur lui-même et saute vers le ventre de l'assaillant. L'homme en profite pour planter son couteau dans l'épaule de David. Vigdis hurle, deux autres gaillards bondissent de derrière les buissons, la saisissent, commencent aussitôt à tirer sur ses vêtements et à agripper ses jambes. Leur haleine sent le poisson pourri, a-t-elle juste le temps de se dire. Elle reçoit un coup, tout tourne, elle est déjà par terre, son nez saigne, elle sent qu'on retrousse et déchire ses vêtements, une douleur cuisante, elle ne sait pas trop où, elle entend le géant rugir, il bascule en arrière, les mains sur le ventre, du sang s'égoutte du tas de haillons. Puis l'agresseur qui se tortillait au-dessus d'elle lui tombe dessus comme un bloc, le crâne à moitié brisé. Le troisième part en courant. Elle voit au-dessus d'elle la panique dans les yeux de David, à deux reprises il enfonce profondément son poignard dans le dos de l'assaillant affalé sur elle, mourant, elle entend à côté d'elle les râles du géant, Samule, geint-il, ohé, ohé, Samule, un épais flot de sang sort de sa bouche, il se redresse, s'apprête à se jeter sur David, le manque, vacille. David tend brusquement le bras vers sa gorge, la tranche d'un seul coup, le géant tombe sur Vigdis et sur l'homme encore couché sur elle en proie à des convulsions. Elle sent cet énorme poids lui couper le souffle. David traîne le géant en train de s'étouffer dans son propre sang, un flot de liquide sombre jaillit de sa gorge tranchée. Les forces lui manquent pour déplacer ce corps colossal. Vigdis menace d'être écrasée, elle perd connaissance, David traîne, tire, et le géant agité de derniers spasmes finit par rouler et la libérer de son poids. Reste à présent le violeur mourant, dont les yeux tournent. Vigdis reprend connaissance, a envie de hurler, n'y arrive pas, parvient enfin par un mouvement de hanches à repousser le mourant. Il roule dans les hautes herbes à côté d'elle, une odeur d'excréments se répand. David saigne de trois blessures au couteau, il est pâle comme un mort et taché, tout son corps tremble, il tombe. Elle ne peut pas se relever pour l'aider. Ils restent ainsi à un mètre l'un de l'autre. Elle sanglote, il halète. Au-dessus d'eux une grive chante dans un arbre, les feuilles s'agitent au vent, non loin de là une cloche d'église sonne, puis elle ne se souvient plus de rien.

L'obscurité règne autour d'eux, c'est le cœur de la nuit. La Grande Ours a glissé du haut de la coupole céleste. Une chouette solitaire pousse un cri. Des étoiles scintillent faiblement entre les feuilles qui remuent doucement. Quelque chose bouge, non loin d'elle, elle a froid et grelotte de tout son corps. Une silhouette chancelante se tient au-dessus d'elle, une sombre forme qui se balance. Je vais mourir, pense-t-elle. Elle entend haleter. Puis elle reconnaît David. Il tombe à côté d'elle, ils s'agrippent les mains, restent ainsi étendus jusqu'au matin.

Le froid les réveille. Voyant les corps mutilés

à côté d'eux, ils se redressent tant bien que mal, hagards. Les coups de couteau qu'a reçus le jeune homme le brûlent ; l'agression qu'a subie la jeune femme a provoqué dans son corps de douloureuses lésions et contusions. Ils se lèvent à l'aube en frissonnant, s'éloignent de l'horreur en titubant sur quelques mètres. Leur mule a disparu, avec leurs sacs. La bourse contenant les pièces d'argent pend toujours à la ceinture de David. Ils s'affaissent de nouveau, restent allongés jusqu'à ce que le soleil leur apporte de la chaleur. La chaleur de la rosée, dit David au bout d'un long moment. C'est un nom féminin en hébreu : Hamoutal. Ce sera ton nouveau nom, lors de ton baptême juif : Hamoutal, chaleur de la rosée. Il essaie de la serrer dans ses bras, elle se libère et se détourne en émettant un sanglot rauque. Elle garde le silence et regarde passer les nuages. Dans sa tête résonne une prière ancienne, qu'elle n'ose pas exprimer à voix haute. Autour de l'énorme cadavre bourdonnent déjà des mouches bleues luisantes.

7

Quelque chose s'est brisé en eux. Ils se traînent, pitoyables et épuisés, jusqu'à une grande ferme. On y soigne leurs plaies à l'aide d'un baume aux plantes aromatiques et le paysan leur montre deux bancs durs sur lesquels ils peuvent dormir. Incapables de s'exprimer de manière cohérente, ils ne répondent que par quelques mots aux questions du paysan. Quand celui-ci apprend qui David a poignardé, il se signe trois fois et marmonne des propos incompréhensibles dans lesquels ils distinguent le mot Samule. David lui demande ce que cela signifie, mais le paysan secoue violemment la tête, pose son index tordu devant sa bouche et les regarde en écarquillant les yeux pour les mettre en garde.

Ils restent assis sur un banc en regardant fixement devant eux jusqu'à ce que le soir tombe. Dans le pré devant la ferme, ils voient soudain brouter leur mule couverte de boue, avec les sacs encore attachés, intacts, sur son dos.

Vigdis fait des cauchemars. Le lendemain, elle a de la fièvre et tout son corps tremble. Elle ignore ce qu'est une infection sur le plan médical, mais elle sent des brûlures dans son bas-ventre. Elle met plusieurs jours à récupérer un peu ; David reste à son chevet, ses propres blessures guérissent, sauf celle à son poignet, qui suppure encore. Il les soigne. Ils se lavent avec des extraits de plantes que la paysanne cueille en suivant leurs indications. Ils boivent du bouillon et mangent du poulet ; Vigdis vomit tout.

Une semaine plus tard, en proie à des crises d'angoisse, elle s'en remet aux prières de sa jeunesse. David la trouve en larmes, agenouillée à côté de son lit dur, son chainse raffiné en dentelle souillé par la pauvreté de sa paillasse, ses saignements et la sueur générée par ses accès de fièvre récurrents, ses mains tremblantes jointes, le rosaire autour de ses fins poignets : elle veut rentrer chez elle, elle ne va pas y arriver, c'en est trop, elle ne veut pas renier son Dieu, tout cela est impossible, elle a fait preuve d'orgueil et a été sévèrement punie pour la trahison du Dieu de ses parents, à vrai dire elle mérite la mort, elle doit entrer dans une communauté religieuse pour expier ses péchés, le diable saura la trouver. David ne dit rien, il s'agenouille à côté d'elle, marmonne une prière juive, ferme les yeux, reste ainsi à côté d'elle. Puis il dit : il est impossible de faire demi-tour. Tu seras jugée pour hérésie si tu rentres à Rouen. Elle se lève sans un mot, s'étend sur le lit dur de tout son long et reste immobile, comme une statue sur une tombe gothique, les bras le long de son corps vulnérable. Elle respire à peine. Elle ferme les yeux.

*

Ils ont fait plus de la moitié du chemin. Les prés sont arides, peu à peu les odeurs septentrionales sont remplacées par les odeurs méridionales, plus sèches. Ils voient des petites fermes recouvertes d'ardoises primitives ou d'une épaisse couche de chaume, et aperçoivent même ici et là des enclos, dont les clôtures sont faites de branches de saule souples tressées et où se promènent des chèvres, des moutons, ou bien quelques porcs. Puis de nouveau ils n'aperçoivent plus que des terres, un chemin tout en creux et en bosses, un vieil érable sous lequel se reposer, une ruine avec un chien qui grogne méchamment. Les sombres collines boisées de l'Auvergne finissent par apparaître. Presque sans transition, il fait humide et frais quand ils marchent à l'ombre. Ils cherchent les chemins plats dans les vallées, mais doivent tout de même parfois monter ou descendre des pentes abruptes, la mule avançant alors d'un pas hésitant. Ils se réfugient vite à l'intérieur de la petite église de Saint-Eloy pour fuir un énorme sanglier qu'ils ont surpris fouillant la terre bruyamment de son groin, qui a levé la tête et s'est précipité sur eux d'un air féroce.

Le chemin serpente à travers des terres vallonnées. Ils arrivent aux gorges de la Sioule, menaçantes sous une légère brume. Après une autre journée de marche, la terre sous leurs pieds a la noirceur de la poussière des volcans. Ils découvrent ici et là un menhir, sans en comprendre la signification. Ils poursuivent leur route. Les petites églises offrent souvent un refuge à la jeune femme vacillante, qui se mure dans le silence. Un jour, voyant soudain au loin les deux églises romanes de Clermont, ils tombent dans les bras l'un de l'autre et reprennent courage.

8

En fin de journée j'entre en voiture dans la ville de Clermont-Ferrand. Il fait encore une chaleur lourde, les halles et les supermarchés se vident, j'ai du mal à me garer, j'ai faim et je suis fatigué. Lorsque je sors du parc de stationnement, la cathédrale noire taillée dans la pierre de lave, Notre-Dame-de-l'Assomption, se dresse devant moi. Ce que j'ai sous les yeux n'est pas une des églises romanes qu'ont vues les fugitifs. Un siècle avant qu'ils n'arrivent ici, les ancêtres vikings de Vigdis ont détruit les lieux sacrés ; quand Vigdis et David atteignent cette ville, ils voient déjà la troisième église construite successivement sur le même emplacement, cette fois à la demande de l'évêque Étienne II. L'édifice actuel date de trois siècles plus tard, mais la crypte du dixième siècle de l'ancienne église est restée intacte. Je n'ai pas le droit d'y entrer : les visites sont limitées à une heure le mercredi, le Dieu ancien doit sûrement savoir pourquoi. À l'intérieur de cette cathédrale tout en hauteur, il y a trop de monde. Je sors. Dans les pavés sont incrustés des médaillons à l'effigie de Vercingétorix et du pape Urbain II.

Je cherche la basilique de Notre-Dame-du-Port, la trouve sur une petite place enclavée. On voit que l'église est très ancienne, ne serait-ce que parce qu'on y accède en descendant plus de dix marches : elle est nettement plus basse que le niveau de la rue. Pénétrer dans ce lieu est une expérience sensationnelle. L'intérieur, teinté d'une lumière jaune pâle étonnante, est clair alors même que la construction est massive. Le soleil vespéral inonde l'endroit, comme s'il était nouveau et aérien, lui donnant quelque chose de byzantin. La structure de base date du sixième siècle mais l'église a été reconstruite au onzième siècle après avoir été incendiée par les Normands. Ce lieu, certainement émouvant pour Vigdis, a dû éveiller de nouveau en elle toutes sortes de sentiments contradictoires. L'église est si exceptionnelle qu'elle a été inscrite en 1998 au patrimoine mondial de l'Unesco. Je regarde, bouche bée, les colonnettes trapues, en haut dans la coupole centrale, le contraste entre les lourds piliers et les reliefs allégoriques en pierre grise qui les couronnent. Les sobres lustres à six lobes suspendus par de longues chaînes font presque penser à ceux d'une synagogue. Les vieux vitraux, intacts, filtrent la lumière de manière paisible, mystique. Un bénitier sombre, massif, fixé sur un mur paraît si ancien que j'espère une fois encore toucher un objet que Vigdis a touché elle aussi.

Je prends vraiment conscience d'être arrivé à un

croisement important en descendant dans cette crypte. Ici la jeune fugitive est venue prier pour la dernière fois, en demandant pardon pour sa conversion. Elle savait que son baptême juif approchait et qu'un retour en arrière était impossible. David attend dehors, la ville compte suffisamment de juifs dont il a fait la connaissance à l'aller, il sait que Vigdis doit trouver elle-même ici une solution à son problème. Ici, Hamoutal doit prendre peu à peu congé de Vigdis Adélaïs.

Elle ignore toutefois que, dans cette crypte, elle se tient précisément à l'endroit où le pape Urbain II viendra prier des années plus tard, la veille de son appel historique à la première croisade, prononcé dans les prés en dehors de Clermont, là où dominent à présent les supermarchés et les stations-service. Ce faisant, il ravagera aussi définitivement la vie de Vigdis, dans le lointain village du Vaucluse. Après la yeshiva de Rouen, cette crypte, avec ses colonnes vieilles de mille ans, est le deuxième lieu où je me tiens aussi près de ce que Vigdis a pu voir et sentir. Un bâtiment juif et l'autre chrétien, mais issus de la même époque intransigeante, construits dans le même esprit, longtemps avant ces églises gothiques imposantes – cette intimité primitive, sombre, qui d'une curieuse manière réconforte et protège du meurtre, du fanatisme, de la révolte, de la pauvreté et du malheur qui règnent au dehors, de toute la crasse de la vie qui l'a abîmée elle aussi, de la puanteur et de la pourriture, de cette vitalité impétueuse, fugace et irrésistible qui l'a amenée jusqu'à cet endroit. Ici tout devient silencieux, ici la pierre de la basilique tend la main à la pierre de la yeshiva de Rouen, et fait comprendre à la jeune femme à quel point elle est animée par l'amour, la passion pour l'homme qui l'attend quelque part dans la ville. Elle oublie le temps, elle se plonge dans ses pensées, sent peu à peu la paix qui s'installe en elle. Une heure plus tard, elle remonte vers la lumière du soleil couchant. Elle marche devant moi, à quelques pas de distance, elle porte un legging noir, un chemisier bleu ciel et des tennis blanches, elle voit la foule, elle sent l'étourdissement du présent. Elle entre dans une haute maison sombre, elle tend la main à son compagnon de route et reprend courage. Il leur faudra encore plusieurs semaines avant d'arriver à Narbonne. Le crépuscule est court et chaud.

*

Je passe la nuit dans le vieux château des Martinanches, au-delà de Clermont, une bâtisse sombre, un peu lugubre, dont une partie remonte au onzième siècle. Il est dissimulé dans des profondeurs boisées, entouré de douves dont certaines parties sont renforcées par des pierres d'une construction plus ancienne. Les forêts d'Auvergne sont obscures et solitaires.

9

Entre-temps David et Vigdis sont arrivés dans le Cantal. Parfois il l'appelle tendrement Hamoutal, même si elle recevra officiellement un autre nom juif quand elle descendra dans le bain rituel. Elle secoue alors la tête en riant un peu, pose pour s'amuser ses doigts sur les lèvres de son compagnon : Narbonne est encore loin, dit-elle.

Ils voient le bastion de Saint-Flour se dresser sur les hauteurs. Ils sentent instinctivement qu'ils ne doivent pas entrer dans la ville, bien qu'ils ignorent que, quelques jours auparavant, trois cavaliers normands y sont passés en donnant leur signalement. Nuages de papillons : paons-de-jour, amiraux, sphinx, lycènes. Les guêpiers se dispersent, virevoltant à contre-jour, leurs ailes sont transparentes sur le fond bleu vif.

Ils longent pendant un petit moment les berges de la Truyère, arrivent dans les gorges du Bès, les suivent. À la tombée du jour, ils sont à la hauteur du prieuré de Nasbinals. En tant que fugitifs ils peuvent demander à passer la nuit chez les moines de Saint-Victor-de-Marseille. Le lendemain, ils traversent l'Aveyron, laissant derrière eux la colline de Séverac. Le paysage s'ouvre de nouveau ; ils avancent chaque jour plus vite.

Peu après, ils arrivent à la confluence du Tarn et de la Dourbie, juste avant Millau. Ils font des provisions, traversent le Tarn, s'engagent dans les collines où la route recommence à grimper. Ils doivent poursuivre leur voyage droit vers le sud. Ils se fient à la position du soleil, dorment parfois l'après-midi sous un chêne, il fait chaque jour plus chaud.

Près de dix siècles plus tard j'emprunte en voiture le viaduc spectaculaire qui passe très haut au-dessus de Millau. J'ai l'impression de survoler la vallée dans un petit avion. Au-dessous, aussi insignifiants que des insectes, ils continuent d'avancer tant bien que mal, cherchant après la vallée de Millau à se frayer un chemin à travers les Causses. Les pâturages sont parsemés de rochers et de pierres, la lumière est vive et le soleil cuisant, les petits nuages blancs sont vite soufflés par le vent après le lever du soleil, les herbages sont secs, les arbustes au ras du sol : buis, genévriers, abricots sauvages, broussailles. David s'enthousiasme en approchant de l'Hérault. Ils ne voyagent plus durant l'après-midi, mais prennent la route le matin dès l'aube jusqu'à onze heures environ. Ils se reposent et mangent, dorment jusqu'à la fin de l'après-midi, puis se remettent en route jusqu'à ce que la nuit tombe. Au voisinage du Larzac, des moines transportent de gros blocs. On construit une abbaye ou un hôpital. Dans le village de Lunas, au bord de l'Orb, le couple se repose quelques jours. Juste au-dessus du village se dresse une petite chapelle du sixième siècle, dédiée à saint Georges. David et Vigdis s'assoient sur quelques pierres romaines. En bas, près de la rive, on édifie une église pour saint Pierre ; ils entendent les tailleurs de pierre œuvrer à un rythme lent, fatigué. Vigdis parle des églises de son enfance, du respect que lui inspirait la foi chrétienne. David pose sa main sur celle de la jeune femme. Il connaît ici un cousin éloigné chez qui ils peuvent loger quelques jours. Ils reprennent des forces, tout devient palpitant à présent. À partir de Lunas, ils continuent de suivre à peu près le cours de l'Orb jusqu'à Bédarieux, où le paysage devient nettement plus méridional. Des essaims de criquets aux ailes de couleur vive s'envolent à chacun de leurs pas dans l'herbe sèche. Juste avant Bédarieux, ils passent sous le grand aqueduc romain que l'on utilise encore à l'époque. David est d'humeur joyeuse, soulagé aussi par la chaleur méridionale, il se sent chez lui sous ce climat. La jeune femme du Nord marche plus difficilement. Elle ne connaît pas encore les stridulations des cigales, cet environnement lui est fondamentalement étranger, la forte odeur du thym et du romarin lui picote le nez. Elle sent et goûte pour la première fois du fenouil sauvage, une certaine mélancolie se mêle à l'excitation et aux attentes.

*

Je suis trop sous le charme de la France, je prends du retard. Comme je tiens à éviter les embouteillages, je finis par me retrouver dans la vallée abritée de l'Allagnon, je m'engage sur une route encore plus étroite et j'arrive dans le tout petit village de Blesle. Le temps s'interrompt de nouveau. De l'eau gazouille à l'arrière des jardins potagers, le cimetière a ses lézards qui veillent sur les âmes, une église ancienne est ouverte. Fraîcheur, lueur bleutée. Voilà ce que je devais voir, en fait ; en m'égarant j'ai retrouvé la bonne voie, j'ai sous les pieds leurs traces immémoriales. Un vieux charron a sûrement en réserve une voiture bâchée pour eux. Ils la lui achètent pour une bouchée de pain, l'homme attelle leur cheval récalcitrant, ils sont d'abord invités à table, légumes et pain en abondance, eau claire, ils respirent de nouveau, tout comme moi. Dans l'abbaye Saint-Pierre, les religieuses les hébergent pour la nuit en contrepartie d'une somme d'argent ; personne ne leur demande leur identité.

Me voici à marcher encore une fois dans des ruelles, je prends de profondes respirations. L'histoire est dans la rue, elle est farouche, une tache de lumière aux contours humains, entourée de vies sombres, perdues. Voilà David qui s'égratigne la main contre un vieux mur épais ; ce n'est pas grave, mais elle enfle et le démange. Ils partent dans la voiture bâchée, qui les secoue en roulant sur les bosses et les creux des vieilles routes. Ils ont une demi-journée d'avance sur moi. Ils avancent à la même allure que la file de voitures qui se suivent de près sur cette autoroute étouffante.

*

Quelques jours plus tard, à la hauteur de la commune actuelle d'Octon, ils se préparent à passer la nuit au milieu de vignes mal entretenues, dans une sorte de grange, un grand bâtiment ouvert du côté sud, là où se situe à présent le barrage de Salagou. Une brise rafraîchissante peut le traverser, ils aperçoivent les étoiles par les trous du toit, ils se blottissent dans la vieille paille. Ils s'assoupissent en entendant au loin les hurlements de chiens-loups. En pleine nuit ils entendent un bruit. Aussitôt totalement éveillée, Vigdis secoue l'épaule de David. Des voix éraillées, éméchées, approchent. David, sentant l'angoisse monter en lui, a une réaction qui semble totalement insensée. Il imite les aboiements rauques et hargneux d'un chien sauvage, grogne, glapit comme un possédé, s'assoit, fait un tapage de plus en plus terrifiant. Un diable semble avoir pris possession de lui. Quand il arrête, il entend les hommes repartir en parlant à voix basse. Il s'effondre dans la paille ; Vigdis pose la main sur sa poitrine et sent son cœur battre violemment. Cela fait longtemps, mais avec prudence, hésitation, ils font l'amour, ils bougent l'un en l'autre lentement, silencieusement et posément, à moitié déshabillés, leurs vêtements maladroitement remontés.

Le lendemain, tandis qu'ils passent à l'ouest de Béziers au soleil couchant, le crépuscule tombe plus vite qu'ils ne s'y attendaient. Il fait nuit noire – les longs crépuscules septentrionaux de la jeunesse de Vigdis ont disparu. Ils ne parviennent pas à trouver un lieu où dormir, se fraient un chemin vers un feu au loin, se retrouvent en compagnie de pêcheurs ivres. Ils ont l'impression de reconnaître une des voix qu'ils ont entendues la veille. Ha, dit un grand maigre, en voilà une belle plante ! Ce ne serait pas cette chienne de blonde que les deux chevaliers cherchaient avant-hier ? Ils leur indiquent le chemin vers une remise en leur criant des cochonneries. David et Vigdis vont dans la direction précisée, mais passent leur chemin, craignant que les hommes ne viennent les rejoindre durant la nuit. Ils marchent encore quelques kilomètres, trouvent une hutte de paille abandonnée où ils s'endorment épuisés tandis que le vent chaud s'engouffre dans les fentes. Bruissement dans les pins tout autour. Il souffle un vent salin et tiède.

Ils se réveillent en sursaut à l'aube, en entendant braire un âne sauvage juste à côté de la hutte. Aujourd'hui, pense Vigdis en sentant son corps s'enflammer, ils vont atteindre leur destination. Surexcités, ils se mettent en route, passent le jour même l'oppidum d'Ensérune. Mais, bien qu'ils soient près du but, ils doivent rester sur leurs gardes. Des rumeurs circulent à propos de règlements de comptes entre les partisans de Raymond Bérenger et ceux des vicomtes de Carcassonne. À cette époque la vicomtesse Ermengarde est au pouvoir. La région est en proie à des troubles, la paix de Dieu qui y a été instaurée est régulièrement enfreinte, les fugitifs évitent tout contact avec la population. David connaît ce conflit, qui date des années soixante de ce siècle-là et provoque des disputes jusqu'à Narbonne et Barcelone. Cela ne fait qu'ajouter à son excitation : il est en terrain connu, en quelques heures il sera chez lui et pourra présenter sa fiancée normande, blonde et chrétienne à sa famille juive. Mais au lieu de devenir plus joyeux, il est plus silencieux, il se tourmente, il est tendu quand il la serre fort chaque fois qu'ils reprennent leur souffle un instant, comme s'il voulait la protéger de ce qui allait arriver. Après avoir encore parcouru une dizaine de kilomètres, ils se baignent le long des rives de l'Aude. Ils sont très proches de leur destination. À la vue de chaque cavalier au loin, ils se cachent derrière un arbre. Lentement, une tour d'église apparaît dans la plaine, brûlante sous le vent chaud et salin. Les cigales chantent dans les branches sèches au-dessus d'eux.

Ils vendent la mule à un marchand. Un bac les dépose sur l'autre rive de l'Aude qui coule lentement. De l'autre côté un bateau plus petit les attend pour les transporter, sur le cours d'eau qui deviendra plus tard le canal de la Robine, jusqu'au centre de la vieille ville. Là-bas, quand elle sort du bateau, accablée par la chaleur et la fatigue, les jambes flageolantes, Vigdis Adélaïs voit pour la première fois, debout sur la rive devant le marché, le célèbre grand rabbin Richard Todros, le *Roi aux juifs de Narbonne**, l'homme qui deviendra son beau-père. Dès qu'elle l'aperçoit, elle sait qu'elle est définitivement devenue Hamoutal.

IV

NARBONNE

1

Fondée par les Romains, traversée par un canal, avec des avenues et des ruelles ombragées, des maisons patriciennes et de vastes jardins intérieurs, Narbonne baigne dans une lumière méditerranéenne. Pierres jaunes, ciel bleu. L'intensité que l'on ressent devant les couleurs méridionales quand on vient du nord.

La maison de Richard Todros, descendant direct du David de la Bible, était située à une centaine de mètres à peine de la dérivation de l'Aude qui relie la ville à la mer.

Au milieu de la rue commerçante endormie, je découvre une petite ruelle : l'impasse Jussieu. Jussieu est à présent un nom assez courant en France, mais il signifie initialement : d'origine juive. Cette ruelle devait être au cœur du quartier juif de l'époque. Elle se situe en plein centre historique. Narbonne prenait encore forme au onzième siècle et abritait une communauté juive importante et prospère. Une bonne part des juifs espagnols fuyant les tensions croissantes dans l'Espagne maure affluèrent dans cette ville. Ils y apportèrent des influences espagnoles et maures qui laissèrent des traces dans l'écriture hébraïque. Les archevêques successifs se montrèrent tolérants et même protecteurs à leur égard – voyant sans aucun doute l'intérêt de prélever des taxes aux prêteurs juifs. Souvent très instruits, les intellectuels juifs provençaux introduisirent l'élégance de la cour espagnole. Ils avaient l'esprit ouvert et étaient en bons termes avec leurs voisins chrétiens. En outre, les femmes provençales jouissaient généralement d'une certaine considération sociale ; leur vie était plus enviable que dans la plupart des autres communautés. J'imagine la famille extrêmement cultivée au sein de laquelle la jeune Normande a dû se retrouver. Leur fils arrive accompagné d'une chrétienne. Pour être capable de réagir convenablement à une telle situation, il faut une mentalité ouverte, un esprit de dialogue et de tolérance.

Le lendemain de leur arrivée, le père les invite à la synagogue. Vigdis, qui s'efforce du mieux qu'elle peut de devenir Hamoutal, trébuche sur l'ourlet de son vêtement et manque de tomber contre le grand chandelier. Le vieux rabbin la prend par le coude, la soutient un instant. Elle se sent mal à l'aise ; son cœur bat dans sa gorge. Ensuite ils se rendent à l'école talmudique, une yeshiva autrefois construite à l'initiative de Charlemagne. Une délibération a lieu pour savoir comment préparer la conversion officielle de Vigdis. Il lui faudra d'abord beaucoup apprendre, sa future belle-mère s'occupera de sa formation. Les autres femmes de la maison lui enseigneront le comportement à adopter dans son nouvel environnement, la façon de tenir sa maison. Les premiers mois qui suivront le mariage, le couple vivra dans la grande maison bourgeoise.

Entre ses accès de panique et de désarroi, Vigdis sent monter en elle une force troublante. La nuit, elle essaie de se faire à l'idée qu'elle devra non seulement renoncer à tout son passé, mais aussi à ses jolis noms.

Elle rêve. Un homme à la longue barbe lui jette un bâton ; elle l'attrape, il se transforme en serpent. Elle jette le serpent dans l'eau, il redevient un bâton. L'eau se sépare. L'homme se transforme en un garçon qui agite la main sur la rive.

Elle se réveille en sursaut, regarde dehors, ne reconnaît pas la chambre ; la lumière du soleil l'aveugle, lui coupe presque le souffle. Ce jour-là on lui attribue une dame de compagnie. C'est une juive grecque ; elle s'appelle Agatha, une femme élégante d'Alexandrie qui porte aux doigts de grandes bagues en or en forme de minuscules serpents.

*

Deux grandes voies romaines se croisaient à Narbonne : la Via Aquitania, en direction de l'ouest, et la Via Domitia, en direction du nord-est. La ville formait par conséquent un important carrefour qui se développait rapidement. Pendant des années, les Arabes l'avaient considérée comme leur fer de lance en Gaule. Ils eurent du mal à renoncer à Narbonne. Encore au douzième siècle, le géographe arabe Zuhrî écrit que les chrétiens devaient y faire demi-tour pour éviter d'être décapités et qu'ils auraient beau combattre jusqu'à la fin des temps, jamais ils ne récupéreraient la ville. Ce compte rendu de l'époque reflète une certaine nostalgie, un vain espoir et une volonté d'intimider, plutôt que la réalité. Mais grâce à Zuhrî, je sais aussi que, là où se tient un marché hétéroclite, un grand pont enjambait le paisible canal que je longe par ce bel après-midi dominical.

Dans cette ville, contrairement à Rouen, il est impossible de déterminer précisément où se situait la yeshiva. L'emplacement de la vieille synagogue est connu en revanche : juste au coin de la rue commerçante, dans la rue de l'Ancien-Port-des-Catalans. David et Hamoutal ont vécu non loin de là. Comme à Rouen, la cathédrale était à quelques pas du quartier juif ; les croyants des deux religions se croisaient quotidiennement.

Au bout de l'impasse Jussieu j'aperçois des marches et une barrière. Au-delà, un jardin, et sous une arche de verdure un porche, sans doute une entrée latérale de l'église qui se trouvait derrière. La fraîcheur des pavés en cette fin de matinée ; les battements d'ailes des pigeons dans le ciel immaculé. Le silence. Ici la fille chrétienne d'un Viking, Vigdis Adélaïs, devint la belle-fille séfarade du grand rabbin Todros de la France méridionale. Ici elle se soumit au rituel du baptême juif, « elle renonça à sa vie antérieure », comme le dit la prière prononcée lors du baptême des prosélytes. Ici elle descendit dans l'eau vive du bain juif, le mikvé. Le rituel prescrit même le volume d'eau nécessaire : quarante *seah*, chaque *seah* correspondant à environ quatorze litres. Cela fait plus de cinq cents litres d'eau qui furent transportés depuis l'Aude jusqu'ici ; l'eau devait provenir d'une source vive.

Contrairement à la purification après la menstruation, la future prosélyte ne peut se livrer seule à ce rituel du baptême ; trois rabbins doivent en être témoins. À côté de son père, David lit une prière. La jeune femme est accompagnée par Agatha, qui l'aide à retirer ses vêtements ; elle garde sa chemise légère. La veille au soir, elle a annoncé qu'elle choisira le nom de Sarah. Elle s'est faite belle, elle a coupé les ongles de ses doigts et de ses orteils comme le requiert le rituel de purification. Elle entend prononcer la bénédiction, *Baroukh ata HACHEM Elohénou Mélekh ha-olam*… Elle s'assoit sur le petit siège en pierre, tâte de ses orteils la marche de calcaire rugueuse sous l'eau, ne s'est encore jamais sentie aussi seule, a un mouvement de recul face au froid qui lui coupe brusquement la respiration ; elle tremble de tout son corps ; elle ferme les yeux, hésite. Elle se repousse du bord. Quand elle sombre dans l'eau, l'idée l'effleure qu'il n'y a pas de fond. Dans la synagogue on perçoit un léger sanglot, une sorte de cri étouffé, le clapotement de l'eau. Puis elle disparaît ; elle se laisse sombrer, dans les profondeurs, sent son cœur arrêter de battre un instant sous l'effet du froid incisif ; elle retient sa respiration, reste la tête sous l'eau pendant dix secondes, qui lui semblent une éternité. L'obscurité l'entoure ; elle sent le fond du mikvé lui érafler les genoux. À la surface de l'eau sombre flottent en éventail ses cheveux blonds. Quelques bulles d'air remontent en bouillonnant. Veut-elle rester ici et continuer de sombrer, disparaître du monde ? Elle a l'impression qu'un utérus l'a englobée, un utérus intemporel qui l'a entraînée loin du monde dans une éternité sans lumière. En un éclair elle a une vision des fonts baptismaux de l'église de Rouen, guère plus qu'une vasque dans laquelle peut tenir un nourrisson. Elle sombre de tout son corps dans une profondeur glaciale qui l'aspire, comme si elle allait disparaître à travers le fond vers une autre dimension. Durant un moment infime, elle ressent de nouveau au plus profond de son corps l'agression dont elle a été victime, longtemps auparavant, à l'orée d'un bois dans un paysage désert. Elle est tellement envahie par ses émotions qu'elle ne peut réprimer ses sanglots et laisse entrer de l'eau dans ses poumons. Toussant, hoquetant, elle remonte à la surface, écarte ses cheveux mouillés de ses yeux, lance un regard hébété autour d'elle et pousse un soupir ; l'écho s'élève vers le plafond décoré, au-delà des chandeliers aux bougies allumées, vers la tache de soleil, le monde, les visages en pleine concentration qui baissent les yeux vers elle. Agatha écarte les bras, l'aide à se relever et à s'installer sur le petit siège en pierre. Lui tend un linge dans lequel elle se laisse envelopper comme un enfant. La voilà assise, ruisselante, haletante ; elle entend les prières, les voix de basse des hommes l'apaisent. Elle pense voir une colombe blanche marcher à petits pas à côté de la tache de lumière devant le portail ouvert. Le léger arrondi de son ventre fécondé, visible dans ses dessous mouillés, suffit à faire comprendre au Roi aux juifs que le rituel de la renaissance revêt une double signification pour la continuation de sa propre descendance ; la prosélyte, qui devient entièrement juive, peut perpétuer la lignée. Les enfants de cette femme étrangère au teint clair seront au plein sens du terme ses petits-enfants.

Hamoutal, qui à présent a solennellement renoncé à son nom normand, se sent vite en sécurité au sein de cette communauté érudite. Cinq semaines après la cérémonie de son baptême, selon les règles, elle descend à nouveau dans le mikvé pour le rituel de purification précédant son mariage. Elle est déjà séparée de David depuis des semaines et vit dans les pièces fermées des femmes ; elle a préparé le tapis de prière qu'elle doit lui présenter ; elle récite des prières juives. Elle a trouvé le calme, en dehors des quelques cauchemars où elle semble errer dans un paysage désolé de calcaire rugueux et disparaît chaque fois dans un trou noir en criant à l'aide. Le jour de son mariage, il pleut ; des rafales de pluie tiède fouettent les façades de la ville et trempent ses vêtements tandis qu'elle se dirige vers la synagogue, accompagnée des femmes. Elle est poussée en avant, c'est une poussée amicale, une grande main dans le creux de son dos ; elle voit la porte de la petite salle latérale où son futur époux l'attend avec les autres hommes de la famille. Elle entre par cette porte basse et voit David dans le vêtement traditionnel qu'elle lui a fait confectionner. Elle avance sur ses mules délicates en daim de couleur crème ; son habit ambre bruit autour de son corps comme une peau qui se détache lentement. Ils récitent ensemble la prière du pardon, qu'elle a apprise par cœur. Sur une plinthe de marbre est posée la ketouba, le contrat de mariage qu'elle doit signer de son nouveau nom, Sarah ; sa main touche celle de son mari, ce contact est comme un couteau qui lui déchire la peau et la fait saigner à l'intérieur. David avance d'un pas, lui couvre le visage d'un voile léger. Elle respire comme un animal pris au piège ; elle est aussi légère et fragile qu'une feuille voletant au vent. Entourée d'hommes et de femmes portant des bougies, elle est conduite vers un dais près de l'entrée de la synagogue.

On remet à David une coupe de verre dans une étoffe ; il la piétine avec le plus grand sérieux. Elle doit à nouveau réciter des textes. Tout semble si irréel ; elle agit comme dans un rêve.

La cérémonie est sobre mais élégante. Quelques juifs intellectuels hispanophones sont présents, elle a du mal à suivre les conversations raffinées, se sent épuisée et gênée, ne mange presque rien, boit des jus de fruit sucrés, regarde autour d'elle d'un air un peu égaré, voit le soleil descendre derrière le grenadier qui s'agite et les myrtes près du mur de la vieille maison. Son nez est brûlé par le soleil.

*

Même durant les semaines qui suivent son mariage, elle a sans cesse conscience de se trouver dans un autre monde. Elle doit encore s'habituer à la chaleur pesante de l'après-midi, qui peut persister jusqu'au début du mois d'octobre. Elle apprend peu à peu à connaître la ville. Elle se rend au marché avec les autres femmes juives, se promène parfois avec son mari en ville, au bord de l'eau. Elle se souvient des mouettes près de la Seine, de la haute maison sombre de son enfance, de sa mère, de la voix douce de sa gouvernante attentionnée. Comme les personnes qui lui étaient chères ont dû se sentir trahies. Maintenant seulement, alors que sa vie prend forme ici, elle est assaillie par un sentiment de culpabilité qui parfois lui serre la gorge. Puis elle retrouve une telle énergie que l'envie la prend de marcher dans les rues en dansant. Elle reste à l'intérieur, dans la fraîcheur du jardin et des grandes pièces, étudie l'hébreu, se remet à tisser comme le lui a enseigné sa mère, montre son ouvrage aux autres femmes de la maison, qui lui apprennent d'autres motifs.

Un jour d'automne, toute la famille se rend dans un véhicule bâché à dix kilomètres de là, jusqu'à la petite jetée de Gruissan. Elle voit pour la première fois la Méditerranée et sent une folle joie l'envahir. Sur la mer déchaînée aux vifs reflets violets se dressent des crêtes d'écume blanche. Le soleil est impitoyable et la lumière aveuglante. La tramontane fouette les quelques arbres tordus. Des embarcations de pêcheurs tanguent sur les vagues. Elle serre si fort la main de David qu'elle lui fait mal. Il cherche à se dégager et l'embrasse furtivement dans le cou. Cette mer exubérante est si différente du souvenir qu'elle a de l'embouchure grise de la Seine, au nord. La tour grossière devant la mer est massive, le vent hurle à travers les meurtrières : un bruit sombre, irréel, par une journée éclatante.

2

Cours de la République, le long du canal de la Robine, un grand marché propose des vêtements, des articles en tout genre et des bimbeloteries. L'ambiance est chaleureuse, les touristes peu nombreux, ce sont surtout les locaux qui se promènent ici. Juste derrière le canal, sur le cours Mirabeau, les halles vendent des denrées alimentaires. La foule compacte, les stands où l'on boit du rosé bien frais dès avant midi, le mélange d'odeurs de dizaines de produits présentés pêle-mêle, la profusion bigarrée de la cuisine méditerranéenne. Les marchés sont intemporels, une tradition d'avant notre ère. Il a toujours dû en être ainsi ici : poissons séchés, jambons, fruits empilés, vins, huile d'olive, romarin et thym, légumes de toutes formes et couleurs. La très ancienne fête de la vie.

Quand je quitte le marché par l'arrière, je tombe sur l'église Notre-Dame-de-Lamourguier, encore en construction à l'époque d'Hamoutal. Elle a été vidée de son contenu et sert à présent de lieu d'entreposage pour de vieilles pierres datant de l'occupation romaine. Je suis totalement seul dans les lieux. Des alignements de pierres et de fragments inestimables sont empilés sur une hauteur de trois mètres. La lumière pénètre à travers les hautes fenêtres, j'ai l'impression d'être dans un temple païen. De tous côtés des têtes de taureaux et de chevaux dionysiaques me regardent en grimaçant, *boukefalos*. Partout des morts sur des bas-reliefs et des stèles, des roues solaires apolliniennes, des pierres votives cryptiques, des motifs de feuillages capricieux, d'innombrables inscriptions latines, et même des tombes et des sarcophages ouverts. Je m'assois sur une pierre, subjugué par cette collection unique entassée nonchalamment. Dans un dépliant, je lis que la construction d'un bâtiment flambant neuf est en cours un peu plus loin pour abriter ce « musée lapidaire ». Son caractère lapidaire ne fait aucun doute ; je suis peut-être un des derniers visiteurs à avoir l'occasion de contempler cet assemblage dans son contexte historique chaotique. L'élégant mausolée accueillera toutes ces pierres, soigneusement pourvues d'un numéro, d'un éclairage et d'un petit écriteau, rendues inertes par la science froide d'une collection, dépouillées de toute une vie révolue dont je prends brutalement conscience face à cette négligence étourdissante.

Sur la place juste devant l'hôtel de ville, un autre témoignage en pierre impérissable s'offre à la vue : un dégagement aménagé dans le sol permet d'apercevoir un tronçon conservé de la Via Domitia. De grosses pierres inégales, lisses, polies par les siècles et les pieds. Ce devait être une catastrophe pour les chevaux aux sabots étroits et aux jambes fines. Cette gigantesque route de pierre, qui s'étendait sur des centaines de kilomètres et reliait le Gapençais et le Sisteronais à l'Espagne, via Nîmes et Apt, et avait un trottoir surélevé où il était même possible de s'asseoir. Le regard rivé sur ces énormes pavés primitifs, j'imagine les Romains qui filaient sur cette route ; ils franchissaient ainsi de longues distances en quelques jours. Des parties de la route nationale 100 passent encore par ce tracé. Des enfants jouent au bord de ce site remarquable. Un musicien des rues américain chante *Oh, baby, baby, it's a wild world* de Cat Stevens. Les terrasses sentent le cappuccino et la crème solaire. J'éprouve une légère et curieuse euphorie : le présent me semble si peu évident aujourd'hui. Je suis tellement plongé dans l'époque d'Hamoutal que j'ai l'impression d'être arrivé dans son lointain avenir avec une machine à avancer dans le temps et de ne pas avoir le droit d'être ici. Demain je reprends la voiture en direction du nord-est, en passant par Arles et Avignon pour rejoindre les Préalpes.

3

Hamoutal, qui est enceinte, se voit entourée des plus grands soins, choyée. L'automne a été chaud et doux, l'hiver inonde Narbonne de son éblouissante clarté, de sa beauté devenue friable, de la fraîcheur du vent de la mer, de son ciel matinal violet, de la soudaine chaleur en début d'après-midi, du froid qui descend tout aussi vite au crépuscule, de son ciel aux étoiles étincelantes, de comètes accompagnées de leur incompréhensible traînée de feu : des signes en apparence divins que personne ne comprend. De loin parviennent d'innombrables comptes rendus de troubles et d'échauffourées entre chrétiens et juifs. Ils y prêtent à peine attention : leur bonheur les absorbe entièrement. Hamoutal est de nouveau magnifiquement habillée, elle a noué une étroite amitié avec Agatha, la jeune femme originaire d'Alexandrie, à qui elle raconte en détail, les soirs tranquilles, sa vie d'avant. L'hiver est une fête de lumière blanche et de matins clairs. Tout promet de s'arranger, bientôt le printemps va arriver, janvier compte déjà quelques journées chaudes. Puis il recommence à pleuvoir abondamment et, pendant des jours, Narbonne devient aussi grise et humide que Rouen. Elle reste assise en chantonnant près d'une fenêtre et regarde fixement les nuages bas, les mains posées sur son ventre qui enfle.

Un après-midi, avant le retour des hirondelles, Agatha entre paniquée dans sa chambre pendant les heures tranquilles de la sieste : elle était au marché, elle y a vu trois chevaliers qui s'enquéraient d'une femme blonde venue du Nord, ils exigeaient de toute personne qui avait entendu parler d'elle de faire aussitôt une déclaration, promettant trois pièces d'argent à quiconque les aiderait à la retrouver et à la faire prisonnière. La foule se regroupait autour des chevaux, un homme a crié : moi je sais, moi je sais, c'est la juive blonde chez Todros !

Hamoutal sent l'enfant donner des coups de pied dans son ventre ; un peu plus tard David entre dans la chambre, informé lui aussi par la dame de compagnie : ils doivent partir, tout de suite, peu importe comment et pour quelle destination. Le vieux Todros calme tout le monde : les hommes sont venus à l'instant à la synagogue, il leur a raconté que la femme qu'ils recherchent a fui seule en direction de l'Espagne. Les chevaliers sont partis en toute hâte. Il est certain qu'à terme ils reviendront, mais pour l'instant le couple bénéficie d'un peu de répit, peut-être même pour quelques jours.

Le soir même, le vieux Todros écrit, sur le côté chair d'un parchemin déjà utilisé qu'il gratte soigneusement, une lettre à son ami le rabbin Joshua

Obadiah de Moniou, un village reculé du Vaucluse, isolé du monde, en lui rappelant leur solide lien d'autrefois. On fait des paquets, des préparatifs, le tout dans le plus grand secret – même atteler des chevaux serait trop risqué, ils devront les acheter plus tard en chemin.

*

Au petit jour, le 15 mars 1091, David et Hamoutal commencent leur deuxième fuite. Il est environ trois heures et demie, la ville dort et la Via Domitia est déserte ; chuchotant et pleurant, Agatha les accompagne dehors à la hâte en s'éloignant à peine d'une centaine de mètres de la maison où ils espéraient être heureux. Les époux Todros ont serré dans leurs bras, à l'intérieur de la maison derrière des portes closes, les deux fugitifs inquiets, leur donnant une quantité de pièces d'argent et des provisions pour une semaine. Ils leur ont assuré que le séjour dans le vieux village ne sera que de courte durée, que le rabbin sera informé par un messager, qu'ils n'ont rien à craindre. Le vieux Todros utilise un mot exceptionnel pour leur fuite, il parle d'*alija*, une fuite vers un lieu sûr situé en hauteur, une sorte d'ascension – c'est aussi le mot qui désigne le retour à Jérusalem. C'est curieux, Hamoutal ne comprend pas la portée de ce terme, elle y resongera souvent plus tard, sans jamais saisir ce que le vieux rabbin a voulu dire.

Ils doivent se dépêcher : Hamoutal en est à son septième mois. Il leur faudra trois semaines pour parcourir une distance de plus de deux cent cinquante kilomètres en suivant le chemin le plus droit possible. Ils pourraient prendre la Via Domitia jusqu'à Apt, mais l'itinéraire serait pénible, et dangereux : ce grand axe de communication est constamment parcouru par des cavaliers. De plus, la montée vers les hauteurs de Saint-Saturnin est épuisante. Le vieux rabbin se fait du mauvais sang. Il décide qu'il n'y a qu'une seule voie par laquelle ils passeront inaperçus : la mer. Ils sont transportés le plus discrètement possible dans une voiture bâchée jusqu'à Gruissan. Hamoutal a couvert sa tête blonde d'un châle noir. Ils montent en début d'après-midi dans un bateau qui les amène en un jour et demi jusqu'à l'embouchure du Rhône, où un bateau à fond plat leur fait remonter le fleuve jusqu'à Avignon. Trois jours en état de choc et en plein désarroi : il y a peu de vent, le bateau louvoie lentement au milieu de ce fleuve qui n'est pas soumis aux marées, ils ne mangent presque rien et Hamoutal reste assise en silence à fixer les ridules à la surface de l'eau. À l'époque, Avignon n'est guère qu'une place forte, dirigée conjointement par les seigneurs d'Avignon et de Forcalquier. La région présente relativement peu de risques ; pas un chevalier chrétien n'aura l'idée de chercher dans cette direction. Mais la menace qui a pesé sur eux lors de la fuite précédente est encore présente dans leur corps. Le peu d'heures qu'elle parvient à dormir sur le bateau, Hamoutal fait des cauchemars.

Ils débarquent à côté d'un pré inondé, pour ne pas être aperçus depuis les tours de guet dans les remparts. De là, ils traversent la plaine venteuse en direction de Carpentoracte, une petite ville fortifiée où vit une communauté juive. Ils sont accueillis pendant quelques jours au sein d'une famille qui a été prévenue par le messager du vieux Todros. On leur donne une petite bête de somme, une mule que l'on charge de provisions, de quelques couvertures et de vêtements, ainsi qu'un guide qui conduit l'animal par la bride. Ils empruntent une route les menant à Malemort, qui fera plus tard partie du Comtat Venaissin. Ils voient de très vieux oliviers dispersés dans les étendues d'herbes drues agitées par le vent, des arbres fruitiers sauvages à l'écorce noir de jais, des entassements primitifs de pierres sèches sous lesquels dorment les bergers, et à l'est la ligne des massifs préalpins de Vallis Clausa : le Vaucluse. Derrière surgit le sommet chauve du Mons Ventosus, désolé et venté. À partir de Malemort, ils traversent une région inhabitée au voisinage de l'actuel Méthamis, parcourent ensuite la forêt montagneuse et le plateau désert de Saint-Hubert. Hamoutal a de vives douleurs dans les reins ; elle est devenue lourde et lente, on l'installe sur la mule que le valet tient par la bride. Pendant des jours, ils n'échangent pratiquement pas un mot.

*

Entre-temps, les trois chevaliers sont retournés à Narbonne, où ils assiègent la maison du Roi aux juifs. Ils donnent des coups de pied contre la lourde porte, crient qu'il doit les laisser entrer, sinon ils mettront le feu à sa maison. La porte s'ouvre en grand, ils se retrouvent brusquement nez à nez avec le vieux rabbin souverain, qui les regarde et leur demande ce qu'ils veulent. Ils exigent l'accès à sa maison, mais se voient opposer un refus sec. Ils le menacent de nouveau, mais hésitent. Le rabbin affirme que la fugitive recherchée n'est pas à Narbonne et qu'il ne sait pas où elle s'est enfuie, qu'il suppose qu'elle a choisi la route très fréquentée de Saint-Jacques-de-Compostelle pour y faire un pèlerinage en tant que chrétienne afin d'expier ses péchés. Comme ils ne le croient pas, ils tirent leurs épées, mais quand Todros, avec un sourire ironique, incline la tête, ils se rendent compte qu'ils n'ont aucun intérêt à déclencher ici, à eux trois, une révolte religieuse en assassinant le grand rabbin. Ils traînent encore une journée en ville, importunent plusieurs habitants en leur posant des questions, jettent un coup d'œil du côté de la Via Domitia, haussent les épaules et repartent en direction de Rouen pour annoncer aux parents de Vigdis qu'ils n'ont pas trouvé la moindre trace des deux fugitifs, qui sont peut-être déjà à Saint-Jacques ou même plus loin, dans l'Espagne maure, parmi les exécrables Sarrasins : une région où ils ne veulent pas s'aventurer sans renforts. Sous les nuages de l'Atlantique, le père entre dans une fureur de berserker norrois et la mère pleure en proférant des malédictions en vieux flamand.

*

Je me rends en voiture de Narbonne à Avignon via Montpellier, où je commence à suivre leur trace. J'emprunte la RN 100 et traverse le Rhône à hauteur des Angles, à l'endroit où le fleuve se scinde provisoirement en une branche occidentale et une branche orientale. Devant une porte de la ville proche du palais des Papes, des cargaisons de touristes sont déposées en car. Sur le large fleuve voguent quelques bateaux de plaisance.

Aujourd'hui, la route d'Avignon à Carpentras est une quatre-voies très fréquentée qui passe à côté du Pontet et traverse une région marécageuse où flottent des nuées de moustiques qui harcèlent les festivaliers en été. À l'est de Carpentras, après l'aqueduc romain, le paysage devient plus rural. Dans un tourbillon de lumière et de souvenirs, j'arrive peu à peu chez moi. Les noms n'ont plus les mêmes sonorités que par le passé. Après Mazan, je prends la route vers le sud qui passe par Blauvac pour aller à Méthamis. Une fois arrivé, je regarde pendant un quart d'heure, du haut du *parvis** de l'église, les vignes et les cyprès. Je poursuis ma route jusqu'au grand mas de Saint-Hubert, à quelque huit kilomètres de là, je longe le mur de la peste dans le bois juste derrière, primitif et sombre dans ce paysage solitaire. De la terre retournée, les traces des sangliers, la peau luisante d'un serpent, le cri ténu d'un oiseau de proie. Je laisse la voiture et parcours le reste du tracé à pied à travers le bois du Défens jusqu'à La Plane. L'extrémité des gorges est à présent sur ma gauche. En cette matinée éblouissante, le mistral cingle et secoue les cimes dénudées des chênes biscornus ; le chemin est jaune et rude. À partir de cet endroit, ils voient le plateau de Monieux pour la première fois dans le lointain ; mais d'abord ils se perdent, descendent trop vite vers les gorges capricieuses de la Nesque, perdent leurs repères, maugréent contre leur guide, traversent à gué la rivière au courant rapide. Sur une pente abrupte où Hamoutal ne peut pas s'asseoir sur la mule, elle se tord le pied sur une large pierre en saillie, elle hurle dans le silence de l'après-midi, tombe à genoux, ferme les yeux et pose la main sur son ventre. Ce ne doit plus être loin maintenant, dit David, regardant autour de lui dans ces gorges désertes à l'aspect sauvage. Ils auraient tout aussi bien pu suivre le lit de la rivière, mais ils ne s'en rendent pas compte. Ils gravissent péniblement la berge à l'est et montent la pente ; cet itinéraire est épuisant, cette erreur leur coûte presque une journée. Ils s'endorment sous la fraîcheur du ciel nocturne. La Voie lactée, d'une blancheur glaciale, tremble juste au-dessus d'eux, une lune rousse voilée est suspendue au ras de l'horizon noir. Bruissements d'animaux, peur et sommeil léger, douleurs musculaires, le sol nu pour seul lit, frissons à l'aube. Le froid les réveille, ils se redressent en chancelant, lèvent le camp en silence. Le jour apparaît, pâle au-dessus du sommet de la colline, à l'est. Ils boivent une gorgée, le guide entasse leurs sacs sur le dos de la mule. Ils marchent machinalement en direction du sud, traversent le plateau de La Plane et, sous les premiers rayons du soleil dans la vallée qui s'ouvre, ils voient le village, tel un nid de pierre accroché à la paroi rocheuse. Dans les chênes secs, racornis, volettent de petits oiseaux. Tous trois descendent vers le plateau fertile, solitaire, vers le village d'où je les ai vus approcher dans mon imagination. Ils arrivent épuisés mais sains et saufs devant la Grande Porte. David frappe trois fois avec sa canne. On ouvre. Un coq chante, un chien les accueille par des aboiements. On est encore en 1091. Le monde occidental glisse lentement vers une catastrophe, une fracture dans l'histoire, et personne ne le voit venir. Le contemporain ne sait rien.

V

MONIOU

1

Peu après la naissance de Yaakov, le jeune couple se voit attribuer une maison dans le village, une construction à un étage en forme de pointe orientée vers le sud. Quand ils se retrouvent devant la façade de guingois, Hamoutal est tellement émue et soulagée d'avoir enfin son propre logis que, spontanément, elle appuie ses lèvres contre le mur. Stupéfait, son mari commence par la dévisager, puis il la prend dans ses bras. Tu as embrassé une maison, dit-il en riant. C'est une vieille bâtisse aux murs épais et grossiers. David la remet en état peu à peu, patiemment, pour qu'ils soient confortablement à l'abri du vent glacial et des pluies de l'hiver qui approche. Dans la cave, qui est vaste, un puits profond et ancien fournit une eau potable, pure et claire. La paix revient lentement dans leurs esprits. De temps en temps, des nouvelles leur parviennent de Narbonne. Ils vivent dans l'espoir de retourner un jour dans la grande demeure du centre de la ville, près de la mer.

Bientôt, une année a passé. L'été 1092 arrive et ils ne se décident pas à quitter le village ; éprouvent-ils une certaine réticence à parcourir de nouveau les deux cent cinquante kilomètres qui les séparent de Narbonne ? Souhaitent-ils épargner à leur jeune enfant les privations associées à un tel voyage ? Ont-ils reçu des messages leur conseillant de rester strictement dans l'anonymat là où ils sont, maintenant que des chevaliers normands rendent dangereuse la région côtière, sur la route de la Sicile qu'ils ont occupée ? Hamoutal s'est entre-temps habituée à la vie solitaire et difficile dans le village. Peu à peu, elle a trouvé plaisir à la réalisation de tâches simples. Parfois, tôt le matin, elle se rend avec plusieurs autres femmes au marché de La Loge, un hameau voisin, puis revient à la maison les pommettes en feu et pleine d'énergie. Elle aide à l'entretien de la synagogue quand il n'y a pas d'hommes à l'intérieur. Elle tisse et répare des vêtements, elle a fait pousser dans des bacs rudimentaires un jardin de plantes médicinales. Aux premières heures du jour, quand Yaakov dort encore, elle étudie et lit avec son mari. Elle a une silhouette plus robuste et de gros doigts rouges à force de travailler à l'extérieur. David regarde à travers la fenêtre la nuit obscure, les étoiles sont plus claires que jamais. Soudain il s'inquiète, appelle sa femme, montre du doigt une chose claire dans la nuit, sifflant à travers le firmament comme une étoile qui se serait emballée. C'est la grande comète qui, en cet été de 1092, suscite dans toute l'Europe occidentale l'angoisse des populations. On prêche et on prie, on annonce la énième arrivée de l'antéchrist, les chrétiens du village croient au retour de l'étoile de Bethléem. C'est l'affolement général, on marchande des indulgences, des charlatans vendent des onguents aux orties et aux crottes de chèvre contre les brûlures que provoquent les feux du diable auxquels tout le monde doit s'attendre. Les bergers ont du mal à apaiser leurs troupeaux que rend nerveux la curieuse lumière de la comète. Pour l'heure, David et Hamoutal, debout l'un à côté de l'autre, éprouvent non pas de la peur, mais de l'étonnement. Ils n'ont jamais cru à la prophétie de la fin des temps, mais la femme se demande en silence quelle était la part de vérité dans les histoires de sa jeunesse sur le retour du Messie après un millénaire. L'antéchrist ne devait-il pas auparavant dominer le monde ? Elle se couche et rêve cette nuit-là qu'elle accouche d'un enfant dans une étable, sous le signe de cette étoile errante qui suscite une telle agitation. Elle se réveille en sursaut et se sent coupable de ce rêve blasphématoire. Coupable vis-à-vis de qui ? Quel dieu envoie des signes qu'aucun humain ne comprend ? Elle demande à David de la laisser seule. Elle se débat à travers l'obscurité dans sa tête, tôt le lendemain matin elle va au lavoir. Le froid mordant de l'eau sur ses mains lui fait du bien.

*

Deux ans plus tard, Hamoutal est de nouveau enceinte. Elle se sent forte et saine. Le paysage, l'air frais, pur, le silence impressionnant la guérissent peu à peu de ses doutes et de ses tourments intimes. Elle est à son cinquième mois de grossesse, tout se passe beaucoup plus facilement que la première fois. Elle est bien nourrie et porte l'enfant fermement vers l'avant. Elle se promène sur le plateau où quelques oiseaux de proie planent au-dessus de sa tête sous le soleil de la fin de l'après-midi.

Par une claire journée de la fin du mois d'octobre, elle revient avec Yaakov, qui a trois ans à présent, des hauteurs de Saint-Jean, où ils ont cueilli des fruits sauvages et les premières olives. Le garçon marche devant avec un bâton pointu. En route, ils ramassent encore des noix, des chanterelles, des bolets et des cèpes qu'ils mettent dans la hotte d'Hamoutal. Sous un chêne tordu, ils se reposent. Au loin, la cloche de la petite église du village sonne. Quelques moutons traversent avec leur berger l'étendue d'herbe en contrebas. Yaakov joue avec le bâton ; il suit une petite mouche blonde qui ne cesse de voleter d'un endroit à l'autre, comme si elle cherchait quelque chose. Soudain la mouche semble enfoncer vigoureusement sa trompe dans le sol. Aussitôt après, elle s'envole en ligne droite. Quelques minutes plus tard, elle répète ce rituel. Le garçonnet observe l'insecte plus attentivement, pose chaque fois la pointe de son bâton à l'endroit où la mouche s'est envolée. Quand elle s'envole une nouvelle fois, il creuse là avec ses mains. À son étonnement, il extrait un grand sabot noir et le montre à sa mère. Hamoutal reconnaît aussitôt une truffe noire, au vilain aspect ; elle sait les vertus thérapeutiques qui lui sont attribuées. Les juifs en mangent rarement, car les chrétiens les trouvent en s'aidant d'un porc ou d'un chien, des animaux impurs qui ne doivent pas entrer en contact avec la nourriture. Mais maintenant que le petit garçon a déterré la truffe de ses propres mains, elle le regarde en riant, surprise. Ils attendent de voir apparaître une autre mouche. Yaakov la suit en posant la pointe de son bâton à l'endroit qu'elle vient de quitter en s'envolant. Là encore, l'insecte repart en ligne droite, l'enfant creuse et extrait un nouveau champignon qu'il donne triomphalement à sa mère. Il découvre ainsi sans s'en rendre compte un moyen séculaire de chercher des truffes. Les semaines suivantes, ils apprennent ensemble à reconnaître les chênes tordus qui en produisent. Sur le sol au pied de ces arbres, une surface ovale est dégagée, car le chêne qui engendre des truffes est un arbre malade ; la truffe est une moisissure, certains habitants du village la considèrent comme un aliment de Satan parce qu'elle ressemble selon eux à un sabot difforme du diable ; son odeur pénétrante qui imprègne le beurre, l'huile et le lait est pour eux un signe de sorcellerie. Hamoutal enjoint donc son fils de ne parler à personne de sa découverte. À la maison, elle découpe en fines lamelles un des tubercules, toute la maison sent la truffe, qui protège contre le malheur et la maladie, assure-t-elle à David. Celui-ci se gratte la tête et pense que sa femme a tout de même de curieux raisonnements.

Au-dessus du village, l'aigle décrit des spirales en planant sur les couches d'air tiède, le ciel est immaculé, mais tout en haut de la colline se développe un nuage gigantesque, étrange, qui ressemble à une huître, rose comme un cordon ombilical et violet foncé, marbré et creux. Fascinés, ils regardent cette sorte d'apparition, d'annonciation divine, jusqu'à ce que le nuage se dissolve et que le peu qui en reste parte à la dérive comme un coquillage vers l'horizon. La solitude du plateau semble un rêve.

*

La nuit, tandis que la Voie lactée, tel un trait lumineux, glisse à travers la voûte céleste, les cris des chouettes semblent résonner plus fort au-dessus de la vallée. Près du feu il fait chaud, mais le froid qui s'insinue dans les interstices glace le dos. Assise à côté d'Hamoutal, la femme d'Obadiah lui raconte l'histoire du berger que les hululements de la chouette rendirent fou. Par une nuit de lune claire, il siffla pour répondre à l'oiseau, comme ça, parce qu'il savait que les chouettes peuvent passer la nuit entière à se répondre. La chouette répondit aussitôt. L'homme s'en amusa. Il siffla encore pour lui répondre. La chouette répliqua encore. La nuit suivante, alors qu'il était assis devant sa maison, il continua sans vraiment réfléchir à donner la réplique à l'animal. Il poursuivit pendant plus d'une heure et, une fois couché, il ne cessa de tendre l'oreille. Il lui fallut plusieurs heures pour s'endormir. L'homme semblait à présent curieusement obsédé ; il passa les nuits suivantes, dehors jusqu'à l'aube, à siffler comme un possédé afin de répondre chaque fois à la chouette. Son épouse se signait, racontait aux femmes au marché qu'elle craignait qu'un mauvais tour du diable ne lui ait fait perdre la raison. Elle essayait de le convaincre de rester à l'intérieur la nuit, voulait verrouiller la porte. Cela entraînait des tensions et des insultes. Les enfants pleuraient et geignaient car leur père errait dehors chaque nuit et leur mère priait, pleine d'angoisse. Personne ne trouvait plus le sommeil ; les étoiles scintillaient avec malveillance et une brebis accoucha d'un monstre à barbe.

Au bout de quelques semaines de sifflements nocturnes, le berger eut une crise mystique : Dieu essayait de lui envoyer un message, il était élu, il devait continuer de répondre pour recevoir le message divin. Aussi sifflait-il chaque nuit jusqu'au matin. Il maigrissait à vue d'œil, il avait le regard à la fois vague et enflammé. Il mangeait à peine, ne voulait plus dormir sous un toit et déambulait dans la vallée en sifflant comme un possédé. Plusieurs de ses moutons se perdirent, le loup rôdait près du troupeau. L'homme s'en aperçut à peine. Au bout d'un mois et demi, il ne revint plus chez lui, il se promenait solitaire et hagard, en proie à une curieuse extase ; ses frères l'évitaient et s'occupaient de son troupeau à sa place.

L'automne arriva, les nuits se rafraîchirent, le berger grimpait le soir dans un arbre pour entrer, perché là-haut, en contact mystique avec la chouette jusqu'aux premières lueurs de l'aube.

Comme le message de Dieu ne devenait pas plus clair, il décida une nuit que le Très-Haut l'appelait vers l'autre côté de la vallée et qu'il recevrait le message là-bas. Il se mit en route vers cinq heures de l'après-midi, marcha plus de deux heures, arriva dans l'obscurité à l'orée du bois. Il guetta le premier hululement, chercha dans les broussailles et les prés à découvrir d'où provenait le cri de la chouette, approcha, veillant à ne pas manquer une seule réplique. Tendu, il s'immobilisait régulièrement dans la végétation puis faisait quelques pas. Au bout d'un moment, il fut si près qu'il put localiser l'arbre où l'animal poussait ses cris. Sans faire plus de bruit qu'une souris, il se faufila tout près de l'arbre pour éviter que la chouette ne s'envole et il leva les yeux. À sa consternation, il vit non pas une chouette mais un homme qui, tout comme lui, sifflait vers l'autre côté – ce soir-là avec un certain désespoir car la réplique semblait se rapprocher de plus en plus. Le berger fut pris d'une telle rage, il eut un tel accès de folie, qu'il se mit à secouer l'arbre, à donner des coups de pied dans le tronc, à rugir des injures à l'homme apeuré au sommet ; il le conjura de descendre, se jeta contre l'arbre, ramassa des pierres et les lui lança. Interloqué, l'autre homme se laissa glisser de l'arbre mais, quand il vit le berger, il eut le fou rire. Le berger, désespéré à l'idée d'avoir mal compris la voix de Dieu, agrippa l'homme par la gorge, l'étrangla, puis avec une grosse pierre lui frappa la tête jusqu'à ce qu'il n'en reste plus que de la bouillie et du sang. Puis il rentra à Moniou en traversant la vallée, il grimpa à toute vitesse, l'écume aux lèvres, le chemin rocailleux et escarpé menant à la tour en construction à l'époque, approcha du bord du ravin et sauta. À l'endroit où il s'écrasa, et c'est vrai, dit la femme du rabbin, on retrouva deux jours plus tard non pas son corps mais le nid d'une chouette, entouré de plumes, de petits os et d'une peau de souris.

Hamoutal rit en secouant la tête lorsqu'elle entend l'histoire mais, cette nuit-là, elle reste éveillée et écoute les cris de la chouette, là-bas, de l'autre côté. Elle a l'impression d'entendre la solitude même de l'époque.

2

Plus de trois mois plus tard son deuxième enfant naît, sans difficulté cette fois. Elle le sent glisser spontanément hors d'elle. C'est une petite fille, qu'ils appellent Justa.

Des prophètes farfelus passent dans la vallée, les habitants entendent les sons perçants des cromornes primitifs et des chalumeaux se réverbérer contre la paroi rocheuse, les halètements rythmiques de tambours à friction, les psalmodies de prières menaçantes. Prédicateurs annonçant des catastrophes d'une voix suraiguë, pénitents, mendiants et bandits errent à travers le pays. Ils écument les villages, font peur aux habitants. Les villageois restent terrés à l'intérieur. C'est un curieux mois de février, avec cette lumière oblique du soleil, d'aspect surnaturel, chaque jour plus forte.

Par une fin d'après-midi en avril, elle voit quatre chevaliers normands entrer par la Grande Porte : elle les reconnaît aussitôt à leur équipement. Les chevaux raclent les pavés de leurs sabots. Les hommes ont dans leur port quelque chose de souverain et d'implacable. Ils descendent de leur monture, semblent négocier avec le héraut. Hamoutal abandonne tout sur place, elle ne trouve pas Yaakov, elle n'a pas le temps de rejoindre David à la synagogue. Paniquée, elle s'enfuit à travers les collines avec la petite Justa cachée dans son tablier. Assise au bord du ravin, elle regarde fixement en contrebas, attendant de voir s'ils passent devant sa maison. Tout reste calme, mais au crépuscule, elle se réveille en sursaut sous un ciel glacial. Elle les entend rire fort dans les petites ruelles en dessous d'elle. Le cœur battant, elle reconnaît la langue du Nord, celle de son enfance. La petite, enveloppée dans son châle, est silencieuse et détendue. Hamoutal sent une pointe de folie lui traverser le corps et l'esprit, que fait-elle donc ici, au nom du Ciel ! La lune est déjà couchée, mais tout tremble et vit avec une énergie qu'elle ne comprend pas. La fragilité des étoiles au-dessus de ce village désert et totalement silencieux la fait frissonner. Dans le feuillage printanier d'un chêne, quelque chose frémit. Elle attend que le calme revienne et que les voix ivres disparaissent derrière une porte qui claque. Puis dans l'obscurité elle descend d'un pas hésitant, furtivement, le sentier rocailleux escarpé. En chemin elle frotte son enfant pour la réchauffer, elle tremble de tout son corps. Quand elle arrive à la maison, son mari lui ouvre la porte et la regarde, déconcerté. Elle se faufile à l'intérieur, pose devant le foyer le bébé qui se réchauffe peu à peu. Elle est bouleversée, se libère de son angoisse en poussant des sanglots qu'elle a beaucoup de mal à maîtriser. Elle s'endort en tenant sa fille dans ses bras sur le lit sombre où elle a réussi à se traîner.

*

Les chaudes matinées de juin, elle va se baigner avec les enfants dans de grands lacs qu'a formés la Nesque ici et là. L'eau est fraîche et bienfaisante, elle peut se laver parmi les broussailles sans être dérangée. Tandis que Yaakov rentre à la maison et que la petite dort sur la rive, elle retire tous ses vêtements, s'enfonce plus loin dans l'eau. Elle ne sait pas nager, mais elle aime sentir l'eau lui monter jusqu'à la poitrine. Elle se penche en arrière, se laisse flotter un instant, ses longs cheveux animés par le léger mouvement de l'eau. Puis elle se redresse et sent quelque chose d'étranger dans ses cheveux, une masse lisse qui descend en glissant le long de son dos, c'est un grand serpent aquatique, un long reptile albinos qui se tortille entre ses jambes et disparaît entre les plantes bercées par l'eau. Elle se retient juste à temps de pousser un cri, puis voit l'animal se dissiper dans les profondeurs. Elle sort de l'eau, se rhabille affolée. Dans les buissons, elle distingue la trogne hilare d'un homme qui l'épie. Soudain elle est folle d'inquiétude pour Yaakov.

Elle rentre en courant jusqu'à la maison. Quand elle arrive hors d'haleine chez elle, il s'avère que tout va bien. Le garçon est perplexe quand elle le prend dans ses bras pour le câliner. Cette nuit-là, le petit garçon d'un berger est happé par un loup dans le champ où peu de temps auparavant ils dormaient ensemble.

Au début de 1095, Hamoutal constate qu'elle est enceinte pour la troisième fois.

3

Le vieux rabbin commence à déléguer de plus en plus de tâches au jeune David Todros, qui fait savoir à son père à Narbonne que le soin de la communauté juive de Moniou lui a été confié et qu'ils ont décidé de rester dans le village. Ils construisent leur vie ici, écrit le fils, leurs jeunes enfants sont en bonne santé, ils ont une maison solide à côté de la synagogue, l'existence au sein de cette petite communauté à la campagne leur procure contre toute attente un grand bonheur. Hamoutal a trouvé la paix, loin de l'agitation et des intrigues de leur époque. Ici, ils sont à l'abri des chevaliers normands, écrit-il ; ceux-ci sont nombreux à passer par Narbonne mais ne traversent presque jamais cette vallée. Hamoutal ne supporte pas l'idée qu'elle puisse être reconnue en rentrant à Narbonne et entraînée loin de son mari et de ses enfants. Sagement, il ne dit rien des chevaliers qui sont venus récemment au village.

Quelques années auparavant, un brillant ecclésiastique de la région de Champagne, Eudes de

Châtillon, a été élu pape à l'issue de nombreux tiraillements stratégiques. Il s'est installé au palais du Latran à Rome. Il a pris le nom d'Urbain II. Il a déployé bien plus de talent diplomatique que son prédécesseur, le téméraire et obstiné Grégoire VII. Il a institué la curie romaine, un conseil rompant avec la tradition de l'infaillibilité pontificale, ce qui a renforcé la puissance et le prestige de Rome. Urbain s'est creusé la tête au sujet des nombreux pèlerins prenant la direction de l'Orient pour se rendre à Jérusalem et se heurtant en route à toujours plus d'hostilité et de résistance. Il a très bien compris que la première tâche était de rétablir le prestige ébranlé de l'Église en Occident – et a vu tout l'attrait que présentait l'Orient pour y parvenir. Depuis le Grand Schisme de Constantinople, quarante ans auparavant, l'Église catholique a dû se battre pour imposer son autorité face à l'Église orthodoxe. Urbain a eu l'idée d'une action grandiose, une preuve de puissance et de fermeté. Partout des voix se sont élevées pour que Jérusalem soit libérée de ces maudits Sarrasins. Pourquoi ne pas utiliser ce levier pour rendre son éclat à l'Église catholique, épuisée par sa lutte contre l'empereur germanique ? Mais comment rassembler toutes ces forces disparates ? L'agitation sociale croît, et pas seulement parmi la populace ; la chevalerie aussi a besoin d'un objectif pour canaliser les tensions sociales qui s'enveniment. Les Normands qui tiennent la Sicile sous leur emprise peuvent-ils lui être utiles dans une éventuelle campagne de reconquête des terres où se trouvait autrefois l'église du Saint-Sépulcre ? Comment les chevaliers chrétiens traverseraient-ils la Méditerranée ? Le pape passe des nuits entières éveillé, mais peu à peu un plan prend forme dans son esprit dévot. Il ira prêcher pour gagner des partisans à sa cause. Il songe tout d'abord à sa patrie, la France, où règne une grande effervescence, mais aussi à la possibilité de rassembler d'autres bonnes volontés pour lancer une expédition militaire vers l'Orient. La nuit, il se jette au sol dans les églises vides, prie et implore une illumination, sent le froid dans sa colonne vertébrale.

*

Il arrive que les pèlerins et les aventuriers en route pour la Ville sainte passent dans la paisible vallée qu'évoque David dans la lettre à son père. Ils se distinguent par leur ton surexcité, leur zèle religieux et leur haine des Sarrasins et des juifs. David préfère tenir ces individus à l'écart du quartier juif, mais le prêtre de l'église Saint-Pierre, à l'autre bout de Moniou, les laisse volontiers entrer et séjourner longtemps dans le village, ils apportent de l'argent dans les caisses et lui confèrent par là même un certain prestige dans la région. Ces relations tendues font planer une ombre sur Moniou. Les juifs évitent de s'aventurer trop loin vers le centre ; les chrétiens montrent moins de réserve, mais ne viennent plus aussi souvent du côté du Portail Meunier, vers le sud, où est implanté le quartier juif. Ainsi apparaît dans la petite communauté une ligne de séparation invisible, à l'image de ce qui se passe ailleurs en Europe. Tout menace d'aller droit vers une confrontation que personne ne semble avoir voulue. La plupart du temps, cela se résume à une bordée d'injures, des invectives ou des brimades. Ici et là des dérapages se produisent, dont les juifs sont généralement les victimes, mais bon, on n'y peut rien. Dans les hautes sphères politiques, personne n'a une vue d'ensemble de la violence qui, insidieusement, se déchaîne partout. Un seul homme y voit un potentiel et mobilise les énergies éparpillées : le nouveau pape de Rome, ce Français habile qui connaît les usages du monde et entame, dès la deuxième année de son pontificat, une tournée à travers la France. Il a étudié à Reims, est ensuite devenu moine à l'abbaye de Cluny, en Bourgogne, où il a accédé à la fonction de prieur et obtenu l'attention de Rome. Il est le liant idéal entre la France à présent déchirée et le Saint-Siège ; il forme aussi un contrepoids tactique face à la puissance de l'empereur germanique.

Quand Urbain arrive fin 1095 à Clermont à l'issue d'un long voyage, il est prêt à lancer un appel grandiose, qu'il a depuis longtemps à l'esprit et qui lui permettra, espère-t-il, de ressouder le monde chrétien.

La paix relative entre musulmans, chrétiens et juifs en Orient doit pour cela être brisée ; les lignes de démarcation doivent devenir strictes et claires. Le tombeau du Christ doit être coupé du monde musulman et faire de nouveau partie intégrante du monde chrétien. Il n'y a qu'une seule possibilité : Jérusalem doit être reconquise. Urbain, brillant tacticien, a forgé un concept nouveau, dont la consonance est inhabituelle pour ses contemporains : la « guerre sainte ».

À Clermont, il prie dans la crypte de la Basilique de Notre-Dame-du-Port, et engage le lendemain, le 27 novembre 1095, la guerre sainte en lançant son fameux appel à la première croisade, quelque part dans les champs, près de la ville.

Son discours inspiré produit un effet dont il n'aurait même pas pu rêver. Un certain nombre de chevaliers font écho pendant son discours au cri répété d'Urbain : Dieu le veut ! Les prélats, aux premiers rangs, s'agenouillent et rugissent en occitan : *Deus lo volt !* Les prêcheurs le hurlent, lancent leurs armes en l'air, quelques hommes pleurent, des chevaux se cabrent dans la bousculade et l'agitation, des chevaliers déchirent leur tabard en lambeaux. Ils en font une grande croix, qu'ils se fixent sur le dos. La tenue des croisés est née. Urbain promet à ses disciples qu'ils obtiendront une indulgence éternelle pour leurs innombrables péchés s'ils parviennent à vaincre les ennemis du Christ, la foule se déchaîne. On pousse des hurlements, on prie, on scande, on chante. Une énergie se libère qui est si contagieuse parmi les nombreuses âmes égarées qu'Urbain en est lui-même ahuri. La promesse d'une indulgence signifie que quiconque a déjà un meurtre sur la conscience peut échapper à la damnation éternelle en commettant d'autres meurtres pendant la croisade – contre les ennemis de la vraie foi. Nous ne connaissons pas la teneur de son discours mot pour mot, mais selon le résumé qu'en ont fait différents témoins, le pape aurait dit qu'il ne fallait pas attendre d'être arrivé à Jérusalem pour vaincre l'ennemi du Seigneur, faisant clairement allusion aux juifs. L'antisémitisme de nombreux prêcheurs, comme Pierre l'Ermite dans le Nord, était par là même légitimé.

Sous le régime féodal, le fossé entre pauvres et riches s'est creusé ; les frustrations du peuple et la rancune contre les nantis, le clergé et la noblesse, se sont accumulées. Mais les chevaliers sont invincibles, aussi les gens du peuple et leurs prêtres choisissent-ils une cible plus facile pour exprimer leur mécontentement : les juifs, qui se sont enrichis par les prêts, les intérêts et les remboursements, eux qui sont les assassins du Christ. Coiffés de vieilles marmites et de poêlons dans une lamentable tentative d'imiter les chevaliers en armure, ils se regroupent, avec pour seules armes leurs fléaux, leurs fourches à purin et leurs couteaux émoussés ; ils sont chaussés de sabots et de lanières de cuir mal jointes ; ils suivent les troupes bien ordonnées, éblouis par la splendeur des cuirasses, les parures bigarrées des chevaux, les plumets et les casques. Ils s'enivrent, abusent des femmes de la communauté et prient dans la journée pour une indulgence totale : plus ils tueront d'ennemis du Rédempteur, plus ils auront de chances de sauver leur âme.

Parmi les enthousiastes dévots se trouve un homme qui est parfaitement à son affaire et connaît de près Jérusalem : l'aventurier et commandant borgne tant redouté Raymond de Toulouse. Il se voit accorder la plus haute fonction, le commandement des troupes provençales, avec l'évêque du Puy, qui l'accompagne en tant que légat pontifical. Tous deux se mettent aussitôt à mobiliser et à propager la foi en vue de la grande croisade. On veut montrer au monde que la chrétienté a retrouvé sa grandeur et sa capacité à se défendre, les Sarrasins peuvent s'attendre à une « guerre sainte ». Il faudra encore quelques années avant que les musulmans eux-mêmes, furieux et indignés par les attaques barbares contre l'illustre Antioche, commencent à utiliser un pendant de cette expression : le mot « djihad ». Il signifie en fait zèle religieux, dévotion, mais, à partir de ce moment-là, il fait écho aux propos tenus par Urbain à Clermont.

Les armées recrutent ; au printemps, les premières se mettent en mouvement. La grande armée de Raymond de Toulouse, forte de vingt-cinq mille hommes, ne partira qu'après l'été de 1096.

4

Pendant trois jours le mistral persiste, fort et cinglant sous un ciel immaculé, impitoyable. Le vent souffle si fort que les chiens, les moutons et les chèvres restent allongés, les yeux plissés face à la lumière éblouissante et le cul face au vent, à attendre patiemment à l'abri de petits murets, de rochers et de troncs. Il fait bruire les chênes verts, siffle, aigu et solitaire, en secouant leurs cimes, pousse en grognant les murs et les volets. Les lézards restent cachés dans leurs renfoncements, le bétail amaigri meugle plaintivement. Partout dans les plaines provençales les drapeaux et les étendards claquent au vent. On part ensemble, on se regroupe massivement, on s'arme comme on peut. On se prépare, un mouvement se met en marche, qui change d'avis comme une girouette. En proie à des maux de tête, on s'agenouille sur le sol dur. On scande et on chante, certains villageois se retirent dans leurs maisons. Le fromage s'effrite entre les mains crispées, le vin est acide et les olives sont piquantes. En haut de la paroi rocheuse, où les corbeaux décrivent des cercles en croassant bruyamment, deux ouvriers juifs sont écrasés sous une des dernières grosses pierres à poser pour terminer la tour. Ils dégringolent de l'échafaudage en bois, se brisent le cou. Est-ce vraiment un accident ? Leurs corps informes roulent sur les éboulis pointus qui recouvrent le flanc de la montagne jusque dans les broussailles, laissant derrière eux une traînée de sang. On transporte les cadavres mutilés en empruntant le sentier escarpé qui descend au village et on les enterre modestement dans le cimetière juif, à côté de la route vers les gorges. On prie. On jase. On jure entre ses dents.

On est en octobre 1096. Il a fallu piocher, tailler, traîner, trier, entasser et construire pendant des années, mais la fière tour couleur sable sur le mont de Jupiter est presque terminée. Elle est éclairée le matin par les premières lueurs et, quand on descend dans la vallée depuis Saltus, ou depuis le plateau d'Albion, on aperçoit encore, au crépuscule, cette aiguille émoussée qui reçoit les derniers rayons du soleil, comme si le majeur de Dieu se dressait au-dessus de ce nid médiéval. Du haut de cette fortification on voit, de l'autre côté de la vallée, la tour de Saint-Jean-de-Durefort. En moins d'une heure, on peut transmettre la nuit un signal d'alerte, à l'aide d'un feu et de miroirs en bronze, de Marseille jusqu'ici, et plus loin encore. La région est en sécurité en cas d'invasion des Maures.

Mais ce ne sont pas les Maures qui arrivent, c'est une armée directement issue du peuple, pas un ennemi de l'extérieur, mais un ennemi qui se cache dans les cœurs et cherche à présent inexorablement une issue, nourri par des années de calomnies, de règlements de comptes mesquins, de vengeances entre voisins, de manipulation de l'opinion, de reproches incessants, de fables à propos d'infanticides rituels juifs, de cannibalisme, d'enlèvements d'innocents par les rabbins, de satanisme et de rituels diaboliques. Un garçon de dix ans est retrouvé mort, roué de coups, à l'entrée des gorges. Les juifs se font accuser ; une bagarre s'ensuit, le rabbin et le prêtre unissent leurs efforts pour calmer les villageois. La haine au sein de la société se contracte comme un muscle, on craint que l'énergie devenue incontrôlable n'éclate, ravageant tout sur son passage. Une sentinelle armée est placée devant l'entrée de la synagogue. Les chrétiens crient au scandale.

*

Raymond de Saint-Gilles, comte de Toulouse, est un homme respecté. Né en 1042, il est le second fils du comte Pons de Toulouse. Au moment où le pape Urbain II tient son discours fatal à Clermont, il est marquis de Provence. Tous les chroniqueurs de l'époque soulignent son excellence ; il s'entoure de l'élite de la chevalerie, jouit auprès de tous les chefs militaires du plus grand prestige. Durant une précédente visite à Jérusalem, il a perdu un œil au combat. Cela rend son autorité et son rayonnement d'autant plus incontestables. Même les chevaliers du Limousin et du Languedoc le rejoignent, alors que les armées normandes parlent avec condescendance de « ces Provençaux ». Il compte parmi son équipage non seulement son guide spirituel, l'évêque du Puy, Adhémar de Monteil, mais aussi des hommes tels que Gaston, vicomte de Béarn et seigneur de Saragosse, seigneur Pierre, vicomte de Castillon, Guilhelm V de Montpellier, un protégé de Raymond qui s'est déjà rendu deux fois à Jérusalem, Pierre, seigneur d'Avignon, Girard de Roussillon et d'innombrables autres hommes d'un grand prestige et estimés. Ils forment l'élite et la pointe des troupes qui commencent à se mettre en mouvement. Derrière eux viennent les gens de guerre armés, puis suivent les civils armés, ensuite les paysans avec des charrettes pleines de provisions, de bric-à-brac et d'outils, et après eux les enfants qui parfois les accompagnent un bout de chemin en chahutant, les femmes qui veulent suivre leurs hommes, les camelots et les colporteurs avec leurs breuvages alléchants, sans compter un certain nombre de vieillards coriaces, désespérés qui prennent avec eux la route pour la Terre sainte, afin de libérer du Satan sarrasin le sol sacré de leur Sauveur. Il faut plusieurs jours avant que les derniers puissent enfin se mettre en mouvement. Un serpent humain se fraie un chemin vers le cœur du Vaucluse, en direction de l'Italie.

*

Après trois jours de mistral, le vent tombe soudain aux premières lueurs de l'aube. Tout est immobile. Le soleil se lève, la journée est radieuse.

Dans les plaines et les vallées, sur les plateaux et au fond des ravins règne une paix profonde. Un léger voile nuageux se dissipe lentement au-dessus du paysage arcadien. Ce jour est un don de Dieu, dit Raymond à Adhémar, mettons-nous en route. Ils s'agenouillent et prient sous le soleil matinal. Les chevaux hennissent et tirent sur leur bride, partout des chevaliers s'agenouillent, font le signe de croix et inclinent la tête. Un chant s'élève. Parmi les hommes rudes, beaucoup sont profondément émus. Les larmes coulent sur leurs visages et leurs mains sont jointes dévotement. Les bannières pendent, immobiles, comme par enchantement ; des papillons tardifs volettent à travers les chênes secs. Le monde retient son souffle.

5

Le temps est si doux qu'Hamoutal décide d'aller se promener seule dans les collines. Elle laisse ses enfants auprès de l'Égyptienne Agatha qui, apprenant que le jeune couple resterait vivre à Moniou, a quitté Narbonne en avril pour se joindre à leur maisonnée. Ce jour-là, Hamoutal a l'intention de cueillir les baies de genièvre bleues dans les buissons piquants, elle a envie d'être seule pendant quelques heures. Elle médite sur un rocher, profite de la beauté du paysage dans la paisible brume automnale, à travers laquelle commence à scintiller ici et là la lumière rasante. Elle choisit de prendre le chemin qui longe à droite les profondes gorges de la Nesque puis grimpe progressivement vers les hauteurs, à travers des broussailles. Elle emprunte ensuite des sentiers couleur sable parsemés d'éboulis. Elle inspire l'air frais. Les odeurs sont étourdissantes. Elle s'assoit sur une vieille borne romaine qui dépasse du sable. De là, elle a une vue sur les hauteurs de Saint-Hubert. Le soleil répand une chaleur généreuse pour la saison, les dernières abeilles bourdonnent dans la vigne lie-de-vin. Elle ferme les yeux et se plonge dans les souvenirs de sa jeunesse. Elle se réveille en sursaut quand elle sent sa tête tomber sur sa poitrine ; elle regarde autour d'elle, hébétée, aperçoit la mue d'un serpent parmi les buis hérissés. Mais quand elle lève les yeux, elle voit au loin, provenant de Saint-Hubert, une chose briller, une chose qui ressemble aussi à un serpent – un énorme serpent argenté. La chose se meut et doit être très grande, de plusieurs centaines de mètres, elle luit et scintille sous le ciel dégagé. Hamoutal regarde fascinée, sans comprendre. Elle boit quelques gorgées d'eau de sa gourde en cuir, mange un quignon de pain avec un peu de fromage de chèvre dur. Elle se sent satisfaite, mais s'inquiète un peu de cette chose qui bouge là-bas au loin. À peine une demi-heure plus tard, elle discerne mieux ce qui arrive : c'est une armée en marche. Son étonnement se transforme en peur quand elle s'aperçoit que l'armée avance droit sur les hauteurs de Saint-Jean, traverse les terres sauvages de ce que l'on appelle aujourd'hui le champ de Sicaude, puis prend la direction de Malaval, dépasse Vallat de Peisse, et que les premières lignes, après plus d'une heure, amorcent au niveau de La Plane la descente vers la vallée de Moniou, en empruntant le chemin tortueux qu'elle a pris autrefois avec David quand ils sont arrivés au village. Elle croit voir des centaines de chevaux. D'innombrables cavaliers suivis des fantassins sont en route. Les cuirasses, les boucliers et les lances étincellent à la lumière. Elle les regarde, figée, elle a entendu ces derniers mois de la bouche de pèlerins de passage toutes sortes de rumeurs, mais elle ne s'attendait pas à voir de ses propres yeux une telle armée. Ses pensées vont aussitôt à son père. Elle se souvient de la querelle entre ses parents ; elle revoit sortir des écuries, entourées de nuées d'hirondelles, son père menant par sa fine longe son hongre nerveux. Elle se demande si lui aussi va partir pour Jérusalem, ville qui pour elle représente aujourd'hui tout autre chose que pour lui. Tandis que défilent dans ses pensées des images de son enfance, elle voit les premières lignes descendre du plateau. Elle se redresse d'un bond, court sur toute la distance qui la sépare du village, elle y arrive en haletant tandis que, de l'autre côté de la rivière, à environ cinq cents mètres, les premiers cavaliers s'arrêtent. Des cris et des appels s'élèvent de la vallée, les chevaux se cabrent dans un grand vacarme. Tous les villageois sortent, se regroupent bouche bée sur les petits remparts. Les cinq soldats de Moniou montent la garde, tendus, dans la tour de guet qui sert aussi de prison. En haut de la tour dominant la paroi rocheuse, cent mètres au-dessus de leurs têtes, un clairon retentit. Les trompes de l'armée dans la plaine répondent à ce signal. Voilà qui est rassurant. À peine une heure plus tard un chevalier magnifiquement vêtu, arborant sur sa cuirasse une croix argentée, traverse à gué la Nesque qui à l'époque s'appelait encore Anesca. Il grimpe à cheval jusqu'au Portail Meunier et frappe avec sa lance. Le prévôt lui demande d'un ton formel ce qu'il veut. Pas grand-chose, dit le héraut en ricanant ; de la nourriture et un gîte pour les vénérables chefs de notre sainte armée. Combien de personnes cela représente-t-il ?

demande le prévôt. Environ deux cents hommes au total, dit le héraut en souriant ; les autres chevaliers et les fantassins trouveront dans les environs ce dont ils ont besoin. Commencez les préparatifs. *Deus lo volt.* Vous devez abattre tout le bétail, faire du feu et sortir toutes vos provisions, les hommes ont faim et sont fatigués, ils sont partis à cinq heures ce matin et ils ont à peine dormi les jours précédents. Cette vallée est idéale pour un bivouac d'une nuit ; ensuite nous poursuivrons notre route vers le nord en direction du castrum de Digne.

Le chevalier n'attend pas de réponse, il fait faire demi-tour à son cheval et retourne d'où il est venu.

Le prévôt est pris de panique. Il craint que la petite communauté ne puisse pas répondre à la demande. Une brève concertation s'ensuit, un informateur se précipite vers le château par l'escalier de la tour en bois des remparts nord, il arrive en haut hors d'haleine et rend compte de la situation au châtelain qui fait le guet avec quelques hommes armés. Le châtelain redescend avec lui, on fait venir le prêtre et le rabbin. Si le village essaie de répondre à la demande de ravitaillement, il sera ruiné. Un messager est dépêché en toute hâte par le Portalet au nord vers La Loge, le hameau au pied de Saltus, pour demander des renforts. Toute la population est en émoi. Elle regarde avec stupéfaction ce déploiement sans précédent de force et de prestige, certains en tombent à genoux, se signent et se mettent à prier. D'autres fixent très inquiets le serpent humain interminable qui se glisse dans la vallée. Ce ne sont plus des chevaliers depuis longtemps, après les lanciers les fantassins ont aussi rejoint le bivouac. Depuis les hauteurs de Saint-Jean afflue à présent une arrière-garde désordonnée. On entend chanter, crier, rire et rugir. Des chiens aboient en sautant tout autour d'un troupeau de moutons qui bêlent à pleins poumons et sont guidés par des paysans armés de bâtons. Un énorme nuage de poussière trouble la vue, des particules argentées s'élèvent dans le ciel bleu inerte. Une curieuse odeur parvient jusqu'aux villageois. Ils se retranchent près des rochers, sous leurs tours et leurs postes de guet vite pourvus de sentinelles. Quelques mères s'enfuient avec leurs enfants vers les grottes et les renfoncements dissimulés aux regards par des broussailles, près de la paroi rocheuse. Toute la vallée semble trembler d'une force inconnue.

Hamoutal est entrée précipitamment chez elle, elle a verrouillé la porte. Elle ordonne à Yaakov, inquiet, de se tenir tranquille, elle apaise la fillette sur ses genoux, elle tient son cadet, encore bébé, serré contre elle. Ne devrait-elle pas se rendre tout de suite à la synagogue, non loin de là, pour voir où en est David ? En contrebas, près des murs d'enceinte, un grand attroupement s'est formé, un groupe d'hommes hétérogène essaie de grimper aux murs. Sur l'actuel chemin de la Bourgade, si paisible aujourd'hui, des chevaux s'ébrouent, des hommes crient dans une grande confusion, des chiens aboient, des voitures avancent à grand fracas, des pieux sont attachés ensemble pour défoncer le portail central. Les Moniliens comprennent maintenant qu'il n'y a pas d'issue possible : ils ne construiront de hauts remparts munis de portails solides que des années après la catastrophe qui les attend. Pour le moment ils sont sans défense face à l'attaque de leur petite communauté. Un deuxième héraut, accompagné de cinq chevaliers, frappe à grands coups vers cinq heures de l'après-midi à la Grande Porte en exigeant de pouvoir inspecter les lieux préparés pour la nuit. On les laisse entrer à contrecœur. Les cinq chevaliers traînent derrière eux un tronc d'arbre, ce qui empêche de refermer la porte. Dans les ruelles, les habitants se cachent derrière le prévôt, le rabbin et le prêtre. Ici et là, on verrouille sa maison. On ne l'ouvre qu'à regret et par peur, sous les cris et les menaces. Un des chevaliers brise de son épée une mince porte, la réduit en copeaux en la piétinant, se fraie un chemin à travers la maison basse et sombre. Il en ressort exaspéré. Presque personne n'a préparé quoi que ce soit. Le chevalier n'a que mépris pour les misérables taudis et les petits logements obscurs et malodorants, il exige les maisons des notables et du prêtre. Il réquisitionne aussi pour loger ses troupes l'église, située à l'extérieur des remparts devant le Portalet. Le prêtre, qui proteste un peu, reçoit une gifle avec un gant de métal. Bien, bredouille-t-il, *Deus lo volt*.

Puis l'éclaireur, qui devient de plus en plus hargneux en constatant la pauvreté du lieu, se retourne brusquement et indique la synagogue à l'autre bout du village, là-bas vers le sud en direction de la petite tour de guet, près du Portalet.

Et… c'est quoi ça ? demande-t-il en grimaçant. Des youpins chez les rats ? Où se sont-ils cachés ? Ils peuvent sûrement nous fournir des lits confortables, ces éternelles raclures, non ?

Yaakov, qui l'a écouté, court plus haut pour informer son père. David descend la rue avec Joshua Obadiah, ils demandent au héraut ce qu'il veut. Celui-ci s'incline d'un air moqueur, crache sur les pavés et dit qu'il n'a encore rien demandé, et qu'ils doivent la fermer jusqu'à ce qu'il ait terminé de parler. Il exige tout d'abord la synagogue pour la nuit. Ils ont une heure pour en retirer leur bric-à-brac, car les chevaliers chrétiens ne dorment pas parmi des symboles impies. Joshua Obadiah se redresse avec dignité et dit qu'ils ne peuvent laisser profaner leur lieu de culte. Lui aussi se fait frapper par la main de fer. Le vieillard vacille, du sang jaillit de sa lèvre. David le soutient, dit au chevalier d'un ton sec qu'en tout cas il ne se comporte pas de manière chrétienne. Le chevalier tire son épée et hurle : Un mot de plus et je t'occis, traître du Christ. *Deus lo volt !*

Il se tourne vers la foule inquiète regroupée autour de lui.

Vous avez jusqu'au coucher du soleil derrière la paroi rocheuse, siffle-t-il, ne décevez pas la sainte armée, bande d'abrutis.

Il quitte le village par le Portail Meunier, que l'on referme derrière lui avec la grande traverse. Derrière, on abaisse la herse métallique, ce qui ne servira pas à grand-chose : en bas la Grande Porte a été forcée et bloquée. Elle est surveillée par quelques chevaliers, l'épée à la main.

Les habitants se mettent à chuchoter, à parler d'une voix rauque, à se lamenter. Ils restent groupés, sans savoir quoi faire, certains disent qu'ils doivent aller chercher un couteau pour commencer à tuer leurs moutons, faire des feux et préparer les chambres. D'autres disent qu'ils feraient mieux de tenir leur couteau prêt pour autre chose, sur quoi le prêtre crie : Vous êtes devenus fous ? Nous n'avons pas le choix. Ce sont les saints chevaliers en route pour Jérusalem, nous avons le devoir sacré de les servir.

David et le vieux Joshua délibèrent. Ils sont prêts à ouvrir leurs maisons, mais pas la synagogue. Ils y passeront eux-mêmes la nuit, ce qui signifie que presque tous les membres de la communauté juive, soit plus d'une centaine de personnes, dormiront entassés par terre dans le lieu sacré et le surveilleront, tout en accordant leur hospitalité chez eux. Ce plan est jugé satisfaisant. Tout le monde court chez soi pour entamer les préparatifs, les femmes rangent les chambres, on traîne des oreillers, on recouvre tant bien que mal des plus belles étoffes des lits rudimentaires. Bientôt retentissent les plaintes des moutons juste avant l'abattage, une odeur de sang se répand, puis commence le découpage et un peu plus tard s'élève un fumet de viande grillée. Plusieurs chevaliers venus à pied jusqu'à l'entrée du village demandent l'accès. Leurs aides font rouler d'une voiture des tonneaux de vin, qu'ils transportent à l'intérieur. Les hommes trinquent une première fois, ils ordonnent sèchement aux habitants de cesser de rester là à bayer aux corneilles. Les gens se retirent dans leurs maisons, n'osent même pas manger. Ils sont tenaillés par la faim quand ils sentent griller leurs moutons qui le matin même se promenaient encore tranquillement dans les prés recouverts de rosée. De la plaine s'élève un tumulte retentissant. On abat des arbres, toute la rive de la Nesque habituellement si paisible semble s'être transformée en territoire occupé. Les troncs d'arbres sont dépouillés de leur écorce, ceux qui sont droits servent à soutenir de grandes toiles utilisées comme auvents et comme baldaquins, de grandes tentes sont dressées. Partout on fait des feux ; on chante, on appelle, on crie. La vallée est sens dessus dessous aussi loin que porte le regard, jusque sur les collines en face. Partout on aménage un lieu où dormir. La lune se lève vite, énorme, au-dessus des collines. La lumière argentée fait scintiller le crépuscule. Les flammes rousses de grands feux s'élèvent en crépitant sur un fond de ciel étoilé naissant.

Le village est à présent totalement pris d'assaut. Les chevaliers et les cavaliers entrent et sortent, inspectant sans aucune gêne toutes les pièces, écartent les habitants sur leur passage. Certains mettent leurs lances en travers de l'embrasure de la porte pour montrer qu'une maison est déjà occupée. L'atmosphère s'égaie vite. On rit et on boit, la nourriture préparée en abondance disparaît rapidement, il n'y en a pas assez, loin de là. Quelques chevaliers font du tapage, malmènent plusieurs habitants apeurés. Un jeune de quinze ans essaie de protéger son père qui reçoit un coup. Il bondit sur le chevalier. Celui-ci tire son épée et fend la tête du garçon. Du sang gicle sur son armure. Plusieurs habitants, qui se jettent sur les hommes fanfaronnant devant le feu, se font aussitôt trancher la gorge.

Tout redevient silencieux aussi vite que cela a commencé ; ceux qui ont assisté à la scène, tremblant de peur, se retirent dans leurs maisons. Personne n'ose ramasser l'adolescent mort. David s'avance.

Un chevalier lui demande ce qu'il veut.

Je veux donner à ce garçon un dernier lieu de repos, dit-il.

Son accent séfarade du sud le trahit.

Alors comme ça, le juif, dit le chevalier, tu vas nous défier ?

Non, dit David, je vais enterrer un mort, vous le faites aussi, vous les chrétiens.

Oui, mais nous ne les mettons pas en terre comme des animaux comme vous, lance le chevalier avec condescendance.

Il reporte son attention sur ses amis en train de boire.

L'un d'eux, un certain Guy de Carpentras, dit brusquement : Où dorment-ils ces youpins, au juste ? A-t-on déjà examiné leurs maisons ?

Trois hommes dans le groupe se lèvent d'un bond et se dirigent vers la synagogue. Là-bas, Joshua est occupé avec quelques habitants à étaler des lits pour les gens du village. Le dénommé Guy, déjà bien aviné, dit que de tels lits ne conviennent pas à des chevaliers, mais sont bons pour des chiens. Obadiah explique que les honorables hôtes peuvent dormir dans les maisons mises à leur disposition, mais pas dans la synagogue. Les chevaliers ne le voient pas du même œil, ils avaient aussi exigé la synagogue. Ils profèrent des menaces, jurent qu'ils n'en resteront pas là, se signent, sortent par le portail. D'autres chevaliers errent dans les rues, ils ont tous envie de mettre la main sur quelque chose, un fantassin agrippe les jupes d'une femme. Son mari la prend dans ses bras, une bagarre éclate. Un chevalier approche et prévient les hommes ivres qu'il ne tolère pas l'immoralité. L'homme et la femme s'enfuient chez eux, barricadent leur porte.

Les hommes sont de plus en plus nombreux à s'engager dans les ruelles habitées par les juifs. L'un d'eux lance, ça pue la chair juive ici. Les autres rient.

Laisse donc cette vermine tranquille, crie un autre, et un troisième : oui, mais ils refusent de nous laisser dormir dans leur synagogue, ils se prennent pour qui ?

Vers minuit, la lune est haute au-dessus de la plaine, elle projette une lumière pâle sur la paroi rocheuse, lui donnant une apparence spectrale et floconneuse. Peu à peu les feux s'éteignent de l'autre côté. Les étoiles scintillent, glaciales et lumineuses. Les cris et les rires juste sous les remparts se poursuivent encore un peu. Puis tout devient plus calme, un certain nombre de chevaliers errent encore à travers le village à la recherche d'un endroit où dormir. Ils forcent des portes, traînent les habitants à l'extérieur de leur maison. Dans le quartier juif, un tumulte survient près de la synagogue. Tous les villageois juifs y sont déjà étendus sur des lits de camp, des draps et des chiffons ; ils ont laissé leurs maisons ouvertes, mais elles sont toutes occupées.

Plusieurs gaillards s'introduisent à l'intérieur,

tirent leur épée et crient : Et maintenant, tout le monde dehors !

Joshua Obadiah se lève, répond que toutes les maisons ont été mises à la disposition des chevaliers, mais que cet endroit est le leur, que c'est pour eux un lieu de culte et qu'il est par conséquent sacré.

Tu vas le payer, chien de juif, siffle un des hommes.

Un peu plus tard, ils entendent qu'on barricade la porte de l'extérieur. Des poids sont roulés dans la ruelle, des poutres sont placées en travers du portail. Ils entendent des appels ici et là, ils sentent vite une odeur de brûlé. Quelqu'un allume un grand feu devant le portail, la fumée s'introduit à l'intérieur par une fenêtre étroite. Les personnes assoupies se réveillent et commencent à prier. Les enfants pleurent, les mères les bercent. Les hommes se crient dans l'obscurité qu'ils doivent maintenir leur position. À l'extérieur règne à présent une grande agitation. Les épées s'entrechoquent, on hurle, on braille. On va les brûler vivants, les assassins du Rédempteur, lance quelqu'un. Huées, sifflements, clameurs, chants, *Deus lo volt !* On frappe rythmiquement sur la vieille porte, qui prend feu rapidement. Les gens à l'intérieur se mettent à paniquer, courent vers la porte, comprennent qu'ils sont pris au piège.

Le rabbin Obadiah, conscient de l'imminence de la catastrophe, réunit avec deux hommes la sobre menorah, la hanoukkia, les vieux rouleaux de la Torah, son manteau de Torah, la corne de bélier, la liste des noms des croyants du village, les lettres qu'il a reçues du vénérable Todros de Narbonne et d'autres documents, et pour finir des tefillin laissés sur place ainsi qu'une sacoche en cuir contenant une vingtaine de pièces d'argent. Ils mettent le tout dans un grand sac, le plus jeune des trois le charge sur son dos. Ils ouvrent un petit portail caché à l'arrière de la synagogue, une sortie qui de mémoire d'homme a toujours été verrouillée, prévue pour fuir et aménagée après un incendie, un siècle plus tôt, une issue dont ils avaient entendu parler dans de vieux récits. À présent elle s'ouvre en grinçant, ils se retrouvent dans une ruelle décrivant un demi-cercle près des remparts au sud. Ils montent les marches à côté du Portalet. Le vacarme et la confusion ont incité la sentinelle à quitter son poste, pour se mêler à la bagarre dans le village. Les trois hommes se faufilent vers le haut où l'on peut prendre, aujourd'hui encore, un sentier étroit emprunté par les chèvres, un petit chemin qui par la gauche mène aussi à la tour. Après avoir dépassé la paroi rocheuse, les trois hommes prennent la direction du sud, dévalent la pente abrupte, se retrouvent parmi les broussailles dans la combe de Saint-André, dévalent plus bas encore dans le ravin étroit, difficile d'accès. Il s'y trouve deux grottes peu profondes, l'une au-dessus de l'autre. Les hommes cachent les biens de la synagogue dans l'obscurité de la cavité supérieure. Ils se laissent glisser vers la grotte inférieure afin de regagner au plus vite le sentier en passant par le ravin. C'est là qu'un ours sorti de son sommeil surgit ; en un clin d'œil, il agrippe le premier homme, lui brise la colonne vertébrale entre ses puissantes pattes. Le deuxième homme pousse le vieux rabbin devant lui, ils s'échappent, à bout de souffle, s'écorchant aux petits buis hérissés, aux genévriers et aux branches enchevêtrées. Ils s'enfuient en remontant dans les hauteurs puis en redescendant en direction du village. Ils ont l'intention d'y rentrer par le Portalet, mais un combat y a lieu entre plusieurs sentinelles et des ivrognes. Il leur est impossible de s'insinuer. Ils se précipitent vers les hauteurs, dépassent le château où des dizaines d'hommes armés jusqu'aux dents sortent de la citadelle. Ils arrivent à la tour de bois au nord, mais l'escalier est barricadé. Paniqué, le plus jeune des deux hommes écarte quelques poutres, s'introduit dans une ouverture, se précipite jusqu'en bas de l'escalier. Joshua Obadiah ne peut plus suivre. Son cœur menace de lâcher. Hors d'haleine, il s'affaisse par terre, se tient la poitrine, ressent une douleur si vive qu'il en a le vertige. Sa tête est si profondément écorchée qu'il doit essuyer le sang lui coulant dans les yeux. Ici dans les hauteurs, en s'approchant du bord du ravin, il a une vue d'ensemble du désastre qui se déroule sous la lueur vive de la lune, dans ce paisible village de montagne. Près de la synagogue, il entend des cris, des hurlements, plusieurs hommes se bousculent sur les marches, ils cherchent à défoncer le portail avec une grande poutre. Dans la nuit, les flammes montent haut, les étincelles formant d'épais nuages sont soufflées dans le ciel noir de la nuit.

Entre-temps la plupart des femmes et des enfants ont fui par la petite issue de secours jusqu'aux remparts, mais se heurtent à des soldats à cet endroit aussi. À l'intérieur de la synagogue, plusieurs hommes parmi les plus forts prennent ce qu'ils ont sous la main, approchent serrés les uns contre les autres de la porte dont s'échappe de la fumée, essaient de la forcer. Au bout d'un certain temps, les flammes lèchent l'intérieur. Un peu plus tard la porte cède. Quelques hommes s'apprêtent à sauter dehors mais sont aussitôt confrontés aux épées et aux lances qui les attendent. Les râles des mourants font reculer les autres vers le fond ; l'issue de secours est fermée de l'extérieur. Quelqu'un l'ouvre en la frappant à toute force avec un lourd chandelier ; les gens se précipitent dans la nuit, par le sentier, un peu plus haut. Quelques fantassins, à présent assistés par des paysans qui eux aussi se sont introduits dans le village, rattrapent aussitôt les fuyards et les poignardent.

À présent tout se déchaîne. Un carnage commence qui durera jusqu'au matin. On écrase contre un mur la tête d'un enfant qui hurle ; le sang jaillit sur la veste du meurtrier. Des femmes sont violées avec un couteau sous la gorge. Les hommes qui opposent une résistance sont frappés à coups de gourdin, puis piétinés et poignardés. Un homme de grande taille, d'habitude si bonasse, Roger de la Loge, se jette en rugissant sur plusieurs des hommes qui se livrent au massacre, il en abat trois. Une dizaine d'individus se dirigent sur lui, l'agrippent, l'un d'eux lui arrache les yeux, un autre lui enfonce sa dague au travers de la gorge. Crachant du sang, il essaie de se relever. Il rugit quelque chose d'incompréhensible, tombe à leurs pieds. On lui broie la tête avec une grosse pierre.

Deus lo volt ! Les habitants sont de plus en plus

nombreux à sortir en toute hâte de leurs cachettes en hurlant, ils essaient d'atteindre le portail pour s'enfuir. Ils sont poursuivis et tués par une horde hurlante. Les femmes sont empoignées, les viols déclenchent une griserie. Une vague de cris, de plaintes, de glapissements s'élève. La soif de sang se transforme en lubricité, la lubricité en extase ; on transperce, on hache, on frappe et on piétine. De la pulpe humaine ruisselle sur les pavés où d'habitude s'accouplent les escargots ; la lune est haute et silencieuse au-dessus de la vallée et la Voie lactée scintille, enchanteresse, éternelle.

Alarmé par les hurlements des femmes, Yaakov revient en courant de la synagogue, appelle sa mère, entend sa réponse quelque part près de la Grande Rue et la rejoint. Dans l'obscurité, Hamoutal s'enfuit à présent avec les deux enfants et le bébé en grimpant vers la paroi rocheuse, car elle sait que dans les parages se trouve une grotte, cachée derrière des buissons. Deux hommes en cuirasse portant des flambeaux la retiennent.

Hé, regarde un peu ici, une chienne de blonde qui cherche à s'échapper du piège à youpins, dit l'un.

Que viens-tu faire ici, tu as l'air d'une chrétienne ?

Il sort son poignard. Hamoutal serre son bébé contre elle, se plante devant ses deux autres enfants et supplie : laissez-les vivre, laissez-nous la vie sauve. Elle lève les mains dans un geste de prière et, avant même de s'en apercevoir, elle récite une prière chrétienne dans la langue d'oïl, la langue du Nord, la langue de sa jeunesse.

L'homme lui lance un regard venimeux et méfiant ; dépêche-toi de filer d'ici, mais ces deux gosses restent ici, au cas où j'aurais des remords.

C'est quoi au fait ton nom, ma petite chérie, dit-il en ricanant.

Sans hésiter, elle donne son nom chrétien.

Ah bon, Adélaïs, dit-il en grimaçant, et ton mari c'est qui ?

Il est là-bas quelque part, dit-elle, hésitante, en indiquant vaguement l'autre bout du village.

L'homme, qui la regarde d'un air encore plus mauvais, se met à rire.

Ah oui ? Et ces enfants ? Ils sont à toi ces youpins tout foncés ? Non, vraiment ? Leurs noms, et vite.

Elle reste court, n'a pas la présence d'esprit de leur trouver d'autres noms que leurs noms juifs, comprend sa trahison, éclate en sanglots : oh ! Jacob, dit-elle, Jacob mon garçon, reste près de moi.

Qu'est-ce qu'il y a maintenant, lui dit sèchement le péquenot tandis que, partout autour d'eux, des gens meurent et hurlent de détresse, une chrétienne qui veut sauver cette racaille juive ? Décampe ou je vais te montrer encore autre chose.

Il entraîne derrière lui les enfants dans l'obscurité, ils pleurent toutes les larmes de leur corps, appellent leur mère qui tient encore son bébé serré contre sa poitrine ; entre-temps une silhouette qui a surgi derrière elle l'agrippe en ricanant. Elle sent l'homme frotter le bas de son corps contre ses fesses, se convulser, la lâcher. Puis il crache sur les pavés et s'en va.

David est un des derniers à se précipiter à

l'extérieur de la synagogue, où il a essayé de défendre les dernières personnes qui s'y cachaient. Il a reconnu la voix de ses enfants qui hurlent, il court à l'aveuglette, paniqué, à la poursuite des hommes qui les entraînent. Il se dirige droit sur l'épée d'une énorme brute, qui en riant retire l'épée de sa poitrine et lui donne le coup de grâce. David s'effondre, tandis que sa femme part en courant avec son cadet vers la grotte où elle espère pouvoir cacher le bébé pour ensuite venir rechercher ses deux autres enfants. Mais il lui est impossible de se frayer un chemin. Elle se penche au-dessus du bébé, le met au sein pour le calmer.

L'aube commence à se lever quand le vacarme s'arrête. Le village est jonché de cadavres, la synagogue fume encore, tout le quartier juif est en ruine et les chiens se promènent parmi les corps mutilés, entassés pêle-mêle les uns à côté des autres. Hamoutal n'émerge qu'à ce moment-là de la stupeur où l'a fait sombrer sa panique. Le cœur battant, elle pense à ses enfants et à son mari, veut partir les retrouver, prend son bébé endormi avec elle, le serre contre sa poitrine dans un grand châle. Elle descend le chemin qui passe à côté du Portalet, voit les cadavres partout, court dans les ruelles, prise de panique, appelle ses enfants, découvre son mari mort, mutilé, parmi les autres corps. Elle s'effondre et pleure comme une possédée. Dans le matin silencieux, ses hurlements rappellent ceux d'un animal, rien ni personne ne bouge dans le village. La herse du Portail Meunier pend, en partie tordue, sortie de ses gonds, sous la lumière matinale. Toutes les portes de la ville sont grandes ouvertes. Dans la plaine les chevaux hennissent. Le soleil se lève soudain au-dessus de la colline, projette une lumière violente sur l'épouvante de la nuit.

Raymond de Toulouse, qui a eu un sommeil agité dans sa tente richement décorée, un kilomètre et demi plus loin sur la rive gauche de la rivière, sort de son campement. Il voit quelques ruines du village encore fumantes, demande à ses seconds ce qui s'y est passé, exige des éclaircissements sur les combats qui ont eu lieu pendant la nuit. Il n'obtient que des nouvelles confuses à propos de villageois qui auraient voulu tuer des chevaliers assoupis, qui là-dessus ont agi en légitime défense, Seigneur miséricordieux.

L'armée lève le camp, une trompe sonne, les tentes improvisées sont démontées. Les chevaliers qui ont dormi dans le village sortent des maisons, descendent les ruelles et quittent le village par la Grande Porte. Dans la plaine s'éveillent les multitudes qui ont dormi dehors. Partout retentit le cri convenu pour le rassemblement : Toulouse ! Toulouse !

Les chiens aboient, les derniers moutons restants bêlent, les enfants braillent en même temps, les bœufs meuglent, les charrettes se mettent en mouvement en grinçant. Les chevaliers passent dans les rangs des fantassins, donnent des ordres. Puis la caravane se met en marche, en direction de l'actuel Grand Vallat, vers La Loge puis plus loin vers l'est.

Raymond de Toulouse, après avoir dit solennellement en compagnie d'Adhémar du Puy ses prières du matin, s'agenouille, reçoit la bénédiction et part vaillamment, à la tête de ses troupes, vers le plateau d'Albion. Au-dessus de la paroi rocheuse, près du ravin où se trouve la chapelle Saint-André, le rabbin Joshua Obadiah pleure, épuisé. Il se relève tant bien que mal, se traîne vers la tour du château, la dépasse, aperçoit près des remparts sud le Portalet à moitié détruit, descend, trouve Hamoutal qui sanglote comme une forcenée, voit la synagogue brûlée, détruite. Devant l'arche romane à gauche de l'escalier est étendu le fils mort du grand rabbin de Narbonne, dans une flaque de sang noir coagulé.

6

Moi aussi je vois se lever au-dessus de la colline le soleil, soudain, éblouissant. J'ai écrit toute la nuit, je suis fatigué. Lentement, pour ne pas réveiller ma femme endormie, j'ouvre les volets et la fenêtre de mon bureau. Juste au-dessous de moi, les ruelles en bas du village, là-bas derrière, la plaine près de la Nesque, les champs de lavande et les herbes hautes parsemées d'épeautre sauvage. Les cimes des arbres agitées par le vent au bord de la rivière sinueuse. J'entends pépier les premières hirondelles. Dans mon imagination, je vois le vieil Obadiah, qui s'est enfui cette nuit-là à travers les collines avec deux hommes pour cacher dans les rochers les rouleaux de la Torah, le contenu de la genizah et l'orfèvrerie de la synagogue. Il revient à présent en trébuchant, brisé, avançant à tâtons comme un aveugle parmi les morts, et aperçoit la femme blonde du jeune rabbin sanglotant sur son mari mort. L'odeur de sang est insupportable ; partout gisent des corps éventrés, un chien sauvage se repaît d'un cerveau qui s'échappe d'un crâne. Le bébé piaille un mètre plus loin sur les pavés. Le vieux rabbin pleure en silence, pose la main sur l'épaule de la femme.

On entend sonner une trompe et le bruit des chevaux et des hommes qui lèvent le camp dans la vallée ; le jour s'est levé, la tête embuée par les excès de la veille, ils se plongent dans une pieuse prière et remercient Dieu pour la grande tâche qu'Il leur a confiée. Obadiah soutient la femme anéantie, l'amène jusqu'à sa maison, dont la porte d'entrée a été défoncée à coups de pied. Il trouve chez lui, dans la cave, sa propre femme, terrifiée et tremblante. Elle a des écorchures sur le visage et ses vêtements montrent des traces de feu.

Je descends la ruelle, me rends chez le boulanger pour acheter du pain et des croissants. On est fin août, la vallée affiche son visage le plus paradisiaque ; au-dessus des ruines de la chapelle Saint-André, du côté est du ravin, le ciel est d'un violet profond et immaculé, frais et dégagé. Au-dessus du lit sinueux de la rivière s'étend un serpent de brume blanche vaporeuse. Tout est désert et paisible ; j'ai l'impression de m'éveiller d'un cauchemar.

Le boulanger voit les poches sous mes yeux.

*On a fait la fête ?** demande-t-il d'un ton espiègle.

*Oui, la fête**, je marmonne, en effet. *La fête**.

Chez moi je prépare du café, m'assois au soleil sur la terrasse. Dans la vigne bourdonnent d'innombrables abeilles. Au-dessus du plateau d'Albion, qui il y a vingt ans encore renfermait, enfoui dans le sol, l'arsenal nucléaire français, deux avions de chasse semblent déchirer le ciel. Ils laissent résonner derrière eux un écho tonitruant, comme si pendant quelques minutes l'air était plus épais que d'habitude. Puis le silence revient. Quelques clochettes de moutons tintent au voisinage du Viguier.

Une porte claque, ensuite le calme s'installe de nouveau.

Après mon petit-déjeuner, je monte vers les rochers. Le vieux sentier qui menait au quartier juif existe encore.

Je marche une dizaine de mètres, tourne à gauche et monte sept vieilles marches cassées, à moitié cachées sous l'herbe sèche. Sur leur gauche on peut encore voir l'arche romane d'un soubassement. J'arrive sur une étendue d'herbe où, au fil des étés, je me suis assis à lire, heureux et paisible, sous une brise tiède. Je sais depuis longtemps qu'à cet endroit se trouve un puits, recouvert d'une plaque de tôle ondulée et de quelques lourdes planches. Je lève les yeux vers le ciel immaculé, où quelques corneilles disparaissent derrière les sommets du massif montagneux en croassant bruyamment. Je me dirige comme dans un rêve vers les ruines du Portalet, prends le sentier qui me mène tout en haut vers la tour.

Le sentier grimpe vite, bientôt la vue, quand on tourne le dos au mont Ventoux, s'étend jusqu'au voisinage de la montagne de Lure.

La météo annonce une vague de chaleur. Le facteur passe avec son petit véhicule jaune entre les tilleuls en direction des gorges. Je m'approche du grand rocher qui s'est détaché autrefois et s'appuie encore sur les ruines des murs d'enceinte du village, lourdement, dans un équilibre instable qui lui est propre.

Où Obadiah a-t-il bien pu cacher les précieux objets de la synagogue ?

Nul ne le sait, mais des histoires continuent de circuler.

Obadiah a emporté son secret dans la tombe.

Après le départ des croisés vers le nord-est en direction de Digne, avec ces hordes chaotiques dans leur sillage, il essaie de prendre soin d'Hamoutal qui est au désespoir. Il ne peut pas faire grand-chose. Tout le village est ruiné, les chrétiens aussi, mais ils n'ont pas été exterminés. Le gros bétail a été abattu dans sa totalité, les granges et les caves ont été pillées, et certaines étables démolies pour que les croisés puissent utiliser les poutres. Il n'y a plus de blé, plus de viande, les petits troupeaux de chèvres et de moutons sont décimés, le vin, qui vient d'être tiré, est épuisé. C'est l'automne, les réserves qui avaient été constituées ont toutes disparu et la famine menace.

Obadiah se sent impuissant ; lui et sa femme n'ont rien pour permettre à la belle-fille du grand rabbin de vivre dignement. Il envoie un messager à Narbonne pour annoncer la terrible nouvelle de la mort de son fils et de l'enlèvement de ses petits-enfants. Une semaine plus tard, le messager est de retour : Hamoutal ne peut pas venir à Narbonne, ce serait bien trop dangereux vu les circonstances.

Pendant des semaines, cette femme endeuillée reste assise à même le sol, claquemurée dans une chambre tendue de draps noirs. Vêtue d'une simple haire, elle hésite à suivre les coutumes qui lui sont encore autorisées pendant sa période de deuil en tant que femme de haute lignée. Elle passe son temps à prier et à marmonner, mais ce qu'elle dit est incompréhensible. On lui parle à peine ; quelqu'un lui apporte deux fois par jour un repas frugal se composant d'une soupe claire et d'un quignon de pain. Elle glisse son pot de chambre devant la porte avant de refermer le lourd verrou. La femme d'Obadiah l'entend parfois déplacer des meubles. Ouvrir la fenêtre rudimentaire la nuit. Se parler à elle-même. Au bout de plusieurs semaines, la puanteur dans la chambre devient intolérable. On la dispense de poursuivre son deuil. Elle sort de la chambre. Un fantôme aux yeux brûlants, amaigri et émacié, qui a sombré dans la folie de sa solitude.

Le rabbin et sa femme ont un mouvement de recul. On fait chauffer de l'eau pour elle. Des plantes aromatiques sont suspendues au-dessus du feu. Leur odeur est épicée. Les hurlements des loups dans les bois près de Saint-Jean. Le silence. Elle cligne des yeux, éblouie par la lumière infinie, impitoyable, en haut du plateau désert. Les bruits étouffés du village. On lui dépose dans les bras son enfant, dont a pris soin la vieille sage-femme. Hamoutal reprend vie, mais elle semble à peine le reconnaître.

Par l'intermédiaire d'un messager, Richard Todros demande à Joshua Obadiah d'écrire une lettre de recommandation pour Hamoutal et d'envoyer sa belle-fille vers l'est, en toute discrétion, car elle ne doit surtout pas retourner en France. Narbonne grouille de chevaliers normands en route pour la Sicile et le sud de l'Espagne : la *reconquista* se ranime.

Obadiah écrit la lettre de recommandation.

*

J'observe longuement le grand rocher détaché, juste au-dessus de la synagogue autrefois. Le silence alentour est infini. Ce qui prédomine est non le temps mais l'espace. Je vois le village s'éveiller, un homme en short bleu s'étire sur sa terrasse et porte son regard au loin au-dessus de la vallée. Un tracteur avance presque face au soleil sur un petit chemin étroit menant à un champ de lavande, je l'aperçois mais je ne l'entends pas. La clochette de la boulangerie tinte, quelqu'un dit bonne journée. Le chien aboie ; le coq chante ; une voix de femme appelle : Mathieu !

Je redescends, passe devant les ruines et marque à nouveau un temps d'arrêt devant le puits au milieu des hautes herbes. Je sens soudain une paix étrange, profonde. La nuit que j'ai passée à veiller m'a mis dans un état de légère transe. J'ai envie de m'allonger à côté de ma femme endormie, mais je suis trop éveillé, trop alerte. Je retourne m'asseoir au petit bureau et lève les yeux. Juste devant moi sur le mur est suspendue dans un vieux cadre la copie d'un manuscrit en hébreu endommagé, vieux de près de mille ans. Il est troué. Il est d'une beauté triste et sublime.

7

MNYW 1096

« Pratiquer la justice et l'équité est pour Iahvé préférable au sacrifice[1]*. » De plus : « Vous aimerez donc l'hôte, car vous avez été des hôtes au pays d'Égypte*[2]*. » Repos et calme, une profusion de nouvelles paisibles, une abondance de connaissance, de sagesse et de pureté émanant du Créateur de l'Esprit à tous ceux qui empruntent des chemins irréprochables ; une bonne réputation à ceux qui suivent la voie de la perfection ; lumière et bonheur pour réjouir les âmes ; l'attribution à tous d'une descendance, à partir de la poussière de la terre dans un tiers de mesure ; la réparation des ruines, la fondation des esprits et le rassemblement dans la joie*

1. Les références de la Bible ont été signalées par Norman Golb, qui a traduit le manuscrit en anglais. Les traductions en français correspondant à ces passages de la Bible dans le manuscrit sont empruntées à l'édition de la « Bibliothèque de la Pléiade » de l'Ancien Testament, publiée sous la direction d'Édouard Dhorme, Gallimard, 1959. Cette première citation est extraite de Proverbes XXI, 3, t. II, p. 1409.
2. Deutéronome XX, 19, t. I, p. 543.

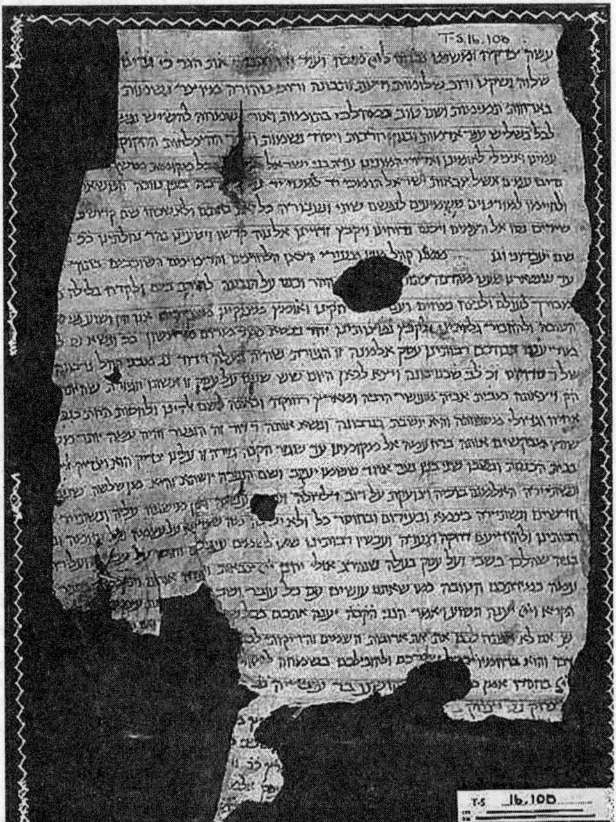
T-S 16.100

conforme. À notre peuple, aux nobles de notre nation, aux puissants parmi nos multitudes, à la congrégation des fils d'Israël partout où ils résident, bienfaiteurs des nations, les tamaris des armées d'Israël, soutiens des désespérés, dispensateurs bienveillants de bénéfices, qui « présentent leur dos à ceux qui les frappent et leurs joues à ceux qui leur arrachent le poil[1] » : « Courbe-toi pour que nous passions[2]. » Tout cela leur est arrivé et pourtant ils n'ont jamais oublié le Nom du Saint d'Israël. Puisse-t-Il montrer son étendard aux peuples, puisse-t-Il, nous qui sommes dispersés, éparpillés sur la terre, nous regrouper, nous rassembler en Sa demeure sacrée, et puisse-t-Il nous établir sur la montagne de nos ancêtres, comme il est écrit : « Car c'est sur Ma montagne sainte […] c'est là que toute la maison d'Israël me servira[3]. » De nous, la congrégation de MNYW, les « petits du troupeau[4] », les opprimés et les brisés, qui vivent parmi les chiens […] jusqu'à ce qu'il ne reste que peu de nous qui étions nombreux, « comme une hampe au sommet de la montagne et un étendard sur la colline[5] », livrés « à la chaleur dans le jour, à la froidure dans la nuit[6] », puisse le Nom être béni pour des siècles et des siècles. Cependant, malgré notre grave abattement et notre intense chagrin, nous vous présentons nos supplications, implorant la bienveillance

1. Pour rester proche de la traduction anglaise du manuscrit, cette traduction en français est une adaptation du passage de la Bible, Isaïe L, 6, t. II, p. 178.
2. Isaïe LI, 23, t. II, p. 184.
3. Ézéchiel XX, 40, t. II, p. 506.
4. Jérémie XLIX, 20, t. II, p. 410.
5. Isaïe XXX, 17, t. II, p. 103.
6. Jérémie XXXVI, 30, t. II, p. 368.

de Notre Roi pour hâter d'heureuses nouvelles, réunir nos exilés et mettre un terme à notre dispersion en nous rassemblant dans « le Trône de gloire, sublime dès les origines[1] *» et, comme il est écrit, « Il lèvera un étendard vers les nations, Il rassemblera les bannis d'Israël*[2] *». Nous vous informons par la présente, nobles messieurs, du cas de cette veuve prosélyte, dont l'époux était R. David – puisse son âme reposer en paix –, un membre de la communauté de Narbonne, et un membre de la famille de R. Todros à Narbonne – béni soit son souvenir. Il est venu ici il y a six ans dans l'intérêt de son épouse, cette prosélyte, qui auparavant était chrétienne et qui est entrée dans l'Alliance sacrée ; elle a quitté la maison de son père, renoncé à une grande prospérité et abandonné un pays lointain, et elle est venue ici au nom de Iahvé, pour trouver refuge sous les ailes de la Shekinah. Elle a quitté ses frères et les grands de sa famille, et elle a vécu à Narbonne ; et R. David, le défunt précédemment mentionné, l'a épousée et a passé plus de six mois avec elle là-bas, quand il a appris qu'ils la cherchaient. Il s'est donc enfui avec elle vers notre village, jusqu'à ce que le Saint nous ait imposé cette persécution, Lui qui est juste, et juste est […] L'époux a été tué dans la synagogue et les deux enfants – un garçon appelé Yaakov et une fillette appelée Justa, qui a trois ans – ont été faits prisonniers, et tout ce qu'ils possédaient a été saccagé. La veuve a survécu, elle pleure et se désole de sa situation pitoyable et de sa pauvreté, car elle n'a personne pour s'occuper d'elle ; et il lui reste un fils de […] 20 mois. Elle se*

1. Jérémie XVII, 12, t. II, p. 297.
2. Isaïe XI, 12, t. II, p. 41.

retrouve par conséquent dans la nécessité et le dénuement, sans argent pour subvenir à ses besoins quotidiens et à ceux de son fils orphelin. Nous nous tournons donc vers vous messieurs, pour vous informer des circonstances accablantes qui sont les siennes et de son chagrin. À présent, ô messieurs, levez les yeux vers le ciel et ayez pitié de son indigence, de sa situation pitoyable et de ses enfants qui ont été faits prisonniers, et tenez compte de son époux assassiné. « Peut-être Iahvé, le Dieu des armées, fera-t-il grâce[1] *» et qu'elle pourra les récupérer. Veuillez par conséquent avoir la bonté de l'accueillir et de la traiter avec la bienveillance dont vous faites preuve vis-à-vis de chaque voyageur et personne de passage, et vous aurez mérité la vie dans le monde qui sera celui de quelques-uns et, comme il est écrit, « Alors tu appelleras et Iahvé répondra, tu pousseras des cris et il dira : me voici*[2] *! » Puisse le Saint, béni soit-Il, entendre toutes vos prières et, [...] comme il est écrit, « si je n'ouvrirai pas pour vous les écluses des cieux et si je ne viderai pas pour vous la bénédiction, jusqu'à ce qu'il en manque*[3] *» [...], a dit Iahvé. Dans sa miséricorde Il vous récompensera doublement et vous conduira sûrement dans la joie vers le lieu de Sa gloire [...] Béni soit Iahvé pour Sa miséricorde. Amen, Sela. Joshua b. Obadiah, la paix soit avec lui.*

1. Amos V, 15, t. II, p. 749.
2. Isaïe LVIII, 9, t. II, p. 204.
3. Malachie III, 10, t. II, p. 884.

VI

LA TRAVERSÉE

1

Après le pogrom, les survivants demeurent en état de choc collectif pendant des mois. Les olives sont cueillies et pressées dans un silence total ; personne n'entonne les chants traditionnels. L'hiver arrive, les provisions sont perdues, les champs piétinés, dévastés, les arbres abattus gisent ici et là, la vie semble privée de son sens, impossible à canaliser. On entend se prolonger pendant des semaines dans certaines maisons les plaintes de mourants aux plaies infectées. Hamoutal ne peut pas partir pour l'instant ; la nuit, le froid est mordant, elle souffre comme les autres de la faim pendant tout le mois de décembre. La nuit de Noël, elle entend s'élever dans les ruelles les prières dévotes. Dans la synagogue à moitié détruite règne un calme glacial. Hamoutal a fait enterrer David en toute simplicité, sans aucune forme de cérémonie, dans le cimetière juif. Elle a l'intention de faire tailler plus tard une pierre sur laquelle sera gravé son nom. Pour l'instant, personne n'arrive à mener à bien quoi que ce soit. On ramasse du bois mort dans les collines. On chasse des cailles, des lapins et des faisans. On dort à côté du feu encore fumant. On continue de respirer, donc on ne meurt pas.

Son beau-père à Narbonne n'est pas resté inactif. Après la mort de son fils, il a réfléchi aux moyens de faire transporter le corps pour le soumettre au rite de préparation ; le froid laisse un peu de répit avant que sa dépouille ne commence à se décomposer. Il comprend vite que ce projet ne pourra aboutir, un transport par la route est trop dangereux. De Narbonne, il envoie un message à quelques communautés juives situées sur le chemin de Jérusalem, pour s'informer de ses petits-enfants enlevés.

Où doit se rendre Hamoutal ? Obadiah fait part dans sa lettre du désarroi total qu'elle ressent. Accablée de chagrin, elle revient à ce qu'elle a connu dans son enfance. La nostalgie la soutient dans les moments les plus sombres. Elle pense se rendre clandestinement chez ses beaux-parents à Narbonne. Elle songe à entrer au couvent. Elle envisage de retourner à Rouen et de demander pardon. Elle est tout à fait consciente que si elle y retourne, elle peut s'attendre au bûcher ou à la torture suivie d'une exécution. Elle ignore qu'à Rouen, sa ville natale, un pogrom tout aussi épouvantable a eu lieu à peu près au même moment : presque toute la communauté juive a été rassemblée dans une église par des croisés. Tous ceux qui n'ont pas voulu se convertir ont été tués sur place : enfants, femmes, vieillards, hommes. Là aussi, la synagogue a été incendiée.

Comme lors de ses premières semaines passées

au village, elle s'installe chez Obadiah et sa femme. Elle s'occupe machinalement du bébé ; elle est elle-même très faible, n'a plus de lait après le choc subi. L'enfant reste allongé des journées entières dans une petite alcôve où il fait humide et froid. Hamoutal a aussi essayé de retrouver son aide, Agatha d'Alexandrie : aucune trace. Elle l'a cherchée jusqu'en haut du ravin, où elle a passé une heure à prier et à pleurer, aspirée par l'envie de se jeter au fond. Elle a hésité près du bord, le vent dans le visage. Puis elle s'est laissée tomber à la renverse dans les buissons. Elle est redescendue, a repris ses tâches en silence.

Les villageois se nourrissent de ce qu'ils trouvent. Toute la communauté, dépouillée et blessée, se relève péniblement. L'hiver sur ce plateau est parfois capricieux ; aux petites heures du matin, la température peut descendre nettement au-dessous de zéro puis, vers midi, à l'abri du vent et sous le soleil hivernal, monter jusqu'à dix-huit degrés environ. Les jours de grand gel, la fumée des feux de bois de chêne s'élève en volutes des vieilles cheminées, comme dans un rêve. Quand de la neige tombe, le village est difficile d'accès ; les cols et les routes sont bloqués par la neige. Parfois, un brouillard épais reste suspendu au sommet des montagnes pendant des jours. Des semaines durant, presque rien ne bouge. Les paysans dorment près de leur petit bétail pour profiter de la chaleur ; mais il n'y a presque plus de petit bétail. Un berger qui, le jour de la catastrophe, se promenait dans les hauteurs avec son troupeau est descendu des collines avec ses moutons le lendemain sans se douter de rien. On sacrifie les bêtes une par une pour fournir à l'ensemble de la communauté une maigre ration. On rassemble le peu de fruits qui reste dans les soupentes, une petite réserve de noix et les dernières truffes. On déterre navets, carottes, panais. On récolte et on moud les plantes aromatiques et les quelques céréales subsistant, on fait de la tisane avec du thym et de la sauge. On trait les quelques chèvres et brebis qui ont survécu. On fait un peu de fromage, le tout en petites portions pour la communauté blessée. Les enfants attrapent de petits oiseaux d'hiver avec des gluaux. Ils les plument, les jettent dans les braises et les grignotent ; mais restent l'estomac vide. Autour des ruines des maisons détruites et de la synagogue, une odeur de brûlé et de charogne empuantit l'air pendant des semaines.

Dans le courant rapide de la Nesque au tout début du printemps, on attrape des truites. De temps en temps, quelqu'un a de la chance et parvient à tuer un chevreuil ou une biche avec une petite lance en bois ou une grosse pierre. Il traîne alors sa proie jusqu'au village où il est accueilli comme un héros. De l'autre côté de la rivière, on voit les loups errer dans les herbages près des rochers. Parfois ils hurlent toute la nuit, surtout quand un vent cinglant venant du nord-est traverse la vallée. Quelques colporteurs viennent de l'autre côté des collines, leur roulotte remplie de figues et de melons marinés dans du vin acide. Les habitants se regroupent, mettent en commun quelques pièces de monnaie, s'enivrent le soir près du feu et se taisent. Près du cimetière juif en contrebas, au bord de la route des gorges, quelques pierres plates gisent pêle-mêle sur le sol en attendant que les tailleurs y gravent les noms. Les cadavres enveloppés d'une piteuse toile de lin et enduits d'huiles aromatiques n'ont pas été enterrés profondément dans le sol, mais ils ne se décomposent que lentement en raison du froid et de la sécheresse. Des orties et des graterons pullulent en ce printemps sur ce champ improductif.

Mille ans plus tard subsistent quelques burins rudimentaires, rongés par la rouille. Les archéologues amateurs qui passent leurs vacances dans la région s'étonnent de trouver ce genre d'outils tout simplement dans des broussailles. L'érudit américain Norman Golb a écrit en 1979 qu'il a entendu quelques villageois de Monieux parler d'un cimetière juif, mais que personne n'a su lui dire où il se situait précisément.

2

Obadiah écrit dans la lettre de recommandation qu'il n'y a personne à Moniou pour s'occuper d'Hamoutal. « Sans argent », écrit-il aussi – ce qui signifie que la réserve de pièces que David avait reçues de son père à Narbonne a été volée lors du pogrom. Ou qu'il l'avait cachée dans la synagogue et qu'Obadiah l'avait mise en lieu sûr ? Cette possibilité est exclue : il l'aurait restituée à la veuve après le pogrom. Pauvre, brisée, « dans la nécessité et le dénuement », comment décide-t-on dans de telles circonstances de quel côté s'enfuir ?

Finalement, Hamoutal, épuisée par ses doutes sur le sort de ses enfants, décide de partir à leur recherche. Elle y a longuement réfléchi. Il n'y a, d'après elle, qu'une seule possibilité : les chevaliers ont entraîné ses enfants avec eux jusqu'à Jérusalem. Elle doit donc se lancer à leur poursuite, quitte à mettre sa vie en danger. Le rabbin et sa femme essaient de l'en dissuader : c'est de la folie, cela ne sert strictement à rien, elle n'y survivra pas, c'est certain. Mais la femme semble décidée, elle écoute à peine leurs arguments. Le lendemain, le rabbin lui remet la lettre, adressée à toute communauté juive, avec la requête de prendre soin d'elle. Il la supplie de se montrer prudente et de ne pas agir sur un coup de tête. Elle passe cette nuit-là à se tourmenter, se tournant et se retournant dans son lit. Elle décide de s'enfuir pendant que les autres dorment encore. Poussée par le désespoir, le cœur serré, elle quitte au petit matin la haute vallée qui lui est devenue si chère. Elle range la lettre d'Obadiah ainsi que les tefillin de David dans un sac qu'elle attache autour de sa taille. Elle ne fait pas d'adieux aux quelques survivants qui ont pris soin d'elle.

Seule, tenant sur son bras l'enfant qui lui reste, Hamoutal marche ce 5 avril 1097 dans la vallée en direction de Saint-Jean-de-Sault. Le temps est clément, elle a l'intention d'aller droit vers le sud et d'atteindre Marseille en une semaine. Elle avance dans un paysage aux pentes douces, se retourne une dernière fois au moment où la vallée verdoyante de la Nesque disparaît derrière elle dans la magnifique fraîcheur de cette journée de printemps, traverse la forêt de Javon, puis passe de l'autre côté d'une colline où les oliviers sauvages prennent une couleur gris clair. Le bébé sur sa poitrine dort dans la brise tiède. Il est encore trop tôt pour les jasmins, les premières fleurs des champs se balancent, petites et bariolées, dans l'herbe. Elle est livrée au paysage, au hasard, à l'espace, et partout quelque chose peut lui arriver. Il y aura des nuits qu'elle passera éveillée par la volonté de survivre. Elle est insensible à tout ce qui l'entoure. Elle déniche le sentier en haut des rochers, se tapit derrière une pierre quand elle entend des animaux, vit comme une sauvage. La nuit elle se berce machinalement, énonce des prières juives et chrétiennes dans le désordre, chante une chanson au petit et s'endort en pleurant, le matin le soleil la réveille.

Elle choisit les hauteurs, qui lui offrent l'itinéraire le plus court et une vue dégagée. Après Saint-Saturnin-lès-Apt le terrain, plus bas, est moins boisé, elle peut avancer vite. Bien que faible et sous-alimentée, elle poursuit sa route automatiquement, jusqu'à ce que ses pieds soient en sang, puis s'effondre quelque part. Elle mendie un peu de nourriture. Dort parfois une heure sous un chêne vert. Elle traverse la plaine près de Villars, poursuit sa route en direction du sud jusqu'aux portes d'Apt. Elle se fait héberger chez deux simples paysans de la région qui la prennent en pitié. Elle reste chez eux quelques jours, sans leur dire qu'elle s'est convertie au judaïsme ; pour la deuxième fois elle a secrètement le sentiment de renier sa nouvelle religion, mais elle n'y peut rien. Son enfant prend difficilement des forces, elle est contente qu'il y ait du lait de chèvre pour lui. Depuis des semaines, elle ne parvient pas, tant elle a du chagrin, à compenser le manque de nourriture en l'allaitant et son propre régime est insuffisant. Elle dort sur la paille dans une petite étable, à côté des animaux qui remuent leurs pattes doucement. Tout est sombre autour d'elle, elle sent la petite respiration de l'enfant contre son sein. La tête mutilée de son mari lui apparaît parfois en rêve, monstrueuse, elle a alors envie de hurler, elle sanglote pour faire passer les moments difficiles, se rendort.

Le troisième jour, ses deux logeurs, prévenants, lui donnent des provisions. Elle se met en route tôt, traverse la Via Domitia en marchant sur les grandes pierres lisses et se souvient de la fuite précédente, avec son mari. Son cœur s'emballe ; les bois sombres du Lubéron se profilent à l'horizon tel un mur infranchissable à travers lequel elle doit pourtant passer. Des corneilles tournoient haut dans le ciel. Le parcours est difficile, comme aujourd'hui, d'ailleurs : elle doit prendre, un peu après Bonnieux, la direction de l'actuel Lourmarin ; elle doit se dépêcher d'avancer, en traversant des forêts et des vallées désertes ; longer Cadenet, où elle arrive de nouveau en terrain plat. Elle franchit à gué la Durance qui, au printemps, est large mais peu profonde. L'eau glaciale lui coupe la respiration. À un moment, elle perd l'équilibre et tombe de tout son long dans le courant. Tremblante et trempée, frottant l'enfant en pleurs pour le réchauffer, elle atteint sur l'autre rive les vastes roselières – qui un siècle plus tard inciteront quelques moines cisterciens à donner à l'une des abbayes les plus célèbres de France le nom de Silvacane, dérivé de *silva cana*, la forêt de roseaux.

Que se passait-il quand elle rencontrait des religieux ? Cherchait-elle refuge dans des églises romanes ? Trouvait-elle pénible de devoir changer de religion et d'identité selon les circonstances ? Rognes, Éguilles, Cabriès, le vallon de la Femme Morte. Elle marche comme une possédée, sous une chaleur croissante dans la plaine saline, en direction de l'ouest jusqu'à L'Estaque, une distance d'une trentaine de kilomètres. Elle passe la nuit sur place, quelque part dans une maison pour femmes, soigne ses pieds blessés à force de marcher. Elle va prier le matin dans la petite chapelle et demande au dieu des chrétiens de lui pardonner d'appartenir à présent au dieu juif. Mais elle sait qu'elle implore toujours le même dieu : cette voix désespérée, secrète, au plus profond d'elle-même. Elle entre le jour suivant dans la ville de Marseille, de l'air salin sur ses lèvres gercées, son enfant suçant son pouce dans un châle sur son dos.

*

Je vais m'asseoir au soleil – sur ce plateau, il brille plus de deux cent cinquante jours par an. J'examine soigneusement les cartes des sentiers de randonnée, suppose qu'Hamoutal a atteint Marseille en moins de deux semaines. Deux avions de chasse pourfendent le ciel dans un bruit assourdissant ; pendant quelques secondes les oiseaux, désorientés, tourbillonnent en tous sens, comme des boulettes de papier, puis reprennent leur vol. Tandis que je suis absorbé dans mes pensées, Andy, un habitant du village, passe dans la ruelle et vient frapper à la petite porte de la terrasse. Allez viens, dit-il, je voudrais te montrer quelque chose. Je sais où trouver le socle de ce gigantesque édifice en bois qui reliait, au Moyen Âge, le village à la tour au-dessus, comme un grand escalier de secours. Nous passons le reste de la matinée à nous égratigner les jambes et les mains aux genévriers, aux rochers et aux buis hérissés. Hors d'haleine comme des écoliers, nous regardons fixement le socle de pierre, primitif, énorme, au-dessus des ruines des remparts, juste à côté de la paroi rocheuse. Les serpents ont le champ libre sur la pierre calcaire chaude et dans les grottes, et nous faisons attention à l'endroit où nous posons nos pieds, chaussés légèrement. Dans mon imagination, je vois le vieux rabbin s'affaisser, la nuit du pogrom, à côté de l'escalier bloqué de la tour en bois.

3

Le 5 avril 1097, quand Hamoutal quitte Monieux, Robert de Flandre et Étienne de Blois arrivent à Brindisi pour embarquer vers les côtes orientales de la Méditerranée. Cette journée se caractérise par des éclaircies, du vent et des nuages spectaculaires. Pendant ce temps, les Provençaux avancent péniblement, sous la direction de Raymond de Toulouse, à travers le sud-ouest de la Slavonie, dans l'intention de poursuivre leur route jusqu'à la côte dalmate et de là, éventuellement, de Zadar, continuer le voyage en bateau. Ils n'y parviendront pas, pas plus qu'à l'occasion des croisades suivantes. Un siècle plus tard, lors de la quatrième croisade, les chevaliers chrétiens apaiseront leur désir de vengeance sur la fière ville portuaire, la pillant et l'incendiant. Les armées du Nord et celles de Provence ne se rencontreront que lorsqu'elles auront laissé derrière elles, à plus d'une centaine de kilomètres, le lac d'Ohrid, après la Macédoine. Mais pour l'instant, dans le nord de la Croatie, elles se perdent régulièrement, arrivent parfois dans une région montagneuse et hostile, prennent du retard et ont du mal à se ravitailler.

Raymond d'Aguilers, le « journaliste intégré » de l'époque, décrit l'horreur de leur expédition, dans la brume et le froid pendant des semaines, à travers des forêts épaisses et des montagnes, en proie à l'incertitude et à un malaise croissant, attaquée de plus en plus souvent par les habitants de la région informés des méfaits dont s'est rendue coupable une arrière-garde incontrôlable. Les locaux prenaient tout spécialement pour cible cette bande de pillards vulnérables, que d'Aguilers présente cependant comme d'innocentes victimes. Souvent, les traîne-misère qui suivaient les chevaliers et les fantassins ne savaient pas où se diriger, pendant des journées entières ils ne voyaient pas un oiseau ou un animal, n'avaient presque rien à manger, se découpaient des chaussures dans l'écorce des bouleaux et chassaient des bécasses et du petit gibier pour survivre. La population refusait d'apporter tout soutien, ne cédait aucune nourriture, sauf sous la contrainte, quand on l'attaquait et la brutalisait. En représailles, souvent la nuit, elle attaquait par surprise les troupes épuisées qui tentaient de dormir sur de la mousse humide. Quand ces armées arrivèrent à Raguse – l'actuel Dubrovnik –, de nombreux soldats étaient affaiblis par une extrême fatigue, des infections, des fractures, des coupures, des problèmes intestinaux, la malnutrition, la pneumonie, la faim et les tensions. Raymond de Toulouse avait à ce moment-là appris sa leçon : il proposa au roi local de nombreux présents avant de demander un ravitaillement et un appui logistique. Hélas, relate d'Aguilers, cela n'eut guère d'effet : les croisés furent continuellement attaqués par-derrière, particulièrement mis à mal dans les gorges étroites et sur les sentiers de montagne difficilement praticables – une nature qu'ils ne connaissaient pas.

Le petit Yaakov et la petite Justa ont certainement dû connaître un sort tragique. Ce sont des enfants juifs – même si la fillette a hérité des cheveux blonds de sa mère. Ils sont trop jeunes pour s'occuper d'eux-mêmes, a fortiori pour s'échapper en comptant sur leurs propres forces. S'ils parviennent à rester en vie, il est fort possible qu'on les vende comme esclaves quelque part dans le nord de l'Italie. Mais il est aussi possible qu'on les abandonne tout simplement à leur sort, parce qu'ils ne peuvent pas suivre, et qu'ils se retrouvent à errer, comme tant d'autres enfants, à travers le pays, finissent par mourir de faim, d'une infection ou attaqués par des bêtes sauvages. Se peut-il qu'un des chevaliers ait pris soin d'eux ? Elle en est presque à espérer, maintenant, que quelqu'un connaisse sa haute lignée chrétienne, pour que les enfants soient emmenés chez ses parents à Rouen. Mais elle n'a jamais parlé d'eux à ses enfants. Si seulement elle l'avait fait. Hamoutal est hantée par ces pensées. Le souvenir des conditions atroces dans lesquelles son mari a été tué rivalise sans cesse dans son esprit avec sa folle inquiétude pour ses enfants. Quand elle se représente Yaakov et Justa dans les bras de ses parents, qu'elle ne reverra elle-même jamais, elle pleure pendant des heures tant elle est malheureuse.

Puis une nuit, elle rêve du serpent dans les cailloux, à la naissance de Yaakov. Elle le voit approcher en rampant, veut retirer le nouveau-né ensanglanté entre ses jambes, mais l'enfant est coincé, il est attaché au sol par des racines blanches répugnantes, elle tire tant qu'elle peut, au désespoir, le serpent approche toujours plus près, on dirait qu'il veut se glisser en elle. Elle serre les jambes, s'éveille brusquement en criant. Elle sent que son cœur est presque sur le point de céder. Dans la plaine solitaire, elle entend le vent monotone siffler à travers les pins. Les étoiles ressemblent à des petits trous dans une couverture noire, impénétrable, posée sur le monde. Elle rêve de la lumière céleste au-delà et prie. Elle prie, mais sans mots. Marmonnement intemporel adressé aux arbres, aux astres et aux rochers.

*

Je prends ma voiture pour aller de Monieux vers les hauteurs, en direction de Saint-Trinit, et vois derrière moi disparaître la vallée. J'atteins le solitaire plateau d'Albion, où se trouvent les mystérieux *avens**, ces puits marneux d'une profondeur si insondable qu'on n'entend pas de bruit quand on y jette une pierre. Parfois, on voit des oiseaux tournoyer dans les sombres profondeurs, à la recherche d'insectes aveugles. Un courant d'air froid monte des galeries souterraines complexes des grottes : il doit exister quelque part un passage inaccessible vers un autre côté. Ces limbes immenses, dispersés à travers les plaines arides, vous aspirent ; vous avez le vertige en approchant du bord. Un archétype de l'entrée dans les enfers. Parfois ces puits sont entourés de barbelés rouillés, piétinés par quelques aventuriers à la recherche de ces endroits cachés. Des histoires circulent sur des collaborateurs qu'on y aurait jetés après la guerre. Des gangsters auraient poussé des rivaux à l'intérieur. Un chien noir et maigre approche, balançant sa tête mauvaise. Je remonte dans ma voiture.

La route mène vers le col de l'Homme Mort. Un panorama magnifique. Derrière moi le Ventoux, loin devant moi la montagne de Lure.

Je suis la route solitaire jusqu'à la commune déserte de Séderon, perds mes clés de voiture pendant ma promenade et refais en sens inverse tout ce parcours désolé de plusieurs kilomètres au sommet d'une colline, en inspectant, furieux, les moindres recoins du chemin. À bout de souffle, je vois une lueur parmi les violiers sauvages et m'agenouille comme si j'avais trouvé le saint Graal.

La Calandre, Serre des Ormes. Oiseaux de proie. Silence écrasant, faibles rafales de vent.

Voici le ravin étroit des gorges de la Méouge. Je longe le lit capricieux de la rivière presque asséchée. Le paysage ici est préhistorique et totalement désert. Un terrain difficile, une torture même, pour des armées inexpérimentées. Les croisés n'avaient pas grand choix ; s'ils sont effectivement passés, comme on le suppose, par ce col connu comme étant celui de Montgenèvre, dans les environs de Briançon, je suis bien sur leurs traces. Des pentes et des creux, des éboulis sous les pieds et des hauteurs abruptes au-dessus de votre tête qui peuvent cacher toutes sortes de dangers. Ici et là, le bruissement d'un tout petit filet d'eau qui se perd dans une gorge obscure.

J'erre sur les plus petites routes, ne croise pas un être vivant pendant des heures, parfois. Poésie des noms de lieux : Laragne-Montéglin, Ventavon, col de Faye, Barcillonnette, La Saulce. Devant le château de Tallart, je descends de voiture, visite l'imposante construction qui témoigne dans ses moindres détails de l'orgueil des croisés. Mais on était déjà au quatorzième siècle quand elle a été édifiée. Des étendards claquant au vent dans une cour intérieure surélevée ; un paysage arcadien à travers des fenêtres sans vitre ; hautes ogives. Attirail de chevaliers.

Vais-je prendre la direction de Gap, ou remonter plus à l'est, vers le grand lac de Serre-Ponçon ? Je choisis cette seconde option. Une atmosphère de sports d'hiver bon marché sur ces hauteurs dépouillées couronnées de pins. Que d'efforts a dû exiger un tel déplacement ! Où sont Yaakov et Justa ? Sont-ils bringuebalés dans une charrette ? Ont-ils déjà été abandonnés quelque part ? Vivent-ils encore quand les armées passent par ici ?

Je dois aller vers Briançon. Massif des Écrins ? Un trajet difficile pour une armée et toute sa suite hétéroclite. Quel épuisement ! Je suis l'itinéraire par Embrun jusqu'à Mont-Dauphin. Pourquoi sont-ils tant remontés au nord pour passer la frontière avec l'Italie ? Parce qu'ils espéraient rejoindre les armées qui étaient passées par l'Allemagne ? Dans la vallée de la Durance, je vois la neige sur les Alpes. Après le gouffre de Gourfouran et le paysage sauvage devant les imposantes gorges du Guil, au-delà de La Roche-de-Rame juste avant L'Argentière-la-Bessée, ils ne peuvent pas faire autrement que de s'engager dans les montagnes menaçantes. Puy-Saint-Pierre, Croix de Toulouse, cela se corse. Progression lente, souffle coupé, voitures poussées jusqu'en haut des côtes, chevaux récalcitrants rossés et n'avançant que par à-coups, écorchures, douleurs dans tous les muscles, trop sollicités, froid mordant accompagnant la pluie, nuits passées en terres inhospitalières.

J'opte pour la route qui passe à l'ouest de Briançon, me rends jusqu'à Serre Chevalier, subjugué par la vue. Du vent sur mon visage. Voie sans issue, demi-tour. Enfin le col de Montgenèvre. Mauvais temps, faible visibilité, nuages sombres, menace. Quelle entreprise absurde. Deuxième grand fort réalisé par l'architecte Vauban, après celui de Mont-Dauphin. Des traces des chevaliers, imagination. Sentiers de montagne abrupts, vues grandioses quand le soleil perce. Ici on approche de la frontière italienne. En contrebas on voit Sestriere, le Passo della Banchetta. Derrière, là-bas, ils doivent traverser la plaine du Pô. Je perds leurs traces, passe la nuit, épuisé, dans un petit hôtel confiné et refais le lendemain toute la route jusqu'à Monieux.

Yaakov et Justa ? Aucune idée.

*

Le pourtour de la Méditerranée bouillonne d'activités confuses qui accompagnent les récentes migrations. Des réfugiés affluent, des pillages, des incendies ont lieu, provoqués non seulement par l'arrière-garde tourmentée des armées où dominent l'anarchie et la cruauté, mais aussi par des habitants harcelés que les rapines ont poussés au vagabondage et qui cherchent à se venger, qui se mettent parfois tout simplement à marcher avec la meute de passage, en quête d'aventures, de femmes faciles, d'indulgences ou d'une vie meilleure. Certaines personnes essaient d'échapper aux attaques en prenant la mer dans de petits bateaux. Souvent ils se noient, submergés par les vagues. Le vent soutenu et les rayons du soleil rendent la mort insensible.

Ces migrations favorisent la prostitution ; des femmes abandonnées essaient de survivre en vendant leur corps. Le pape Urbain pouvait difficilement prévoir la déchéance morale, les atrocités et l'endurcissement général que son appel enthousiaste à la croisade allait déclencher. Même sur les routes du nord, où des chefs de file fanatiques comme Pierre l'Ermite tirent les ficelles, on vole, on viole, des pogroms franchement sadiques ont lieu, les populations pillées ripostent, on se venge et elles se vengent en retour.

L'arrière-garde chaotique est impitoyablement décimée, les rares provisions volées. Un grand groupe marche en direction de la Macédoine, d'autres se dispersent ou essaient de s'emparer le plus vite possible de bateaux devant les côtes escarpées du Monténégro, une mission le plus souvent impossible.

Le vieux monde est disloqué, les équilibres autrefois difficilement maintenus en place vacillent. Où sont, mais où sont donc les enfants d'Hamoutal ?

4

Marseille est inondée d'un soleil éblouissant. Je me promène parmi des jeunes branchés aux vilains tatouages et des Éthiopiens vendant de fausses Ray-Ban. Je traverse le marché arabe bigarré avec ses poulets vivants et une odeur prégnante de marihuana, de menthe, de morue, d'olives et de cannelle. L'eau coule sur les vieux pavés dans l'ombre bleue, les platanes amassent la poussière. J'ai envie d'un café fort et la tentation de recommencer à fumer me brûle la gorge. Je pense aux ports de l'autre côté, on ne peut pas faire autrement ici. J'ai envie de monter dans un bateau et de disparaître de ma propre vie. Dans mon journal du matin, je lis le énième article à propos de dizaines de noyés devant les côtes de la Grèce.

*

Au début de la septième croisade, un chroniqueur français du treizième siècle, Joinville, écrit : *Au mois d'aoust entrames en nos nefs à la Roche de Marseille**. Son témoignage évoque des scènes emblématiques de bateaux qui, empruntant l'étroit chenal, entrent dans le vieux port, à l'emplacement actuel du quai des Belges. Les rameurs harcelés peuvent enfin se reposer, le gréement craque, le premier matelot saute à terre et jette d'énormes cordes autour de la bitte d'amarrage à terre. Depuis le quai j'essaie d'imaginer non tant comment on arrivait, mais surtout comment on partait de là. Vent chaud salin, écumes juste à l'extérieur des môles du port, une foule hétéroclite attendant et se bousculant sur le quai.

Hamoutal arrive ici dans un autre monde, qui n'a rien de commun avec Narbonne, la ville paisible, bourgeoise, de sa belle-famille, et ressemble encore moins à Rouen, la ville septentrionale de son enfance. Marseille est d'origine grecque, encore à l'époque on la nomme parfois Massilia, et elle est réputée dans tout le bassin méditerranéen pour être internationale, facilement accessible et multicolore. La ville et les environs du port sont déjà peuplés de Maghrébins, d'Africains, de Byzantins, de Monténégrins, d'Albanais, de Syriens, de Sardes et de Siciliens. Juifs, coptes, musulmans et chrétiens orthodoxes cohabitent. Les quartiers sont sales et chaotiques, la vie est intense et non sans danger : tout ce que raconte aujourd'hui encore le touriste moyen. Longtemps avant notre ère, c'était une ville de produits de la mer, de bois exotiques, d'huile d'olive, d'importation d'épices orientales et de textile, de pêche. À l'époque déjà, on venait regarder découper de grands thons sur le quai. Il y avait des chantiers navals, un marché noir actif, une prostitution ouverte. Les musiciens des rues s'installaient le long du quai, avec des acrobates, des magiciens, des prêcheurs, des traficoteurs et des rançonneurs. On vendait du mauvais alcool distillé, on s'enivrait dans d'obscurs estaminets et on se disputait dans de dangereux bordels, on contractait des infections, vivait d'engouements passagers, de petites bagarres et d'accès de frénésie religieuse, on entendait d'innombrables langues parlées simultanément. *Veni Creator Spiritus !* criaient les aventuriers avant d'entrer prier à l'église afin de demander pardon pour les péchés nauséabonds auxquels ils s'adonnaient de nouveau avec enthousiasme aussitôt après avoir reçu l'absolution.

Dans son ingénuité, Hamoutal espère pouvoir monter le jour même dans un bateau pour Jérusalem, mais il n'y en a pas. Les bateaux pour l'autre côté de la Méditerranée accostent à Tunis, à Alexandrie. Elle ne peut aller plus loin qu'une fois arrivée là-bas. Elle noue ses mèches blondes sales pour les dissimuler sous un châle noir, rassemble son courage et part demander aux marins où vont les différents bateaux. Comme elle n'a pas d'argent, il est exclu qu'elle voyage avec les passagers d'un certain rang ; il ne lui reste qu'à être entassée dans la cale d'un navire marchand parmi les innombrables miséreux et à se débrouiller pour s'en sortir intacte. Elle dort dans un bâtiment délabré d'un quartier populaire, barricade la porte avec une lourde pierre, de peur de se faire violer. Le matin, elle marche le long du port. Trois bateaux à quai tanguent dans un bruit de craquements. L'un d'eux part le surlendemain pour Tunis en passant par Cagliari, de là elle espère pouvoir poursuivre sa route en prenant la direction d'Alexandrie. Inquiète, nerveuse, elle tient à partir le plus vite possible. Un homme ventripotent mal rasé avec une unique dent marron lui dit qu'elle peut faire le voyage avec lui, que des fuyards montent presque tous les jours sur les bateaux, mais qu'elle devra faire quelque chose en échange de la traversée. Il lui fait un gros clin d'œil, se serre l'entrejambe et grimace. Elle sent son estomac se retourner et s'éloigne rapidement. Avec l'enfant qu'elle porte contre sa poitrine, elle est le plus souvent à l'abri des individus abjects criant des cochonneries à toutes les passantes. D'une certaine manière, il semble encore leur rester un minimum de moralité, de respect pour la maternité, elle peut compter sur plus de commisération qu'elle ne l'avait espéré. Mais pauvre et sale comme elle est à présent, il est quasiment impossible pour elle de s'adresser aux personnes d'un certain statut. C'est pourtant justement ce que son désespoir la pousse à faire. Comme une mendiante, elle va frapper chez un riche armateur juif dont elle a entendu parler.

La première réaction du gardien qui ouvre la porte est de s'apprêter à la refermer aussitôt. Hamoutal marmonne quelques mots en hébreu, la porte s'entrouvre. Elle sort la lettre de Joshua Obadiah, l'homme illettré y jette un coup d'œil, fait comprendre par un signe de tête qu'elle peut entrer.

Une demi-heure plus tard, la femme de l'armateur entre dans la pièce carrelée de bleu où Hamoutal est restée assise à attendre. Elle montre à nouveau la lettre du rabbin Obadiah.

La femme la lit, regarde Hamoutal longuement, les larmes aux yeux, sourit, dit : viens avec moi.

Hamoutal s'enfonce dans la maison et débouche à l'arrière sur un espace accueillant où l'eau d'une petite fontaine gazouille en tombant dans un bassin de pierre. La lumière qui éclaire le lieu est filtrée par des rideaux de perles : au-dessus de la cour intérieure est tendue une toile. Les lauriers, dans de grands pots, bourgeonnent. Contre un mur, un hibiscus en fleurs. Un oiseau d'un bleu glacial, dans une cage en bois sous un oranger, pousse des cris étranges. Son enfant fiévreux qui secoue la tête lui est pris des mains. La servante le lave et soigne les plaques de gale naissantes, elle enduit l'enfant d'un baume aux épices, l'enveloppe dans des linges propres et le couche sous de la gaze du côté frais de la cour intérieure. On sert à Hamoutal du lait chaud au safran. Elle veut commencer à raconter ce qui lui est arrivé, car la femme, distinguée, la regarde d'un air interrogateur et plein de compassion, mais elle n'y arrive pas : à chaque mot qu'elle veut exprimer, elle doit faire un tel effort pour se ressaisir que rien de sensé ne sort de sa bouche.

On lui indique une chambre fraîche, une cuvette en cuivre remplie d'eau citronnée a été préparée pour elle. Par la fenêtre ouverte entre l'odeur paradisiaque des fleurs d'oranger. Un pigeon roucoule sur un toit. Maintenant, en se lavant, elle éclate en sanglots, une réaction qui s'explique surtout par un soulagement primitif, stupide. En pleurs, elle se nettoie, peigne les nœuds dans ses cheveux. Des vêtements noirs, simples, ont été mis à sa disposition. Elle s'allonge sur le lit, épuisée, et sombre aussitôt dans une grande obscurité chaude.

Il fait nuit noire quand elle se réveille.

Quelque part près d'elle, elle entend la petite respiration familière du seul enfant qui lui reste, l'enfant demeuré sans nom dans la lettre de Joshua Obadiah.

Elle se rendort.

5

Des mouettes et un vent de tempête le lendemain matin : faibles rafales et lumière vive.

Elle met l'enfant au sein pour le rassurer. Elle attend jusqu'à ce que la maisonnée commence à s'agiter.

Quand elle arrive dans l'espace à l'arrière de la maison, la servante est déjà occupée. L'armateur est là aussi. Ils font connaissance, il a lu la lettre. Il la traite avec un respect compassé et lui assure qu'il est prêt à l'aider. Il lui donne peu d'espoir de retrouver ses enfants, mais reconnaît que Jérusalem est finalement le seul bon pari. Il se montre en revanche intransigeant à propos de la galère se rendant à Tunis sur laquelle elle veut embarquer : la plupart des femmes sont violées par les canailles qui sont propriétaires des navires marchands ou bien vendues comme esclaves. Il juge d'ailleurs déraisonnable, parce que dangereux, de passer par Tunis, et estime même qu'il vaut mieux éviter toute la côte d'Afrique du Nord ; compte tenu des tensions récemment survenues partout, elle doit se tenir à l'écart des anciens chemins de pèlerinage à travers le Maghreb et la Syrie. Un des bateaux de l'armateur part la semaine suivante vers Gênes. Ce navire a un pont fermé pour les voyageurs juifs d'un certain rang, qui sont ses principaux clients. Elle n'aura que quelques jours à attendre et peut rester chez eux pour reprendre des forces. Hamoutal l'écoute en silence. Après une génuflexion, elle tend sa main vers celle de l'armateur pour y déposer un baiser. L'homme lui fait signe qu'elle peut éviter de se donner cette peine et disparaît le restant de la journée.

Elle ne le reverra qu'une seule fois, juste avant son départ. Ce jour-là, il surgit sur le quai, tenant à l'accompagner personnellement jusqu'au bateau. Il lui remet une bourse contenant des pièces d'argent et une deuxième lettre de recommandation pour qu'elle puisse naviguer à ses frais de Gênes à Palerme. La servante arrive avec un paquet de vêtements qu'on a préparé pour elle. La femme de l'armateur vient la saluer aussi. Les adieux sont pleins d'émotion. Hamoutal s'est agrippée à ces personnes comme une naufragée. Ils échangent seulement quelques mots, le vent s'est un peu apaisé, le navire tangue sur le quai jusqu'à la fin de l'après-midi. Elle entend crier des ordres, elle entend les coups rythmés dans la cale. Puis on largue les amarres, les voiles sont hissées, se tendent et se gonflent aussitôt. Le bateau sort facilement du port, le vent en poupe, longe le rocher qui sera connu plus tard comme le château d'If. La mer l'aveugle, un scintillement infini se réverbère dans ses yeux, elle tient l'enfant endormi contre elle et inspire profondément l'air marin. Mais elle ne sent pas de soulagement.

Elle n'a aucun souvenir de Gênes, sauf ce chevalier normand de Rouen, un cousin éloigné qu'elle reconnaît aussitôt et qui semble lui aussi la reconnaître. Il prend son temps pour panser son cheval, la regarde longtemps, semble vouloir l'aborder. Elle se met en mouvement, il lui crie quelque chose, elle se traîne jusqu'au bout de la rue, transportant à la fois son enfant et un sac de voyage, puis s'engouffre sous un porche ouvert et s'accroupit derrière des buissons dans une cour intérieure, la main sur la bouche de l'enfant qui pleure ; elle croit entendre ses pas, son cœur bat si fort qu'elle en a la nausée. Elle attend là, assise crispée jusqu'au crépuscule, se glisse de nouveau en direction du port, loue une chambre dans une auberge, reste allongée sur le lit sans trouver le sommeil, aux aguets à chaque bruit.

Toute la nuit des allées et venues, des voix d'hommes surexcités retentissent dans la ville. Au port on trimballe et on travaille jour et nuit. La plupart des bateaux sont affrétés pour la traversée des croisés et des zélateurs aventureux. Elle voit sur le plafond le reflet des flambeaux que portent les passants dans les rues. Hamoutal s'enfonce sous la couverture rugueuse avec l'enfant dans ses bras. Elle s'endort en larmes.

Le lendemain matin, elle met le châle autour de son visage comme un voile. Elle emporte le sac de voyage, l'enfant pleurniche et vomit dans le tissu qui sert à le transporter juste au moment où elle met le pied sur la passerelle. Elle a le vertige, voit entre le quai et le bateau l'eau qui tourbillonne, sombre et inquiétante, elle sent l'odeur aigre des rejets de l'enfant, manque de trébucher en arrivant dans la galère. La mer est calme, le soleil se lève au-dessus du port qui sent le poisson mort. Le navire lofe, elle entend le rythme du tambour, la cadence impulsée aux rameurs au-dessous, dans la cale obscure. Le mât craque, les mouettes volent au ras des déchets sur la rive, des gens vont et viennent sur le pont. Elle est en route pour Palerme. Le bateau s'appelle Pomella ; le chroniqueur Caffaro affirme que Godefroy de Bouillon quelques années auparavant, en 1093, a pris le même pour se rendre à Alexandrie, mais David Abulafia, spécialiste de la navigation en Méditerranée, renvoie ce récit au royaume des fables.

Le voyage dure environ une semaine.

Le bateau longe la baie de La Spezia, reste près de la côte italienne, vogue au-delà de Livourne en direction de Piombino. Les vents sont favorables, le navire n'a qu'à suivre le puissant courant principal qui parcourt la Méditerranée. À la hauteur de Follonica, Hamoutal voit surgir à tribord une île, c'est Elbe, une masse de la forme d'un gigantesque poisson déployant sa nageoire caudale en direction de l'Italie, ce qu'elle ne peut pas observer depuis le bateau, et encore moins sur les cartes ; celles du onzième siècle ressemblent surtout aux dessins d'un enfant rêveur. Les membres de l'équipage sont nerveux en longeant l'île, qui est un repaire notoire de pirates.

Deux jours plus tard ils accostent à Porto San Stefano. Des cargaisons sont déchargées et de nouvelles provisions sont faites. Hamoutal se promène le long de la plage avec son enfant, son seul point d'appui, qui dort dans le châle sur son dos. Quelque part dans un jardinet, sous un grand tamaris, elle voit un petit homme chauve courbé au-dessus d'un bureau, une vision de calme et de silence. C'est le grand exégète Guillaume de Hansea, qui séjournait à l'époque dans la petite ville portuaire. L'homme lève les yeux et un sourire ironique, discret, apparaît sur ses lèvres. Elle se sent un peu déstabilisée. Il est loin, le temps des étoffes raffinées et des doigts pâles, ses mains empestent le poisson et le sel. Le vent est généreux et doux, le ciel resplendit au-dessus d'elle. Pas de croisés ici, même pas de Normands ; le silence et le calme. Elle dort une heure quelque part sous un myrte en tenant l'enfant contre elle, retourne au port, passe la nuit dans une cabine sur le bateau, qui tangue en craquant paisiblement sous l'obscurité parsemée d'étoiles.

Les jours suivants, ils naviguent à côté d'Ostie et de Naples, s'arrêtent à Sorrente. Hamoutal se laisse bercer par le roulement tranquille des vagues sur la mer tyrrhénienne qui se teinte de violet. Sur la gauche elle aperçoit toujours vaguement la fine ligne qui délimite la presqu'île italienne, des dauphins sautent en formant un éventail à contre-jour. Un homme joue d'une vielle rudimentaire en chantant des chansons scabreuses. Un abbé sur le bateau lui adresse la parole, il lui dit d'arrêter cette musique infernale.

Après Amalfi, devant la côte de Salerne, le bateau s'oriente nettement vers l'ouest. La mer est agitée, les vagues montent haut face au vent, de l'écume blanche gicle sur le pont, elle a la nausée. Le bois craque, la proue retombe parfois de plusieurs mètres après le sommet d'une vague, les miséreux sortent des antres obscurs du bateau pour vomir en pleine lumière. Les rameurs sont de nouveau mis à contribution, les voiles sont arisées. Le tambour à l'intérieur du bateau produit un son étouffé, comme si le vieux navire avait un cœur qui bat. La nuit suivante la mer se calme. Au loin elle voit les flammes du Stromboli se déchaîner dans les ténèbres. Plusieurs passagers dévots sont terrifiés. On parle de la porte de l'enfer, de l'île du diable. Les passagers s'agenouillent sur le pont et prient. Un homme se met à se frapper longtemps et violemment la poitrine jusqu'à ce qu'il tombe, épuisé, et éclate en sanglots. Hamoutal prie pieusement avec les autres. Le petit enfant ne comprend rien de ce qui se déroule dans le cœur de sa mère.

Malfa, Lipari, la côte sicilienne approche, Capo d'Orlando à Messine, les terres dominées par les Normands à ce moment-là. Où peuvent bien être ses frères à présent ?

6

Palerme

Quand on regarde la Palerme actuelle depuis le mont Pellegrino, on ne peut imaginer à quoi ressemblait le port à l'époque. Au petit matin, les montagnes, plus loin dans la baie, devaient être tout aussi impassibles et sombres, se découpant sur un ciel douloureusement bleu ; si Hamoutal a un jour gravi la colline ici, elle a dû sentir le souffle du vent marin sur son visage, comme le touriste aujourd'hui. Mais le port devait être totalement différent, pas un long quai encombré de hautes grues, mais une grève avec quelques criques envahies de colporteurs, de matelots, de marchands, de chevaux attelés à des charrettes et d'entrepôts abritant les innombrables marchandises venues d'Orient, expédiées par bateau vers le nord. On ne voyait pas ces alignements d'immeubles, mais de petites bicoques regroupées autour du port et, derrière, les demeures palatiales des riches armateurs et bourgeois. Palerme était déjà à l'époque une grande ville de plus de trois cent cinquante mille habitants.

La cité impressionnait par son mélange de styles d'architecture arabes et romans. Les voyageurs de l'époque s'émerveillent sans exception de l'atmosphère agréable, bienfaisante. Cent ans après la traversée d'Hamoutal, le géographe arabe Ibn Jubair décrit les mosquées, les fontaines et la splendeur des places ; il compare le faste de la ville à celui de Cordoue. Pourtant, Palerme aussi était depuis longtemps en proie à des tensions, car les chrétiens byzantins et les souverains arabes se disputaient régulièrement le pouvoir en ce lieu stratégique. Sans doute est-ce au moment où Hamoutal y arrive qu'elle encourt le risque le plus insensé de tout son voyage. Elle peut à tout instant être reconnue, arrêtée, interrogée ou importunée de toute autre manière par des personnes originaires de sa ville natale ; à chaque coin de rue elle voit des chevaliers normands crier et donner des ordres.

*

La ville de Palerme est à mes yeux indissociable de l'impression marquante que les catacombes des moines capucins ont produite sur moi.

Les *Catacombe dei Cappuccini*, situées en plein centre de la ville, donnent sur la piazza Cappuccini, juste à côté du couvent de l'ordre. Sur la via du même nom, des marchands ambulants de fruits et de légumes se sont installés sans façon à l'ombre des vieux arbres, des vespas se croisent et se doublent en vrombissant, des gaz d'échappement frôlent deux petits oliviers morts dans des vieux pots cassés, derrière une fenêtre retentit la voix rauque de Gianna Nannini : *Meravigliosa creatura* ! Un détail me frappe : sur un long mur en béton hideux qui borde la via Cipressi, on a pulvérisé deux fois en lettres majuscules YAHWEH.

Un fouillis de tombes, avec en arrière-plan quelques tours d'habitation sans fantaisie, évoque un conte macabre d'une époque lointaine ; dans la crypte où se succèdent des alignements interminables de momies, le vieux gardien a le regard fixe, absent, dans l'ombre fraîche de l'entrée. Ce défilé silencieux de morts habillés est un spectacle stupéfiant. Comme si l'on était descendu dans une variante burlesque de l'enfer de Dante, ils se dressent, les os attachés, épaule contre épaule : un prétentieux prélat, un évêque avec sa mitre, un vieux couple de paysans, un adolescent de quinze ans, un patriarche tombant en poussière. Des cadavres d'enfants presque inaltérés sont affublés de dentelles et de soie devenues poussiéreuses, une jeune morte exprime encore son étonnement dans les cavités vides de ses yeux disparus. Des têtes inclinées humblement vers le sol semblent plongées dans leurs pensées ; avec leurs dents dégagées comme pour sourire, on dirait qu'elles s'apprêtent à donner un compte rendu à voix basse sur l'au-delà. Dans certaines orbites, on croit apercevoir un regard sombre, tandis que flotte une odeur perturbante de moisi. Sous les arcs délavés blanchis à la chaux, on est face à une immense vitrine de la mort, un étalage éhonté où ceux que l'on voit s'offrent à tous de façon obscène. De petites momies d'enfants pomponnées, des squelettes pointant cyniquement le doigt ; de vieux époux penchés l'un vers l'autre qui semblent vouloir continuer de se chamailler au-delà de la mort ; un crâne suspendu à un fil de fer, presque totalement rongé par la rouille, au-dessus d'une veste poussiéreuse ; quatre squelettes disposés de manière si dramatique qu'on dirait un petit attroupement, ou les bourgeois de Calais en bronze de Rodin ; parfois les morts sont placés sur des étagères en haut du mur, parfois ils vous fixent derrière des grilles en fer. Quand leur mâchoire est ouverte, ils semblent hurler l'inaudible ou s'esclaffer de plaisir face à la bêtise des vivants. Devant des voûtes romanes faites de crânes se dressent trois frères capucins défunts ; sur une porte d'entrée contre un mur, un trompe-l'œil, des motifs frivoles sont composés d'articulations, de cubitus et de phalanges ; des rangées d'omoplates collées au plafond forment des motifs baroques. Un visage à moitié décomposé semble faire un clin d'œil cynique, mais c'est la peau qui, tirée d'un côté, s'apprête à se déchirer, à laisser le crâne surgir et un sourire grimaçant s'afficher librement. Un moine monstrueux, une corde épaisse autour du cou, se penche légèrement en avant comme s'il était prêt à chaque instant à se précipiter sur le passant ; ce dénommé Fra Domenico est mort au mois d'août d'un été lointain. Quatre bouches ouvertes poussiéreuses paraissent entonner un chant sublime, les têtes sont inclinées avec tant de théâtralité qu'elles semblent concentrées pour atteindre différentes notes. Une vieille mère grimace méchamment, les mains assemblées par un fil ; un cardinal est étendu, les os joints, sur sa propre tombe, sa mitre lui coiffe encore le crâne mais sa bouche est grande ouverte, comme s'il se moquait de lui-même. Ce spectacle indécent est sans fin. En refaisant surface dans la ville chaude et bruyante, on a le sentiment de s'extraire d'une autre réalité, d'un passé très ancien qui attend en ricanant de rattraper tout le monde dans la rue. J'en reste imprégné tandis que je bois un expresso, installé à une terrasse accueillante, et je suis encore un peu déconcerté quand je marche jusqu'au palais de la Zisa, édifice normand témoignant de la présence du peuple auquel Vigdis Adélaïs appartenait, elle qui était devenue juive et passa ici, farouche, chancelante, un châle foncé serré autour de la tête. Sur la place où à présent se dresse la cathédrale, quelques palmiers desséchés s'agitent au gré d'un vent marin bienfaisant. Des touristes prennent des selfies, rien ne les perturbe, tout va de soi.

*

Mais il n'y a aucun ferry qui va au Caire, *signore*, dit en riant la jeune femme aux yeux verts et aux ongles vernis jaunes, personne n'a envie d'aller au Caire en bateau ! On peut s'y rendre en avion, les compagnies aériennes proposent des vols directs, qu'es-tu allé t'imaginer ! Oui, que suis-je allé m'imaginer ? Que je pourrais trouver ici les vestiges de l'ancienne liaison maritime ? J'avais consulté tous les sites Internet des compagnies maritimes et je n'avais trouvé que d'ennuyeux bateaux de croisière qui ne suivaient pas le trajet que j'aurais voulu prendre. J'avais aussi recherché des navires de commerce, mais eux non plus n'empruntaient jamais le même itinéraire que celui d'Hamoutal. Convaincu que je pouvais effectuer le plus fidèlement possible son voyage par la mer, je n'avais pas tenu compte de la transformation totale du monde. C'est pourtant cette illusion que j'ai gardée comme fil conducteur quand, en chemin vers le port, j'ai compris que je ne pourrais me rapprocher d'Hamoutal qu'en oubliant tout ce que je voyais autour de moi, sauf peut-être ce squelette habillé en femme dans les catacombes, qui m'a fait penser à elle et qui, comme la statue dans l'église de Bourges, m'a donné le sentiment que ç'aurait pu être elle, cette étincelle dans mon imagination me permettant de la voir apparaître de nouveau, une momie qui s'anime, dont les os s'enveloppent de chair, de muscles et d'un épiderme, elle est en vie mais pas très bien dans sa peau, se traînant avec cet enfant geignant dans ses bras, en route pour Yerushalayim, la ville mythique qu'elle n'atteindra jamais. Mais qu'est-elle allée s'imaginer ?

Ici à Palerme, Hamoutal décide d'embarquer pour Fustat-Misr, le nom du Caire au onzième siècle. La compagnie assure une traversée rapide vers Alexandrie et propose aux voyageurs une correspondance par l'un des bateaux remontant le Nil. Parmi la gigantesque collection de vieux documents en hébreu découverts dans la genizah du Caire se trouvent, entre autres, d'innombrables lettres commerciales et registres de bord témoignant des liaisons maritimes intenses et directes entre Palerme et Alexandrie à l'époque. La route commerciale entre l'Égypte et la Méditerranée occidentale est essentiellement dominée par des négociants et des armateurs juifs. Sa lettre de recommandation en main, Hamoutal obtient rapidement l'autorisation de naviguer sur leurs navires. De plus, elle a largement les moyens de payer le voyage avec une des pièces d'argent que lui a données l'armateur de Massilia, ce qui lui évite de devoir s'entasser sur le pont avec les autres passagers et lui permet d'obtenir une cabine, où elle peut s'occuper de son enfant et le laisser dormir. Au onzième siècle, quatre-vingt-dix pour cent des bateaux arrivaient à destination, grâce à une bonne connaissance des voies maritimes, des vents et des courants.

Cependant, en ce temps-là, ce genre de voyage était rude. Certes, Hamoutal bénéficiait de quelques privilèges, mais les conditions étaient pénibles. Les réserves d'eau douce finissaient souvent par être contaminées. Les aliments se limitaient à de la viande salée, des galettes de pain faites avec de la farine moisie, des produits de la pêche effectuée çà et là en mer calme, une petite cargaison de navets, des fruits devenus secs et durs, des noix. Ce régime frugal entraînait une sous-alimentation insidieuse, même chez les passagers d'un certain statut. Dysenterie, diarrhée et maux d'estomac étaient fréquents. Quand les vents étésiens étaient favorables et que le bateau trouvait à temps le courant circulaire autour du bassin méditerranéen, la traversée était plus rapide. Il existe un puissant mouvement d'ouest en est qui, affluant au niveau des colonnes d'Hercule, passe non loin du sud de la

Sicile puis longe les côtes de l'Égypte. Quand le vent est propice, les rameurs peuvent se reposer et le calme règne sur le bateau.

Elle passe ses journées à attendre et à penser au rythme de la houle, à cauchemarder et à se souvenir de tous ces lieux : Rouen, Orléans, Narbonne, Monieux, Marseille, Gênes, Palerme. Tout se confond dans ses rêves, parfois elle revoit son amour lointain, impossible, devant la porte de la yeshiva à Rouen, et quand elle entend crier ici au-dessus de l'eau les grandes hirondelles de mer, elle pense aux petites mouettes du port où étaient amarrés les snekkes, ou aux courtes journées paisibles dans Narbonne ensoleillée. Le vieux bateau empeste la vie et les marchandises qu'il transporte. Les hommes s'enivrent pour noyer leur nostalgie et leur ennui, quelques femmes leur tournent autour pour un peu de nourriture ou de boisson. Elles se faufilent à l'abri des regards sous les ballots de laine en gloussant, leur bouche n'a pas de dents alors qu'elles n'ont que vingt-cinq ans, dans l'ombre elles écartent les jambes, les hommes déchargent après quelques secousses puis crachent avec mépris au-dessus du bastingage. Au-dessus des têtes une lourde voile fait entendre des claquements lents, étouffés, un banc de poissons volants saute, là-bas, devant le bateau. Des histoires circulent sur des créatures diaboliques qui foncent d'un côté et de l'autre sous la proue et la quille. Parfois ce genre de créature étrange se retrouve dans les filets, une gueule aux dents horribles et aux yeux fous, des nageoires comme des plumes du diable. Les quelques enfants à bord se mettent à crier, les femmes se signent et ânonnent des prières, les hommes laissent le poisson monstrueux asphyxier, il frétille dans le filet, quelle attraction, cette scène d'agonie, regardez donc, il vient du *caccabus* de Satan, le chaudron des enfers *de profundis*, le diable vocifère en quarante langues que personne ne comprend. Tandis que la queue frappe furieusement les planches et que les yeux du poisson se vident de leur vie, les hommes poussent un *Vade retro Satanas !* Ils hurlent de rire.

Jamais Hamoutal n'a vu des étoiles aussi claires la nuit. La coupole sombre semble se balancer sans fin tandis qu'un bruissement monotone se discerne autour de la proue. Les étoiles sont-elles des trous qui laissent percer la lumière d'un ciel situé au-dessus de la coupole noire de leur nuit mortelle ? Elle a parfois mal au cœur et s'allonge alors à plat sur le ventre jusqu'à ce que sa nausée passe. L'enfant est de nouveau malade, il dort d'un sommeil fiévreux, sans se rendre compte de rien. Un jour à son réveil, elle s'aperçoit que tout le bateau est devenu rouge sang pendant la nuit. Un vent chaud provenant des côtes d'Afrique du Nord a transporté du sable rouge. Il parvient à souffler aussi loin sur la mer et s'accompagne d'une pluie légère. Le pont est nettoyé plus tard dans la journée. Les matelots sont heureux de pouvoir faire usage du sable, mais la couleur rouge s'est infiltrée dans les moindres recoins et nervures.

Quelques jours plus tard, une embarcation surgit au loin. On s'inquiète, on craint un abordage. C'est un navire arabe léger, il approche, des personnes se distinguent sur le pont, on crie d'un bord à l'autre. Puis le bateau s'éloigne telle une illusion, ses voiles sont tendues, il disparaît à l'horizon. Le tangage se poursuit, interminablement, par bonheur le temps n'est pas à la tempête, les eaux sont calmes en cette saison. Quand les rameurs entrent en action, elle entend dans les profondeurs le son étouffé de chants monotones et rythmés, les cris de leur chef, le plongeon des grandes pales dans la mer un peu houleuse. Le reste du temps, il n'y a rien d'autre que le claquement de l'épaisse voile, la voix de l'homme en haut du mât, l'odeur du bois, de la corde et du sel. Elle sombre peu à peu dans un état entre veille et rêve.

Au bout de tant de jours qu'elle ne les compte plus, l'homme en haut du mât indique sur la droite le liseré d'une côte sableuse et solitaire au loin, ils doivent avoir déjà dépassé Benghazi. Alexandrie se fait désirer. Là-bas, elle embarquera sur un plus petit bateau. Quelques hommes tombent gravement malades. Ils rendent tripes et boyaux, on craint une contamination de tout l'équipage. On les isole, on les enveloppe dans des linges, faibles et apathiques comme ils sont au bout de deux jours déjà, on les allonge à l'arrière entre deux cloisons et les cordages. Ils suivent, le regard angoissé, les mouvements autour d'eux. D'autres ont déjà fermé leurs yeux couverts de croûtes et ne sont plus là. Le lendemain matin, ils ont disparu. Voilà pour les démons dans l'enfer des eaux, dit en ricanant le marchand Embriachi à Hamoutal. Il la lorgne depuis des jours, se serre parfois l'entrejambe à travers le tissu de drap bleu quand il la voit et grimace comme un chien lubrique. Elle s'enferme dans sa petite cabine, marmonne des paroles incompréhensibles tandis que l'enfant la regarde en suçant son pouce et se tait. Il y a un rabbin à bord à qui elle se confie. Dans la cabine d'Hamoutal, il lit la lettre de recommandation, garde le silence, réfléchit, lui dit qu'il l'accompagnera à Fustat. Elle se sent enfin un peu plus tranquille, a l'impression d'avoir sa place quelque part. La mer est violette et violente, le ciel semble être poussé par un autre ciel, un mouvement gigantesque au-dessus de leurs têtes minuscules. Rien, voilà ce qu'elle est, voilà ce qu'ils sont ensemble, une bande d'insectes flottant dans une coquille de noix, un rien dans un rien plus grand. Mais ils avancent. Ils avancent chaque jour. La Crète est déjà loin au nord, le bateau gémit et file, entraîné par le puissant courant. Tandis qu'ils naviguent le long de la côte blanche et nue, ils sentent la forte chaleur s'abattre sur eux. Tout le monde est exténué. Les provisions sont presque épuisées, un autre homme meurt de dysenterie. Au fil des jours qui les séparent d'Alexandrie, les voyageurs sentent la faim les tenailler. Parfois des poissons sont pêchés, les matelots les mangent crus, le coq jette les restes dans de l'eau bouillante. La soupe de poisson diluée est distribuée avec parcimonie. Au bout de deux jours encore, ils accostent près du phare antique, aveuglés par la lumière, le sel sur leurs lèvres gercées, leurs vêtements usés par le frottement sur les bancs durs, leurs mains sèches et leur peau comme du papier, leur âme lessivée, consumée. À l'époque déjà une ville blanche, un mirage, un rêve de vieilles pierres brûlantes, la ville d'Alexandre.

7

Alexandrie

« La mer est de nouveau trop grosse aujourd'hui, et des bouffées de vent tiède viennent désorienter les sens […] la ville dont nous étions la flore […] bien-aimée Alexandrie[1] », ainsi commence le premier tome de l'envoûtant *Quatuor d'Alexandrie* de Lawrence Durrell. « Qui est-elle, cette ville que nous avons élue ? Que contient et résume ce mot : Alexandrie ? Dans un éclair je revois un millier de rues où tourbillonne la poussière. Des mouches et des mendiants en ont pris aujourd'hui possession[2]. »

J'étais très curieux de voir cette ville mythique, et je suppose qu'Hamoutal aussi fixait, tendue, la rive tandis que son bateau approchait de la ville. À son époque, on pouvait encore voir le célèbre phare sur la petite langue de terre, devant la côte ;

1. Lawrence Durrell, *Le Quatuor d'Alexandrie*, trad. Roger Giroux, Le livre de poche, 1957, p. 23.
2. *Idem*, p. 24.

il était considéré comme une des merveilles du monde, faisait plus de cent vingt-cinq mètres de haut et avait déjà en ce temps-là plus de mille ans. D'après Euripide, Ménélas et un étrange fantôme d'Hélène de Troie firent naufrage ici ; Cléopâtre se suicida à quelques pas de l'endroit où aujourd'hui encore le Cecil Hotel, dans sa grandeur postcoloniale désuète, offre une vue sur la mer : à l'époque d'Hamoutal, deux obélisques du palais, les fameuses aiguilles de Cléopâtre, étaient encore debout ; le poète Cavafis écrivit au dix-neuvième siècle qu'Antoine, l'amant de Cléopâtre, quitta la ville tandis que la ville le quittait aussi. Durrell évoque la mythique Justine, réincarnation de Cléopâtre, buvant élégamment gantée son café dans le bar de l'hôtel en regardant la mer scintiller.

J'ai pris le train au Caire pour venir ici. Je descends à la gare centrale. Je suis aussitôt plongé dans un chaos grisant : dans les rues autour de la place, les centaines de vendeurs d'un grand marché braillent dans de petits mégaphones pour couvrir la circulation assourdissante. On appelait autrefois cette ville le grand pressoir de l'amour, car il y vivait quantité d'éphèbes et de vierges orientales, d'aventuriers, d'amants enflammés au sang chaud, de riches célibataires et de détenteurs du pouvoir obsédés par la perfection des jeunes corps, d'amants clandestins indolents, ralentis par le vin et le hasch, qui faisaient l'amour entrelacés pendant des heures, écoutant le déferlement des vagues et le vent qui semblait renifler les cimes des platanes comme l'aurait fait un chien en y fourrant son museau.

Telle est la représentation exotique, le rêve orientaliste dont Edward Saïd a dit qu'il correspondait à un monde de faux-semblants de l'élite culturelle coloniale.

Tout était si différent à l'époque d'Hamoutal. Au onzième siècle, Alexandrie traverse une période dont on sait peu de chose et qui est considérée par certains historiens comme une phase d'inertie et de déclin. Pourtant, Amr ibn al-'As écrit au septième siècle qu'il n'est « pas simple d'énumérer toutes les richesses et les beautés de la ville. Je me contenterai de mentionner qu'elle compte quatre mille palais, quatre mille bains publics, quatre cents théâtres ou lieux de divertissements, douze mille magasins de fruits et quarante mille juifs assujettis à l'impôt ». La ville doit son regain d'activité au trafic généré durant les croisades, aux contacts internationaux, à la présence d'intellectuels et d'aventuriers, aux beaux jeunes gens, aux femmes riches et aux amants jaloux.

Quant à la célèbre bibliothèque antique, qui parle tant à l'imagination, il n'en restait plus rien depuis longtemps, même au onzième siècle. Je me promène d'un bout à l'autre de la *corniche**, la digue longeant la côte : d'abord vers la gauche depuis le centre jusqu'au fort de Qaït Bay, où de jeunes garçons vendent de la barbe à papa qu'ils suspendent, dans de petits sacs en plastique gonflés, à de longues tiges : comme s'ils faisaient voler au bout d'une ficelle des poissons translucides. Puis je reviens sur mes pas, dépasse la place centrale Saad Zaghloul et continue jusqu'à la nouvelle bibliothèque d'Alexandrie. Dans la haute salle de lecture, spectaculaire, surmontée de son toit en pente, je vois deux jeunes femmes en niqab penchées au-dessus d'un livre ; leurs yeux soulignés au khôl parcourent à toute vitesse les pages d'un roman de Michel Houellebecq et, en même temps, elles se donnent des coups de coude en pouffant de rire.

Tout comme il y a désormais un train rapide entre Alexandrie et Le Caire, il y avait au onzième siècle un service rapide de messagers entre Alexandrie et Fustat qui en moins d'une semaine pouvait acheminer les courriers importants d'une ville à l'autre. Un flot incessant de voyageurs se déplaçait entre les deux villes, entraînant avec lui des proches et des familles, des candidats au mariage, de l'orfèvrerie, des rouleaux de manuscrits, des épices et des cadeaux. On allait loger chez les autres en leur proposant en contrepartie un séjour chez soi : une sorte d'échange de logements *avant la lettre**.

La mer est calme et paisible, les plus hautes vagues se brisent sur la langue de terre qui protège la côte, de sorte que le bassin, en retrait, est aussi lisse qu'un lac intérieur ; un homme en caftan marche de long en large en exhortant les femmes qui ont dénudé leurs épaules à se recouvrir tout de suite. Il les remercie poliment avant de s'éloigner. À moitié hissées sur la rive, de petites épaves de bateaux blancs, lessivés, aux côtes cassées, ressemblent à des squelettes de grands poissons. Toute une famille campe dans une cabine sur la plage ; les fillettes se lèvent d'un bond en me voyant et crient photo, photo. Je m'enfonce dans les vieilles rues, dont quelques-unes ne sont toujours pas asphaltées. Dans les endroits poussiéreux, j'imagine que rien n'a vraiment changé en mille ans. Je reviens sur mes pas au soleil couchant, j'attends avec des foules de banlieusards le train pour rentrer au Caire.

Je pensais pouvoir encore découvrir dans le delta du Nil une partie du paysage ancien. Je vois une forêt d'immeubles inachevés, un vague conglomérat de villes qui n'en sont pas et s'enchaînent sans interruption, des quartiers à moitié terminés qui tombent en décrépitude, des enfilades urbaines de squelettes de béton vides, jamais livrés, hérissés de fines tiges métalliques – signalant que le chantier est en cours et qu'aucun impôt n'est dû sur le bâtiment. Pourtant, aux étages inférieurs, des familles entières vivent dans l'incertitude, jour après jour.

Ici et là sont disséminés des champs qu'une irrigation brouillonne a rendus tantôt arides, tantôt boueux. Je vois du blé et des gravats, des terrains abandonnés, une centaine d'ibis blancs dans un arbre mort, des sites industriels délabrés. Dans les banlieues, de jeunes chômeurs marchent parmi les déchets ménagers fumants et les buffles broutant. Je vois des femmes biner la terre fertile de la vallée du Nil polluée. Puis surgit la beauté des vergers dans une brume légère, de petits ponts étroits sur les eaux stagnantes, des palmiers, des eucalyptus et des tamaris, des cimetières égyptiens perdus dans les sables avec leurs curieuses tombes arrondies en forme de tonneau, un petit terrain de football à côté d'une autoroute, des vaches maigres près d'une bordure de roseaux, des chèvres dans un champ de trèfles, une villa à côté d'une décharge, six chevaux dans une plaine boueuse d'où s'élève de la vapeur, des ombres infinies sans contours.

8

Une femme dans la situation d'Hamoutal, avec son bébé sur les bras, n'avait pas l'embarras du choix pour parcourir la distance d'Alexandrie à Fustat, de plus de deux cents kilomètres. Au onzième siècle, il y avait ce qu'on appelait les canaux saisonniers, quand le Nil inférieur, en aval, contenait tant d'eau qu'un certain nombre de voies rapides se formaient. Une de ces voies, le canal d'Alexandrie, permettait de se rendre d'Alexandrie à Fustat en moins d'une semaine.

Cependant, quand Hamoutal arrive à Alexandrie, ce n'est encore pas tout à fait possible ; le canal est seulement navigable entre août et octobre. Elle a entendu des récits sur les dangers que doivent braver en pleine mer les bateaux qui essaient d'accéder au fleuve par l'embouchure tumultueuse du bras occidental du Nil, l'embouchure de Rachid. Les sédiments rejetés par l'énorme masse d'eau s'érigent en bancs de sable qui se modifient rapidement juste sous la ligne de flottaison. Poussée par les vents du nord, l'eau de mer se transforme en une houle d'une amplitude colossale qui vient se heurter à l'eau se déversant de l'embouchure, de sorte qu'à ce point de rencontre, d'innombrables bateaux légers s'échouent, coulent ou sont aspirés par des flots de boue et brisés en morceaux.

Le chroniqueur arabe Ibn Hawqal a décrit au dixième siècle les risques et les dangers associés aux voyages dans le delta septentrional. Des documents de la genizah du Caire donnent aussi un aperçu des risques, les témoignages étant sans équivoque : la navigation sur le Nil était une entreprise infernale. Même vers la fin du dix-septième siècle, les voyageurs pour le Caire préféraient d'abord rejoindre par voie terrestre les oasis au bord du Nil situées plus au sud. En 1697, le chanoine français Antoine Morison entend des Turcs affirmer que quiconque ne craint pas le Bogaze, cette embouchure du Nil, ne craint pas Dieu. Jour et nuit des matelots postés sur les berges agitées sonnent leur corne pour mettre en garde les capitaines téméraires contre les mouvements capricieux de l'eau, et les bateaux sont nombreux à attendre, parfois pendant deux semaines, que le vent du nord s'apaise avant d'oser s'engager dans l'embouchure et remonter le courant.

Le Nil est tel une fleur de lotus, disaient les anciens ; la vallée au sud est sa tige, le delta au nord sa fleur galbée, et la plaine de Fayoum est comme un bouton de fleur fermé sur la grande tige. Hérodote considérait l'Égypte comme rien de moins qu'un cadeau du Nil ; mais ce lotus géant, qui avait insufflé la vie à l'Égypte, était aussi un organisme violent, mortel. Tous les bateaux qui naviguent vers le Caire doivent remonter le courant, car d'énormes masses d'eau affluent des hauteurs de l'Éthiopie et du Soudan du Sud vers la Méditerranée. Quand l'étésien, ce vent du nord presque constant que l'on peut sentir parfois jusqu'au Caire, souffle fort en poupe, il est possible, après avoir passé l'embouchure mouvementée, d'affronter assez facilement le courant. Mais quand le vent tombe, les felouques souvent instables doivent être tirées. Les haleurs peinent le long de berges difficilement praticables ; ils triment jusqu'à la taille dans l'eau et la boue, parvenant à peine à faire avancer leur embarcation à contre-courant. Si le bateau échoue sur un banc de sable ou sur un des innombrables petits îlots herbeux, dans les bordures de roseaux ou les algues, des gaffes servent alors à le remettre à flot. Mais quand le kamsin, un vent du sud, souffle des quantités de sable saharien sur la vallée du Nil, il n'est pas question de remonter le courant. Une rafale suffit à renverser des bateaux de petite taille, comme les antiques *germes* ou *jarmas*. Ils chavirent et les passagers se noient dans les vagues ou sous le bateau. Cette situation complexe fait régner dans les ports une agitation nerveuse permanente. Les conversations portent constamment sur la force des vents, la saison, les routes de navigation alternatives, la situation à l'embouchure de Rosette, les temps d'attente à prévoir, le nombre de *saqs* – une mesure utilisée à l'époque par les Arabes, dont la longueur est incertaine – qu'on espérait pouvoir parcourir par jour.

Mais à Alexandrie, on peut aussi facilement trouver une caravane à laquelle se joindre. Hamoutal, qui préfère ne pas prendre de risque, décide de se rendre par voie terrestre plus au sud, là où le courant est plus calme. Après quelques jours d'hésitation, d'allées et venues auprès de marchands et de marins qui tous essaient de la berner, elle finit par choisir, pour des raisons de sécurité, les caravanes commerciales juives empruntant le trajet dit de la genizah. En montrant sa lettre de recommandation, elle obtient une protection spéciale et de meilleures conditions de voyage. Elle perçoit comme un rêve fiévreux le monde dans lequel elle est immergée à présent. La poussière tourbillonne dans le vent brûlant, partout retentissent des cris, la puanteur est révoltante, l'agitation est incessante ; le long des rues poussiéreuses elle voit des marchands qui ont entassé leurs denrées à côté des déjections d'un chameau, des poissons séchés couverts de mouches, des panses de vache à côté de plateaux de dattes séchées. Avec son enfant dans les bras, elle doit monter pour la première fois sur un chameau agenouillé, elle tombe aussitôt de l'autre côté, l'enfant roule dans le sable et se met à hurler. Les spectateurs rient, un homme l'aide à se relever, il pointe le doigt vers le bout de la rue, elle ne le comprend pas. Il la prend par le bras, l'amène chez sa femme et ses filles, qui lui sourient et se mettent toutes à crier en même temps. On la conduit vers une pièce sombre au fond d'une vieille maison, on lui indique une petite chambre dans laquelle il y a un lit pour se reposer et des tapis, et on lui apporte un plateau avec de l'eau et des olives. Le lendemain matin, on la réveille, un homme l'attend devant la maison, il lui adresse la parole en hébreu : elle peut se joindre à la caravane à destination de Fustat.

Des journées entières de voyage à travers le delta, chaleur et monotonie, le pas traînant et ondulant des animaux, le bruit extrêmement primitif qu'ils produisent, la puanteur de leurs déjections, le sable dans tous les pores de la peau. La caravane arrive après quelques jours dans de petites oasis au nord-ouest du delta du Nil. La menace, en chemin, d'animaux prédateurs et de serpents ; un régime alimentaire totalement différent de celui dont elle a l'habitude ; elle ne tarde pas à avoir des nausées, des coliques, la diarrhée, des symptômes de déshydratation, de la fièvre, les yeux couverts de croûtes. Elle vomit à longueur de journée, on l'allonge dans un grand panier d'osier sur un chameau. Une grosse femme toujours souriante allaite l'enfant, qui est silencieux et reste allongé à regarder le ciel immuable.

Kafr el-Dawar, Sidi Ghazi. Vent du désert, chaleur, éblouissement ; l'enfant commence lui aussi à montrer des signes de déshydratation. Hamoutal est une femme seule, qui ne connaît pas l'arabe, s'exprime dans les rudiments d'hébreu que David lui a enseignés, essaie de se faire comprendre par le langage des gestes. Elle sort de temps en temps une pièce de monnaie, avec circonspection, pour ne pas montrer qu'elle en a d'autres sur elle. Parfois elle trouve une protection, parfois la courtoisie cède la place à la tromperie, puis on la menace, à une occasion elle se fait presque agresser. Cependant, grâce à la recommandation d'Obadiah, elle parvient le plus souvent à se faire respecter ; elle reste une voyageuse privilégiée, en dépit de toutes ses misères. La nuit, elle dort avec l'enfant dans les bras parmi les femmes ; un feu tient les chacals à distance.

Au niveau de l'actuel Kafr el-Zayat, dans le gouvernorat de Gharbeya, à peu près à mi-chemin, la caravane arrive au bord du Nil. Elle fait une halte. Il y a du poisson à profusion, les berges du fleuve sont fertiles, on trouve des fruits sur les marchés, de l'huile d'olive, du fromage de chèvre, des légumes, de la viande d'agneau très épicée et des galettes de pain délicieuses ; les voyageurs peuvent reprendre des forces, ils dorment dans un des innombrables postes le long du fleuve. Elle peut s'y reposer une journée, laver et soigner l'enfant. C'est presque le plein été à présent. La chaleur donne constamment l'impression d'halluciner, l'odeur des excréments de chameau imprègne tout. Elle est fatiguée, le voyage l'a tellement épuisée et désorientée qu'elle n'a plus envie de poursuivre son chemin avec la caravane. La chaleur la rend apathique, le sable et la sueur lui piquent les yeux et la peau. La solitude du paysage désertique est juste derrière eux, le marché près de la rive est animé, on crie simultanément en arabe, en hébreu, en grec et en turc. Levantins et Byzantins, Seldjoukides, Éthiopiens et Maghrébins se côtoient.

Ce jour-là, elle reste allongée à l'ombre d'une toile de tente, hébétée, exténuée par la diarrhée, le vent chaud caressant son visage et le sable pénétrant dans ses yeux. Elle se remet à pleurer, c'est à fendre le cœur ; décontenancés, les marchands qui lui avaient promis de l'accompagner jusqu'à Fustat se regroupent autour d'elle, l'incitent à prendre son enfant dans les bras, à se lever et à monter sur le chameau qui, agenouillé un peu plus loin, l'attend. Elle fait non de la tête, ses pleurs rauques ont quelque chose d'animal. Elle serre un tchador bleu foncé autour de son visage, elle gémit, se recroqueville en position fœtale. L'enfant se met lui aussi à sangloter. Les hommes se concertent, lui laissent un peu de temps pour se ressaisir, lui redemandent au bout d'une demi-heure si elle ne veut pas les suivre. Elle secoue à nouveau la tête, elle pleure fort, les hommes sont à présent plus nombreux autour de la toile de tente sous laquelle elle est allongée. L'un d'eux approche, c'est Embriachi, le marchand de Palerme qui la surveillait déjà sur le bateau. Le rabbin censé l'accompagner est déjà parti. Embriachi s'agenouille devant elle, lui explique que le lendemain va passer un bateau qui se rend à Fustat, que le bateau s'appelle Al-Iskander, qu'il connaît le capitaine, qu'elle pourra monter à bord. Qu'elle doit montrer sa lettre, que de cette manière elle pourra dormir et reprendre des forces pendant le voyage. Il l'attendra, le lendemain. Elle redresse la tête, hagarde, comprend vaguement ce que dit l'homme, sa tête retombe, elle semble s'être endormie. La caravane se prépare à partir, on traîne des paquets et des ballots, les bagages sont ficelés sur les bêtes de charge agenouillées. Le cortège se met en mouvement à grand bruit. Le meuglement des chameaux, les cris des hommes. Les sons aigus produits par les femmes paraissent stridents et irréels. Le tapage s'atténue progressivement ; il n'y a plus que le vent et la chaleur. Hamoutal, exténuée, entend vaguement le ressac sur la rive du Nil, les voix des garçonnets qui jouent dans les eaux peu profondes près des roseaux. Elle s'endort et rêve d'un village tranquille dans les montagnes où elle cueillait autrefois du thym, ses enfants jouant dans la fraîcheur du vent printanier. Mais l'image est tachée de sang, recouverte d'un voile d'obscurité insondable, d'une chose où elle sombre et risque d'étouffer. Cherchant à reprendre son souffle, elle regarde autour d'elle. Deux femmes sont accroupies à côté d'elle, l'une a son enfant dans les bras. Elle se redresse d'un bond, la femme la repousse en riant, se lève et part avec le petit vers une hutte plus loin. Hamoutal la suit en trébuchant, la femme ne veut pas le lui rendre, elle secoue la tête en souriant. Hamoutal agrippe le bras de la femme, l'enfant pleure, elle a maintenant face à elle les deux femmes qui le maintiennent fermement, des cris et une bousculade s'ensuivent, Hamoutal voit la douleur et la panique dans les yeux de son fils. Elle le lâche, suit les femmes. Elles entrent dans la hutte obscure, un bourdonnement assourdissant de mouches et de taons, une odeur pestilentielle de viande pourrie. Elle veut reprendre son enfant, la femme secoue la tête. Elle voit la deuxième femme poser une cuvette d'eau trouble sur le sable au milieu de la hutte. Elles aspergent le bébé, rient de nouveau. Elles bavardent sans cesse, lui retirent ses haillons effilochés, enduisent son corps d'un baume, voient qu'il n'est pas encore circoncis, pouffent de rire, l'enveloppent dans un tissu de coton léger. Elles lui rendent son fils. La tête d'Hamoutal se renverse en arrière, elle s'effondre comme une masse, inanimée, dans le sable, de l'écume à la bouche. Les femmes posent l'enfant sur quelques feuilles de palmier, éventent la femme évanouie pour la rafraîchir.

Quand elle se réveille, il fait nuit ; les yeux fermés par des croûtes, les lèvres fendues, la gorge brûlante, elle respire difficilement. Elle a une forte fièvre, le typhus l'a décharnée, son cœur bat à tout rompre, elle est en nage. Il règne une obscurité totale ; par une petite ouverture elle voit la voûte céleste étinceler de manière irréelle ; les grenouilles font un bruit infernal près des rives boueuses de quelque mare non loin du fleuve. Elle a l'impression de s'être détachée de tout, de ne plus être nulle part, de flotter dans un espace intermédiaire, de ne pas avoir de corps, de poids ; elle est étendue dans une chaleur anesthésiante, douce, une mare de flammes qui brûlent et engourdissent ses pensées, un état entre le sommeil et la mort, dans lequel elle ne peut plus faire la différence entre son chagrin et une légère euphorie. Le typhus la fait dépérir, sans qu'elle s'en rende compte. Elle se réveille au cri éraillé d'un héron dans le matin blafard ; les femmes s'activent déjà, elles lui retirent ses vêtements, l'enduisent d'un mélange d'armoise, de chanvre et d'huile de poisson qui répand une odeur âcre, elles lui donnent à boire une substance qu'elle arrive à peine à avaler. Elle est enveloppée de linges, vomit le peu qu'elle a bu, se rendort. Plus d'une semaine s'écoule ainsi sans qu'elle ait la moindre notion du temps ou de l'espace. Oscillant entre la vie et le rêve, elle glisse doucement dans un tunnel sombre et cesse parfois de respirer. Les femmes lui donnent alors des bourrades, lui tapotent la joue, l'aspergent d'eau. Elle flotte au-dessus du puits sans fond de sa mort, séduisante, réconfortante, attirante, irrésistible ; elle a tout abandonné depuis longtemps déjà, une paix irréelle descend sur elle, elle voit David dans une ruelle, il passe à côté d'elle en tenant Yaakov à la main, mais soudain il n'est qu'un tronc sans tête qui avance, elle se réveille, vomit encore, se rendort.

Il lui faudra un mois entier avant de pouvoir se tenir de nouveau sur ses jambes et faire prudemment quelques pas ; elle est si maigre qu'on dirait un squelette vivant. Ses yeux sont infectés, elle a des larves de mouches dans une plaie à son bras gauche. Les femmes la lavent, comme d'habitude elles ne cessent de bavarder dans une langue incompréhensible. Elle se laisse faire, ne demande même pas de nouvelles de son fils qui, les genoux écorchés, rampe derrière les autres enfants au bord du fleuve en plein soleil. Elle a du mal à reprendre des forces car elle retient peu de nourriture. Peu à peu, elle commence à se poser des questions. Pourquoi ces femmes s'occupent d'elle ? Elle met plusieurs jours à comprendre : les deux femmes se prostituent dans les bateaux naviguant sur le Nil, elles sont des exclues, des parias qui vivent ensemble dans leur hutte non loin du fleuve et survivent de manière précaire. On les laisse tranquilles ; elles connaissent les usages et les codes, on ne leur en conte pas. Quand Hamoutal est un peu requinquée, elles l'emmènent vers la rive où elles se baignent toutes les trois. Une heure plus tard une nouvelle felouque arrive, les femmes proposent Hamoutal à l'un des membres de l'équipage. Hamoutal se rebiffe, comme elle oppose une résistance le marin la frappe au visage, elle perd aussitôt connaissance et s'effondre comme une masse. Les femmes la transportent jusqu'à l'intérieur de la hutte, l'abandonnent à moitié morte en poussant des jurons. Quand elle se réveille au crépuscule, elle est prise de panique ; le soleil est bas, il fait une chaleur humide étouffante, les insectes qui tournoient autour d'elle la rendent folle. Son enfant n'est pas là, elle entend les femmes éclater de rire au loin près de la rive. Où est sa lettre de recommandation ? Le reste de ses bagages ? Elle ne voit rien de ce qui lui appartenait dans la hutte. Où sont les quelques pièces d'argent qu'elle avait si bien cachées ? Où est-elle au juste, quel monde est donc celui-ci, il y a de quoi en perdre la raison, où doit-elle aller ? Elle se lève d'un bond, elle a la lèvre fendue et une croûte de sang sur le menton, quand elle se lèche la lèvre, celle-ci se remet à saigner. Elle avale du sang. Son cœur bat si fort qu'il semble vouloir jaillir de sa poitrine. Elle sort en vacillant, quelques chèvres viennent lui tourner autour des jambes. Où sont les petits ? Au loin elle entend des voix d'enfants. Elle approche d'un pas chancelant, voit son fils dormir, entouré d'ordures et de haillons. Quelques moutons crasseux errent près des roseaux au bord de l'eau. Elle soulève l'enfant sous-alimenté, sale, il semble ne rien sentir. Un peu plus loin, un vautour tient un serpent dans son bec. Il le secoue, lui frappe la tête contre le sable jusqu'à ce que le reptile pende, aussi mou qu'un chiffon. Puis il l'entaille, engloutit ce repas répugnant comme s'il était pris de haut-le-cœur. Une question hurle en elle : où est mon pauvre petit Yaakov en ce moment ? Elle embrasse la tête pendante de son enfant immobile, le pose avec précaution sur des morceaux de tissu dans la hutte, cherche fébrilement ses affaires, retourne tout ce qu'elle voit, ne trouve que le petit sac contenant le parchemin enroulé, sa lettre de recommandation, ainsi que les tefillin de David ; ses pièces d'argent ont disparu. Elle glisse le sac sous une étoffe qu'elle noue autour de sa taille comme un châle. Prise de vertige, elle manque de basculer en avant, se heurte l'épaule contre la paroi en limon, reprend le garçon, l'enveloppe dans les tissus sales qu'elle trouve sur place, se dirige vers la rive en titubant. Sans un mot, elle montre l'enfant décharné dont la tête est entourée de mouches à quelques hommes en train de boire sur la berge ; elle balbutie en mauvais hébreu, un des hommes crie en direction du bateau à fond plat amarré. Un homme apparaît. Il lui demande en araméen ce qu'elle veut. Elle tombe à genoux, sanglote, sort la lettre, la montre à l'homme. Il déroule le parchemin, examine le manuscrit, regarde la femme d'un air méfiant et interrogateur, fait un signe de tête vers l'embarcation. Elle se lève, prend avec précaution son fils abruti, monte à bord en trébuchant, se voit indiquer une place sur un banc où elle s'allonge pour reprendre son souffle. Une fois le soir tombé, une des femmes sort de la cale et passe devant elle, remarque sa présence et se met en colère, hausse le ton et la frappe. Embriachi surgit de nulle part, chasse la femme brutalement du bateau, fait signe à Hamoutal de se lever. Que fait Embriachi ici ? Elle le suit docilement, il lui indique sa petite cabine, elle s'allonge sur le lit de camp en bois recouvert de chiffons. Elle sombre dans un sommeil inconscient ; quand elle se réveille quelques heures plus tard, elle le sent bouger sur elle. Il a relevé ses jupes, il est déjà en elle, elle ne s'en étonne même pas. Une chaleur résignée se répand dans son corps, chagrin et ardeur, elle ne contrôle rien. Il sent le haschich et le poisson, elle ne bouge pas mais sent qu'elle devient humide de désir, elle le laisse faire. Au bout de quelques minutes il jouit en grognant, elle sent sa main rêche sur ses mamelons, sa joue qu'il n'a pas rasée lui frotte la gorge. Il bascule sur le côté et s'endort aussitôt. À l'aube, quand le bateau se met lentement en mouvement, elle s'agrippe à l'homme en silence, les yeux fermés, et se surprend à lui caresser l'épaule. Les hommes de l'équipage enfoncent leurs perches dans les profondeurs de la vase près de la rive, la vieille voile basse est déployée. La felouque navigue vent arrière, remontant le courant jusqu'au milieu de l'eau d'un jaune brunâtre, cherche les courants tièdes, les rameurs triment au rythme du tambour. La voilà en route pour Fustat, l'ancien Caire, cent kilomètres plus loin. Le soleil est déjà chaud. L'odeur de vase et de poisson, de corde et de bois, flotte dans la cabine oppressante. Des vapeurs s'élèvent de l'eau dans un bouillonnement, le monde est de nouveau en mouvement. Le marchand ronfle. L'enfant, dans une poche de chiffons et de haillons, ne respire plus.

VII

LE CAIRE

1

Tunup, Alqam, Al Birijat, Jizayy, Al Khatabah, Abu Ghaleb, Al Qata, Al Qanatir Al Khayriyyah : de ces lieux dans le delta, aujourd'hui d'un blanc sale, de ces noms qui apparaissent puis disparaissent, lesquels existaient déjà ?

Je dois une fois encore donner un grand coup de balai sur une carte, retirer presque tout ce qui existe aujourd'hui pour mettre à la place quelques rares éléments. Mais je partage avec Hamoutal les conditions météorologiques. Petites averses orageuses, pluies soudaines, vapeurs et nuages, brume, soleil brûlant, ciel matinal d'un violet intense dans lequel des aigles décrivent des cercles, soirées aux odeurs douceâtres au fil de l'eau, poissons frétillants, voix claires sur la rive. Amarrer, s'approvisionner, marchander, repousser de nouveau le bateau, remonter le courant, avancer parfois à grand-peine, accoster dans des méandres sableux. Éraflures, dans l'eau flotte une chèvre morte, gonflée comme un ballon. Les mains rudes des rameurs, au crépuscule ce chant étrange auquel elle ne comprend rien. Apathiques, les buffles d'eau meuglent dans la vase jaune sur les berges. Les hérons et les grenouilles.

Deux jours plus tard, on sort de la cale avant l'enfant mort dont le corps a été soumis à la préparation rituelle. Trois hommes retiennent Hamoutal ; elle hurle comme une possédée. La petite momie est jetée par-dessus bord tandis que deux hommes tapent furieusement sur des tambours et qu'un troisième souffle dans un instrument à vent plaintif. Les femmes émettent des sons stridents qui la font paniquer. Le petit ballot disparaît dans les tourbillons marron. Le dos d'un crocodile changeant de cap souplement apparaît juste en dessous de la surface de l'eau. En un instant effroyable, un nuage rouge surgit dans le fleuve, puis plus rien. Hamoutal ne parvient pas à respirer, elle se dégage. Les membres de l'équipage émettent en chœur des sons rythmiques pour s'encourager, les musiciens continuent de tambouriner un moment, puis un silence se fait et on n'entend plus que le déferlement des vagues soulevées par le courant le long de la proue au ras de l'eau. Hamoutal sent que c'est le moment ou jamais de sauter par-dessus bord, un des hommes se jette devant elle et l'agrippe d'une poigne de fer. Il lui assène une gifle, la fait asseoir brutalement sur le banc. Sa joue saigne ; morve, poussière, sang et larmes. Le lendemain, elle semble ne plus faire partie du monde des vivants. Hébétée, le regard introverti, elle se berce au gré de la houle. Vers le soir, elle lève les yeux, voit avec des haut-le-cœur les hommes manger du poisson cru. Elle est totalement seule à présent, en dehors du marchand lubrique qui trois fois par jour essaie d'obtenir ses faveurs en lui susurrant des mots incompréhensibles et en lui décochant des sourires d'une bouche à moitié édentée, et qui parfois la distrait, mais le plus souvent la dégoûte. Elle mange peu, dort la majeure partie de la journée, s'éveille à la tombée de la nuit, va alors s'asseoir à la fraîche sur le gaillard d'avant pour écouter l'eau couler avec une lenteur majestueuse.

Une dizaine de jours plus tard surgissent après le dernier méandre les constructions de Fustat, tremblotant à contre-jour. Le mois de juillet est suffocant, tout évoque une hallucination. Elle n'a presque aucun lien avec quoi que ce soit de tangible. Elle plane d'une journée à l'autre, à moitié consciente, détachée de tout et de tous. Indifférente et silencieuse, elle regarde fixement défiler devant ses yeux ce monde qu'elle ne connaît pas et ne veut pas connaître. C'est la Chémou, la saison pendant laquelle pas une goutte de pluie ne tombe, où tout se dessèche et se pétrifie. Le bateau vogue jusqu'à la célèbre passerelle qui depuis le huitième siècle relie l'île de Rhoda à Fustat. De là, on peut voir le petit bâtiment du Nilomètre. Un peu plus loin on aperçoit la grande mosquée Amr ibn al-'As, avec ses minarets oniriques de la période des Omeyyades ; une impressionnante ligne des toits qui reflète le pouvoir des Fatimides sur l'Égypte. À Rhoda, devant ce bras du Nil plus étroit, des sentinelles musulmanes surveillent l'accès à la ville ; Hamoutal voit des bâtiments, des soldats, des bateaux flottant près de la rive, une quantité de personnes.

Fustat Misr brille, scintille, dans des nuages de poussière et le soleil de l'après-midi. Hamoutal sort sans le moindre bagage du bateau qui a remonté le Nil, Embriachi l'aide à descendre. Il est bourru, ces derniers jours, car elle n'a plus répondu à ses avances. Avant qu'elle n'ait pu dire quoi que ce soit, il lui remet un plan rudimentaire, où elle voit indiquée en grandes lettres la synagogue Al-Shamiyin. Il lui fait signe d'aller là-bas, d'y montrer la lettre de recommandation d'Obadiah. Il la salue d'un hochement de tête en grimaçant avec amertume, s'éloigne, la laissant sur le quai sableux.

Elle se sent petite et perdue ; elle espère que les musulmans égyptiens la laisseront tranquille, elle qui est juive, et même l'aideront s'ils le peuvent, à la rigueur avec désinvolture et sans chaleur humaine. Le père de David lui a raconté il y a longtemps à Narbonne que les musulmans espagnols laissaient les juifs en paix tant qu'ils payaient les impôts requis. Ainsi, les *dhimmis*, comme ils appelaient les juifs, pouvaient même compter sur une protection, parce qu'ils constituaient une source de revenus. Il doit certainement en être de même ici, espère-t-elle. Mais pour l'instant Hamoutal, pauvre et crasseuse, avec ses airs nordiques, ne peut prétendre à rien. Tant qu'elle n'a pas trouvé de toit et de protection, son sort est des plus incertains.

*

La voilà donc plantée là, cette fille auparavant chrétienne d'un Viking originaire de Rouen, née quatre ans après la bataille de Hastings. On est en juillet 1097. Le Caire bruit, tourbillonne et frémit sous un soleil brûlant. Dans la ville natale d'Hamoutal, presque tous les juifs ont été exterminés. La yeshiva qu'elle a si bien connue a été incendiée et tous les documents sont perdus. Elle n'a toujours pas appris la nouvelle, pas plus qu'elle ne sait que sa mère, encore ulcérée par sa disparition, s'est exclamé en voyant le massacre : ça leur apprendra, à ces maudits juifs. Hamoutal a près de vingt-sept ans, et elle n'est plus personne ; une femme en errance dans un monde qui n'est pas le sien, égarée et laissée à un sort qu'elle comprend à peine, en route pour Yerushalayim, la ville des trois dieux, où elle espère retrouver Yaakov et Justa. Elle regarde le ciel, le ciel salin et brûlant de Fustat ; les marins qui posent pied à terre et entassent des paquets sur la rive ; elle voit des chats sauvages traîner parmi les restes de poisson, des chiens aux yeux pleins de pus qui pissent contre des poteaux en bois ou rongent des os puants ; des petits garçons qui, rapides comme le vent avec leurs mollets parfaits, luisants, s'emparent des paquets des voyageurs qui viennent d'arriver et les coltinent pour une aumône ; des femmes voilées qui sortent de portiques sombres. Ses cheveux autrefois blonds, tout en boucles, sont gris à présent, plaqués par la sueur sur sa tête en dessous du châle foncé ; la peau de ses joues est squameuse et terne, ses yeux sont éteints après tant d'épuisement et de privations. Elle regarde avec stupéfaction Embriachi s'éloigner, est tentée de lui courir après, de tomber à genoux, de lui demander de l'emmener, de la prendre sous sa protection, de l'épouser, peu importe. Puis elle le voit monter dans un véhicule tiré par un chameau et disparaître rapidement dans la cohue. Elle déambule un petit moment parmi la foule près de la rive, passant inaperçue, insignifiante, une ombre plus qu'un être humain. Elle mendie un peu de pain et du fromage de chèvre, demande quelque part un morceau de pastèque, boit l'eau d'une petite fontaine où des chiens errants jaunes enfoncent leurs museaux sales dans ses jupes. Elle traîne à travers la poussière d'un vieux quartier de taudis sombres et branlants, arrive à une petite place, va s'asseoir péniblement sous la cime d'un vieil acacia biscornu et tordu qui émerge d'une vieille ruine. Elle est comme ivre des journées passées à être bercée par le fleuve. Elle a les jambes qui flageolent. Elle ne peut pas rester assise droite. Tout tourne, elle tombe sur le côté, reste allongée, étourdie. Ses mains s'agrippent à l'herbe sableuse. Des hordes de mouches bleu doré bourdonnent autour d'elle, un chien lui lèche la joue avec sa langue puante. Elle réagit à peine ; le soir est tombé quand elle reprend un peu ses esprits. Personne ne fait attention à elle. Elle parcourt hagarde quelques rues, montre d'un air interrogateur le plan à un homme d'apparence distinguée, qui l'examine soigneusement, puis lui indique en silence la direction qu'elle doit prendre. Vers neuf heures, près de la vieille église Mar Girgis, elle se dirige d'un pas chancelant vers la synagogue. Il fait déjà noir. Il n'y a personne dans les ruelles étroites qui sentent la poussière et la pisse. Soudain la voilà à la périphérie du quartier. Elle aperçoit la synagogue près du mur d'enceinte. Elle s'allonge à côté d'un grand puits à l'arrière de l'édifice et s'endort. Elle n'a pas conscience de la présence d'une vipère qui rampe dans les plis de ses vêtements, d'un scorpion jaune près de sa main, d'un chien errant qui la renifle, du fait que le chien lui sauve la vie en prenant la tête de la vipère dans sa gueule et en balançant au loin le serpent qui se tortille ; pas conscience du chemin sombre que suit le scorpion se déplaçant de sa main à la petite cavité entre les pierres du puits de Moïse. Elle n'a conscience de rien. Elle respire encore, c'est tout.

C'est aussi ce que constate le rabbin le lendemain matin, quand il ouvre le portail de la synagogue, s'approche du puits et trouve là à son étonnement une femme décharnée endormie.

2

Je m'engouffre dans le métro, laissant derrière moi la circulation animée de la place Tahrir. À la station de Mar Girgis, je sors parmi les nombreuses femmes portant des Nike et un niqab et les hommes tenant leur téléphone portable à la main. Je passe un petit moment à chercher, car ici, c'est comme à Rouen : l'entrée vers la vieille ville est quelques mètres au-dessous du monde actuel. Je souffre un peu de la chaleur, en ce samedi de février, quand enfin je descends les escaliers discrets vers les vestiges de la ville médiévale de Fustat, à présent appelée le Vieux Caire. Isolé comme un ghetto, c'est l'idée qui me vient à l'esprit quand je vois la magnifique porte ferrée ancienne fermant le quartier. En traversant à l'instant la rue couverte de poussière blanche, j'ai vu sur un fond bleu la pierre éblouissante de l'église copte de saint Georges – Mar Girgis – rayonner dans la lumière du matin. Ce n'est pas le bâtiment qu'a vu Hamoutal – qui a brûlé un siècle après sa traversée. Ici dans les vieilles ruelles étroites, il fait frais. Un vieux juif me propose un dépliant pour vingt livres, mais je ne le prends pas. On est sans cesse invité à entrer pour une babiole, une tasse de thé, un bakchich, une histoire confuse, un petit livre poussiéreux. Il me suffit de dire synagogue pour que tous les doigts m'indiquent d'aller plus loin, jusqu'à la fin de ce petit labyrinthe intime. Je continue d'avancer, et soudain je la vois : la synagogue Ben Ezra de Fustat, connue à l'époque comme Al-Shamiyin. Je prends une profonde respiration et me dirige vers l'entrée ; quelqu'un dit shabbat shalom. C'est comme si j'arrivais chez moi en rêve.

Le lieu est légendaire. Selon les documents subsistants, la fille du pharaon aurait trouvé ici, à côté du puits, derrière le bâtiment, le nourrisson Moïse dans son panier ; Moïse aurait grandi ici. Juste devant la synagogue se dresse la très ancienne église d'Abu Serga, où Joseph et Marie se seraient réfugiés quand Hérode a donné l'ordre de tuer les nouveau-nés, et où ils seraient restés trois mois. La synagogue Ben Ezra à Fustat compte parmi les plus anciennes du monde : un certain Abraham ben Ezra aurait acheté le terrain en l'an 882 pour vingt mille dinars. Auparavant se serait dressée à cet emplacement une vieille église copte consacrée à saint Michel. La synagogue a par conséquent la structure d'une petite basilique copte.

En 1169, Benjamin de Tudèle retrouve ici la Torah d'Ezra le scribe et en fait le récit ; Al-Maqrizi, l'auteur égyptien du quatorzième siècle, mentionne d'ailleurs cette Torah dans son livre *Al-Muqaffa*. Quand Hamoutal arrive ici, ce manuscrit extrêmement précieux est déjà présent depuis plus de deux siècles dans la synagogue.

J'entre avec précaution à l'intérieur du bâtiment, la destination finale de ma diaspora privée. Après la yeshiva de Rouen, la crypte de Clermont et les ruines du Monieux moyenâgeux, ce lieu est le quatrième où je peux toucher du doigt le sort d'Hamoutal. L'intérieur, restauré de manière experte pendant une quinzaine d'années, est franchement magnifique. Ce n'est pas le lieu de prière moyenâgeux que la femme épuisée, errante, a vu, mais il s'agit bien de cet emplacement et de cet espace de prière.

Je me dirige du côté droit, je lève la tête vers la galerie des femmes et j'ai le souffle coupé : là-haut, à l'extrémité de la galerie, je vois le trou de la genizah, l'ouverture sombre à travers laquelle des centaines de milliers de manuscrits ont été jetés pour que Iahvé les tire de l'oubli des siècles.

L'érudit allemand Simon von Geldern a été probablement le premier voyageur occidental qui a eu ce dépôt sous les yeux. C'était en 1753. Von Geldern, connu aussi sous le nom De Gueldre, était le grand-oncle de Heinrich Heine ; celui-ci le décrit dans ses *Mémoires* comme une sorte de saint, un personnage excentrique que l'on appelait « *Morgenlander*[1] ». Von Geldern n'a peut-être pas pris conscience de ce qu'il avait devant lui. Les documents n'étaient pas entassés comme dans des archives, mais jetés pêle-mêle les uns sur les autres dans la pièce sombre et fermée. Dans bien des cas, de telles genizot ou collections de docu-

1. En allemand, « mage de l'Orient ».

ments jetés finissaient par être retirées et enterrées rituellement. Par conséquent, la genizah du Caire n'a jamais été destinée à fournir, des siècles plus tard, un des plus grands trésors historico-culturels.

Solomon Schechter, l'érudit qui en 1888 reçut enfin l'autorisation d'ouvrir la salle au trésor, fut le premier à supposer quel monde allait se révéler ici.

Ce qu'il découvrit dépassa les attentes les plus audacieuses : des fragments d'un ouvrage en hébreu prétendument perdu de Ben Sira, *Ecclésiastique*, datant d'avant notre ère, des écrits de Maïmonide, des poèmes et des lettres de Judah ha-Levi, des fragments de la traduction en grec faite au deuxième siècle par Aquila de la version en hébreu de la Bible, des copies de textes des sadducéens remontant à l'époque de la destruction du Temple ; des récits de témoins oculaires du sac de Jérusalem par les croisés ; des documents et des lettres de juifs khazars ; d'innombrables documents de négociants, de juifs de haut rang, des pièces de l'administration islamique et des accords entre les deux communautés, des taxes et des quittances, des documents géographiques et médicaux, des paiements, des amendes, des interactions avec la communauté musulmane et des arrêtés en émanant ; des témoignages à propos de mariages et de divorces, des revendications contestées concernant des terres et des biens, des demandes de prêts, des factures de transports maritimes, des désignations de rabbins et de membres de l'administration, des questions d'héritage, des poèmes d'amour et des demandes de grâce ou de paiement d'arriérés de salaires – tout a été jeté par ce trou sombre, pendant des siècles, car un texte où apparaît le nom de Iahvé ne peut être détruit ou brûlé ; le Très-Haut doit lui-même le reprendre. Nulle part ailleurs l'oubli et le souvenir n'ont été liés de manière plus paradoxale que dans ce puits d'oubli à la mémoire infinie. Il est devenu précisément pour cette raison le plus grand trésor de la mémoire juive : son intérêt pour la culture juive dépasse celui des rouleaux de la mer Morte. On peut difficilement ressentir quelle a été la stupéfaction de Solomon Schechter. Il a entassé dans des boîtes deux cent mille documents, fragments, rognures, de papyrus et de parchemin rongés par les rats, qu'il a fait expédier par bateau à Cambridge. L'université de cette ville possède aujourd'hui encore la plus grande partie de ce gigantesque ensemble de documents. Il existe une photo de Schechter en train de lire, la tête appuyée sur sa main, au milieu de piles monumentales de manuscrits, à Cambridge. C'est là qu'a commencé une exégèse sensationnelle, explosive, un *battlefield of books* qui se poursuit aujourd'hui encore dans les universités du monde entier. Le grand érudit américain Shelomo Dov Goitein a écrit quatre tomes épais dans lesquels il reconstitue la vie au sein de l'ancienne Fustat. Un des innombrables documents concerne une prosélyte venue du nord et son sort tragique. Il s'agit du document T-S 16.100 – les lettres codifiées renvoient au nom non seulement de Schechter mais aussi de Charles Taylor, l'homme qui finança ces recherches et poursuivit ultérieurement ces travaux. Le document T-S 16.100 fut traduit et commenté en 1968 par l'érudit américain Norman Golb, qui détermina que la prosélyte en question devait venir d'un village situé dans la Provence de l'époque. Le 20 avril 1968, il donne une conférence sur cette question à la faculté de Medieval Jewish Studies, de l'université de Chicago, et, en janvier 1969, il publie ses résultats dans les *Proceedings of the American Philosophical Society*.

Même si elles sont en partie déchirées dans le manuscrit, les lettres hébraïques qui composent le nom du lieu sont lisibles, מניו – soit de droite à gauche : mem, noun, yod, vav. En transcription : MNYW. Monieux.

*

Juste derrière la synagogue se dresse ce qui reste des vieux murs d'enceinte de la Fustat médiévale : un vestige massif, impressionnant, préservé par négligence plus que par conscience historique. Cette partie des murs est un monolithe poussiéreux, un gros bloc de grès inébranlable, une ruine rectangulaire brûlante restée debout qui en dit plus sur l'indifférence de l'Histoire que les mots qui pourraient me venir à l'esprit. Un peu plus loin sont disséminées quelques maisons, et dans l'espace intermédiaire on aperçoit le début du cimetière arabe, un labyrinthe où fument des tas de déchets et où une femme en haillons tient à me montrer sa maison : un mausolée délabré dans lequel elle s'est installée avec quelques tapis et une petite cuisinière, et où elle essaie d'élever ses enfants. Elle me propose un café, m'invite à l'intérieur du tombeau, mais je la vois lorgner mon sac et j'entends quelqu'un fourrager derrière la haute dalle funéraire. Je la remercie poliment et reviens sur mes pas en flânant dans la poussière et les ruelles.

Je passe devant l'église d'Abu Serga. Le bâtiment est en cours de restauration ; le long d'échafaudages branlants sont suspendues de grandes toiles en plastique pleines de poussière. Des dizaines de jeunes hommes en sandales, perchés sans la moindre protection et sans masques antipoussière sur de hautes échelles en bois, sont occupés à piquer la pierre. Un petit poste de radio braillard diffuse de la musique arabe.

Je déambule plus d'une heure encore dans le cimetière copte voisin en lisant des noms issus des quatre coins du monde. Des lézards et des scarabées pilulaires, une bougainvillée en fleur luxuriante devant un petit temple grec en ruine. Ce quartier devait être à l'époque d'Hamoutal un creuset international. Le vieil homme à la sortie du quartier historique me tend à nouveau le dépliant, où l'histoire de la synagogue est décrite. Je passe devant lui distraitement, retourne sur mes pas, lui prends le dépliant, oublie de le lui payer. Je monte les marches, fais demi-tour, tends à l'homme, qui continue de hocher la tête d'un air abattu, vingt livres égyptiennes et pose, pour m'excuser, ma main sur son bras. Il me montre son pied enflé, malade. Je lui explique les raisons de ma visite. Il écarquille les yeux, incrédule, se redresse comme il peut, me serre dans ses bras en pleurant, me donne une tape sur le dos. Shabbat shalom, shabbat shalom, me lance-t-il tandis que je m'éloigne, une incantation interminable qui s'estompe tout en continuant de résonner dans ma tête pendant des jours.

*

Maintenant il me reste à retrouver le parcours qu'Hamoutal a suivi depuis le Nil jusqu'à la synagogue. Je le fais dans le sens inverse du chemin qu'elle a dû prendre. Je traverse la station de métro Mar Girgis et me retrouve dans un quartier pauvre oriental à couper le souffle. Les immeubles en mauvais état semblent sur le point de s'effondrer mais sont pleins d'une vie trépidante ; les balcons exhalent l'intimité de la pénombre à l'arrière, ici et là je vois des yeux briller dans l'ombre. Les rues ne sont pas pavées, partout dominent la poussière et une saleté invraisemblable ; des chameaux sont allongés sur le sable comme si on était mille ans plus tôt. Des poulets caquettent dans les rues, des maisons ouvertes sombres s'avèrent être de petites boutiques, tout sent le charbon de bois qui brûle, l'excitation, la tentation d'un rêve. Je sais que je dois traverser ce quartier pour arriver devant le légendaire Nilomètre, je demande donc ici et là le chemin. De nombreux regards sont posés sur moi dans la pénombre des pièces : jamais un touriste ne vient ici. L'odeur, l'atmosphère étouffante presque immobile, l'intimité de cette exposition publique : cette réalité m'assaille. Dans la fumée des foyers allumés pour brûler les ordures je sens de l'encens et de la myrrhe, le feu du monde ancien. J'éprouve la curieuse envie de traîner ici, d'entrer quelque part, de m'asseoir pour ne plus me lever ; puis je me rends compte que je suis indiscret et dois poursuivre ma route. Mais ces quelques centaines de mètres à travers ce quartier très ancien me marqueront à jamais comme un voyage court, intense, à travers le temps, pendant lequel j'ai respiré, senti et vécu quelque chose qui m'a fait atterrir dans l'histoire après laquelle j'ai couru pendant tout ce temps.

La transition est brusque, comme tout dans cette ville : au bout du quartier m'attend de nouveau la circulation furieuse du Caire, quatre files denses, les coups de klaxon sans interruption formant une cacophonie assourdissante à travers les fumées des gaz d'échappement. De l'autre côté, qu'on ne peut atteindre que lorsqu'on a appris au mépris du danger à slalomer entre des voitures qui ne freinent jamais, s'écoule un bras plus étroit du Nil. Le long des berges, des détritus partout, des poulets grattent le sol dans les roseaux, un chien jaunâtre les suit. Une pittoresque passerelle me mène sur l'île de Rhoda, où se situe le Nilomètre. C'est un puits de trois étages de profondeur avec des écluses, où pouvait se mesurer le niveau du Nil afin d'évaluer si l'inondation rendrait les rives fertiles, ou si elle les transformerait en boue, ou encore si le niveau était trop bas pour permettre une irrigation et si l'on devait s'attendre à un été de sécheresse et de disette. On ne reconnaît cette construction souterraine qu'à la modeste petite tour pointue au-dessus. À présent, la fosse profonde est sèche et entourée de guides autoproclamés mendiant une aumône.

En 1097, le Nilomètre existait déjà depuis des siècles. Je regarde longtemps la colonne élancée dans les profondeurs aspirantes, les écluses au fond qui permettaient de laisser entrer l'eau, les repères sur le grès, les inscriptions, l'ingéniosité ancienne déployée pour mesurer les marées, imprégnée de vieille théologie. Si Hamoutal est venue et a même vécu ici, elle a peut-être eu l'occasion de le voir. Pour atteindre la synagogue, elle a dû passer par les rues poussiéreuses que je viens de laisser derrière moi.

Sur un parapet au-dessus de l'eau scintillante, ma femme m'attend un peu plus loin, les yeux remplis de lumière et d'enchantement. Je la prends dans mes bras, avec le sentiment que nous avons terminé un parcours ensemble. Les miroitements sur l'eau nous anesthésient pendant des heures.

J'ai trouvé Hamoutal.

3

Le rabbin secoue Hamoutal pour la réveiller, tire un seau du puits et y plonge la main pour recueillir de l'eau, qu'il répand sur le visage de la femme. Elle ouvre les yeux et regarde étonnée autour d'elle. Il l'aide à se relever, il la sent vaciller. Il la soutient, l'aide à s'asseoir sur une marche. Elle fouille alors machinalement sous ses vêtements, tend au rabbin le petit sac en cuir. Tandis qu'elle s'affaisse de nouveau sur le côté, le vieil érudit lit la lettre de supplication de son collègue Joshua Obadiah, qui provient d'un lointain village de montagne dans le Nord. Il relit la lettre, ses lèvres remuent. Il enroule le parchemin, trouve aussi au fond du sac les petits tefillin, enroulés et pleins de poussière, les lanières de prière juive de David Todros. Il suspend le sac à son ceinturon, aide la femme à se lever, l'amène jusqu'à l'entrée de la synagogue. Il va chercher sa femme, lui demande de s'occuper de l'étrangère épuisée. Une fois qu'Hamoutal s'est éloignée avec elle, il retourne à l'intérieur de la synagogue, dit une prière, pose la lettre et les tefillin de David de côté, se livre à ses rituels quotidiens, monte ensuite vers la galerie à l'étage et, un instant plus tard, avec une certaine dignité religieuse et en marmonnant une courte prière, lance d'un geste posé les deux objets dans le trou obscur à l'extrémité de la galerie des femmes dans la vieille genizah, où ils seront livrés à la poussière et aux siècles.

*

Misr al-Fustat signifie à peu près « la ville égyptienne du campement ». Une légende raconte qu'une colombe fit son nid dans la tente d'Amr ibn al-'As, le chef des troupes musulmanes qui au septième siècle allait assujettir l'Égypte. Impressionné par la colombe qui couvait, Amr y vit un signe de Dieu. Quand il leva le camp, il ne démonta pas la tente mais la laissa autour du nid. À son retour triomphal, la tente était intacte. Les colombes s'étaient envolées. Amr décida alors de faire construire tout un campement autour. Ainsi naquit Fustat d'un nid de colombes.

Le règne des Fatimides fut sans doute la meilleure époque que connurent les juifs de Fustat. Ils gagnèrent en considération et en richesse, ils pouvaient compter sur un certain respect et un statut. Autour de la synagogue Ben Ezra se développa la plus grande communauté juive depuis le déclin d'Alexandrie. « Les juifs qui vivent là-bas sont très riches », écrivait Benjamin de Tudèle vers 1170. Fustat devint un centre de pouvoir juif, non seulement en Égypte, mais aussi en Palestine et en Syrie. De toute évidence, Hamoutal n'aurait pas pu se trouver à un meilleur endroit à l'époque.

Elle avait besoin de tout le soutien mental et de toute l'attention possibles, et la communauté autour de la synagogue, qui avait appris les origines prestigieuses de son beau-père, lui avait certainement témoigné avec dévouement sa sollicitude. On lui aura aussi fermement déconseillé de poursuivre trop vite son voyage, et pas seulement en raison de son état affaibli. Des nouvelles circulaient presque quotidiennement sur les atrocités commises par les croisés en Orient. Après les premières défaites de la croisade dite populaire, de grandes armées de guerriers français, flamands et normands se regroupaient près de Constantinople. Ils avançaient sur Jérusalem, se livrant au passage à des massacres et des pillages. L'équilibre démographique séculaire fut totalement anéanti. Des représailles, qui à leur tour entraînaient des ripostes, provoquaient partout des désordres et des actes de cruauté. La catastrophe déclenchée par les croisades au Proche-Orient rendait le monde imprévisible. Il était imprudent pour Hamoutal d'aller dans la même direction que les croisés : ils étaient devenus ses pires ennemis.

Pour ces diverses raisons, Fustat représente un tournant dans sa quête. On s'occupe bien d'elle, elle reçoit les honneurs et le respect que la communauté du lieu estime lui devoir. Elle a l'impression de s'éveiller lentement d'un cauchemar. Mais quelque chose en elle est brisé, son deuil a pris la forme d'un regard fixe, d'un esprit vide de toute pensée. Au bout de quelques mois, elle reprend un peu possession d'elle-même, elle parvient à nouer des relations avec les femmes attentionnées, aux conversations joyeuses. Peu à peu, elle prend conscience qu'elle n'a pratiquement aucune chance de revoir ses enfants en vie ; peut-être se sont-ils retrouvés dans l'arrière-garde chaotique de la croisade populaire et ont-ils perdu la vie lors d'une des grandes défaites de ces hordes. Que pouvaient faire les croisés si loin avec des enfants sur les bras, alors qu'ils essayaient dans des circonstances épouvantables de renverser l'ordre du monde ? Au mieux, à supposer que ses enfants fussent encore en vie, on les avait depuis longtemps vendus comme esclaves sur un marché oriental. Elle commence à comprendre que Fustat est pour elle une destination finale, et non une étape. Là, dans l'entourage de la synagogue Ben Ezra, elle est en sécurité. Elle doit de nouveau descendre chaque mois dans le mikvé. Elle s'habitue à cette obscurité tiède, lorsqu'elle est immergée dans l'eau du Nil, qui lui rappelle un jour l'eau glaciale de la Nesque, dans le mikvé de Monieux. À un moment, elle se dit : je ne veux plus remonter. Mais un être humain continue de vivre tant qu'il ne peut pas arrêter de respirer. En haletant, elle se lève, les cheveux dégoulinants, elle tremble en cette chaude journée. Elle entend de nouveaux psaumes, d'origine arabe, des prières et des poèmes anciens, *hizana* et *piyutim*, des textes talmudiques mêlés d'incantations égyptiennes. Elle reçoit les enseignements du rabbin et participe à la vie quotidienne de la communauté.

Il lui faut longtemps pour s'apaiser, mais elle y parvient, peu à peu, jour après jour. Un contact est établi avec sa belle-famille, par les excellentes navettes des marchands juifs de Fustat ; les nouvelles mettaient tout au plus trois semaines quand la mer était calme. Elle apprend ainsi que ses enfants ne sont en tout cas pas retournés à Narbonne.

*

Hamoutal a-t-elle vu un jour les pyramides de Gizeh, la tête du sphinx sous le soleil brûlant ? Peut-être pas : Gizeh est une ville qui se situe de l'autre côté des ruines de Fustat, il lui aurait fallu des raisons très particulières pour voyager vers ce lieu désolé où l'on pouvait voir ces choses que personne ne comprenait. Le tourisme n'existait pas ; le passé n'était pas encore une curiosité. Quand je finis par me retrouver sur place, l'endroit grouille de personnes venues pour la journée et il est impossible de vivre une expérience historique. Toute la visite du site est gâchée par les cris des colporteurs, l'entrain des marchands, les selfies que prennent des étudiants arabes. Des touristes font des photos en parcourant le désert dans des attelages de chameaux. Réfugié dans la fraîcheur de l'imposante Mena House non loin de là, j'essaie de me représenter l'idée que se faisaient les gens à l'époque d'Hamoutal de ces témoins colossaux d'une culture alors énigmatique. Quelles questions se posaient-ils à leur sujet ? Ces constructions ont dû leur paraître surnaturelles, et en des temps où tout était en rapport avec les religions chrétienne, juive et islamique, elles devaient être totalement incompréhensibles. Je ne trouve pas de témoins du onzième siècle qui mentionnent ne serait-ce que le lieu. La tête de sphinx était peut-être profondément enfouie dans le sable brûlant.

*

Un jour, Hamoutal est par hasard témoin de l'exécution publique d'une femme adultère. La femme, jugée par le tribunal islamique, va être lapidée. Elle est assise, penchée en avant dans le sable, les hommes discutent avec animation autour d'elle. Le gaon, le directeur de la yeshiva, est présent également. Il déconseille la lapidation, une dispute érudite en résulte avec la police islamique. Le gaon produit une forte impression, il parle avec calme et autorité. L'assistance écoute. Soudain, derrière le dos des hommes en pleine polémique, quelqu'un jette une grosse pierre pointue qui heurte la femme à la tempe. Elle tombe comme une poupée dans le sable. Une bousculade s'ensuit, on pousse, on tire, on jure. La voix du gaon se perd dans le tumulte. La femme saigne abondamment de la tête. Une autre pierre la frappe droit dans le ventre. Puis tout dégénère. Le gaon se retire, maussade, pour ne pas assister au massacre et voit dans le cercle le plus éloigné de la foule une femme aux yeux bleus en pleurs qui se mord la lèvre. Il est surpris ; il reconnaît cette femme maintenant, il était présent lors de son initiation, mais il s'étonne de la voir ici laisser libre cours à ses sanglots devant un rituel qui malheureusement se produit très souvent ; connaissait-elle la lapidée ? Est-elle directement concernée ? Il déplore que le tribunal islamique ne se montre pas plus nuancé en pareils cas, les discussions durent déjà depuis des générations. Comme l'empathie de la femme étrangère le touche, il s'approche d'elle. Pourquoi pleures-tu, Hamoutal, dit-il. Elle réagit à sa question par un cri étouffé. Elle se détourne, s'apprête à partir. Il la prend par le bras. Ne pars pas, Hamoutal. Il marche à côté d'elle tandis qu'elle se dépêche de rentrer là où elle séjourne avec les autres femmes. Elle connaît le gaon, il s'appelle Shmuel, ce n'est pas un nom usuel pour un juif grec originaire d'Alexandrie. Elle est intimidée en sa présence, jamais ils n'ont échangé un mot. Il la prend de nouveau par le coude et dit : pourquoi pleures-tu ainsi ? Que t'est-il arrivé au juste ?

Hamoutal se bloque. Elle secoue la tête, se libère, entre dans la maison.

Le gaon se caresse la barbe, poursuit son chemin.

Mais la communauté est petite. Quelques jours plus tard, il la voit assise seule, au bord de l'eau, à observer l'agitation à côté des bateaux amarrés. Elle jette des cailloux aux chats errants. Il s'assoit à côté d'elle sans rien dire. Le soleil se déplace à travers la brume chaude. Au bout d'une demi-heure elle veut se lever. Il la retient. La regarde dans les yeux. Il remarque seulement à ce moment-là que ses yeux bleus louchent ; il en éprouve de la tendresse. Pendant quelques minutes, ils se taisent. Puis il se lève, pose un instant sa main sur son épaule. *Galana*, dit-il en riant. Yeux bleus. Il va discuter plus loin avec les pêcheurs. Elle le voit debout, à contre-jour. Ses pensées sont confuses et sombres.

Les semaines suivantes, ils se croisent régulièrement ; leurs regards deviennent plus maladroits. Le soir, elle va encore souvent s'asseoir à côté du puits de Moïse. Un soir, Shmuel s'assoit à côté d'elle, il la regarde. *Galana*, dit-il de nouveau. Il rit en dégageant ses dents et la demande tout simplement en mariage.

Elle se lève, s'éloigne, erre à travers les ruelles. Quelques jours plus tard, la communauté est au courant de l'intention du gaon Shmuel. Des bruits courent, Hamoutal se fait aborder par des femmes et des jeunes filles qui pouffent de rire. Elle secoue la tête, se cache dans les appartements des femmes.

Le gaon est un homme aisé qui jouit de la confiance des autorités de la mosquée et appartient à l'élite des argentiers, un métier très respecté. Il passe pour sévère et juste, mais elle ne se sent pas prête à partager à nouveau sa vie avec un homme. Pendant longtemps elle refuse ses avances qui deviennent de plus en plus formelles mais insistantes, jusqu'à ce que la femme du rabbin lui dise que cet homme si droit lui offrira un équilibre et une protection, qu'elle vivra dans une belle maison calme, qu'il fera tout pour elle. Hamoutal interroge le rabbin le soir même à ce sujet. Il lui donne le même conseil.

Elle envoie à Narbonne un message, dans lequel elle demande conseil à son beau-père. Il lui répond qu'elle a le droit de se remarier et qu'elle a donc sa bénédiction. Elle reste éveillée la nuit pendant quelques semaines, décide de choisir pour la vie, et non pour le deuil éternel. Elle comprend que les gens ici forment sa nouvelle maison, qu'elle doit saisir cette nouvelle chance.

Elle se rend dans la demeure du gaon. C'est le soir, il tombe une bruine tiède, les exhalaisons de la poussière qui devient humide lui picotent le nez. Elle frappe à sa porte ; il ouvre, lit le désespoir sur son visage, s'incline, l'invite à entrer. Elle lui demande, comme condition à leur mariage, de bien vouloir l'aider : elle veut tout de même aller à Yerushalayim. Sa demande l'irrite. Il reste assis, silencieux, en face d'elle puis dit : commençons par nous marier. Je m'occuperai de toi. Hamoutal accepte ; il pose ses mains sur les siennes. Le lendemain, ils se présentent devant le rabbin pour tous les préparatifs du mariage qui aura lieu six semaines plus tard.

4

La communauté juive de Fustat à l'époque était organisée selon une hiérarchie bien plus stricte que la communauté éclairée, progressiste, de Narbonne. Les mœurs et les relations sociales y étaient plus conservatrices, la femme moins émancipée. Hamoutal doit s'acclimater à ce nouveau mode de vie ; elle demeure essentiellement dans les appartements des femmes et ne voit pas son futur mari pendant des jours. La relation est aussi nettement moins romantique que celle qu'elle a connue avec le jeune homme follement épris qui l'a enlevée jusqu'en Provence. Souvent elle ne voit Shmuel que pendant le repas du soir, qui se déroule en grande partie en silence. Il lui témoigne tout son respect, mais il est devenu réservé depuis leurs fiançailles officielles. Tout est proche et inaccessible. La cloche de l'église copte sonne à toute volée pendant la prière juive du soir ; au loin, on entend l'*Allahu akbar* du muezzin.

Les jours suivants, elle se rend chez un couturier à Fustat afin d'acheter le tapis de prière prescrit pour son futur époux. La dernière semaine, conformément à ce qui est prévu, ils n'ont aucun contact. Ses cheveux sont teints au henné dans une couleur sombre. La veille du mariage, Hamoutal descend dans le bain rituel. Sous l'eau, elle voit une abomination informe, une petite chose en sang dans les mâchoires d'un monstre. Elle revient à la surface, sort du bain, les femmes qui lui tendent des linges sourient en voyant sa chair de poule dorée.

Toute une procédure est nécessaire pour établir la ketouba, l'acte de mariage. Il est préparé et rédigé par le rabbin, puis présenté au *rayyis* juif. Ensuite, il est soumis au *muqaddam*, de l'administration islamique et, après sa validation, au chef suprême des juifs égyptiens, le *nagid*, puis enfin rapporté à la synagogue Ben Ezra. Après avoir suivi toutes ces règles, ils se marient ; une fois encore, elle devient l'épouse d'un juif de premier plan. Ils signent la ketouba. Hamoutal la reçoit ensuite solennellement pour la conserver. Shmuel lui recouvre le visage du voile. La chatouna est plus exotique et mixte que lors de son premier mariage ; au moment de la proclamation, d'éminents musulmans et quelques chrétiens coptes sont présents. Une fois entrée sous la houppa, elle entend une étrange musique. Shmuel brise le verre en le piétinant, cette fois cela se passe sans étoffe. Des éclats brillent et craquent sous ses pieds. Pendant la fête, les joueurs de tambour musulmans la plongent dans un curieux état d'excitation. L'assistance apporte au marié et à la mariée des cadeaux ; Hamoutal est saluée et accueillie avec une politesse distante. Selon les normes de l'époque, elle était déjà une femme d'un certain âge, mais tout le monde convient qu'elle sied à la solennité de son nouvel époux.

L'acte de mariage joliment décoré, un papyrus fait de roseaux des rives du Nil compressés, a dû être jeté cinquante ans plus tard parmi les innombrables documents dans la genizah obscure et être rongé par les rats ou les souris au fil du temps. Ou peut-être est-il réapparu entre les mains de chercheurs à Cambridge ou ailleurs dans le monde, mais que les noms ne sont plus reconnaissables.

*

Elle apprend peu à peu à connaître l'élite de la communauté. Même si elle ne sort jamais sans être accompagnée, elle peut cependant se déplacer plus librement avec les autres femmes. Elle reçoit un enseignement de sa belle-mère, qui exerce une fonction de *mu'allima* ou enseignante. En compagnie de cette femme corpulente, pleine de vie, elle se fraie un chemin dans la cohue infernale des souks arabes, se familiarise avec les habitudes et les expressions des marchands, apprend à négocier les prix et la qualité, se fait une idée de la manière dont une femme juive égyptienne d'un certain statut tient sa maison. Elle dispose d'une dizaine de domestiques. Des personnes silencieuses, furtives, qui restent pendant des semaines sur leurs gardes vis-à-vis de ce drôle d'oiseau qui a atterri ici. Petit à petit, elle les met en confiance en se retroussant les manches. Sa cuisinière lui apprend à faire cuire des morceaux de la gigantesque perche du Nil sur les braises, à confire les dattes et les figues, à saumurer les olives et les citrons. Elle regarde les oiseaux, le ciel toujours d'une clarté douloureuse, elle apprécie l'odeur du feu couvant sous la cendre dans les rues, de la fleur d'oranger quand une averse s'abat sur la ville et que le large Nil se transforme en un lac frémissant, des lauriers qui se balancent au gré du vent dans le jardin intérieur. Elle se rend avec les autres femmes au pressoir à olives, une haute et sombre ruine où les pierres plates, actionnées par une mule rendue aveugle, tournent en crissant. L'huile s'écoule par un bec verseur dans les vieilles cruches, l'odeur est douce-amère, la peau luisante des garçons à moitié nus a des reflets verts et dorés. Elle apprend à préparer du *foul*. Elle écrase les grandes fèves cuites dans l'huile d'olive, ajoute du cumin, du citron et du sésame. Elle tourne encore et encore, et pleure parfois en cachette au souvenir de ses enfants perdus. Le temps s'estompe pendant les heures indolentes de la sieste, dans un pli chaud irréel, là où vivent les souvenirs, cette somnolence en pleine chaleur, qui la rend faible et rêveuse, jusqu'à ce qu'elle soit éveillée par les appels chantants du muezzin au voisinage des vieux murs de la ville. Beaucoup de juifs égyptiens parlent couramment l'arabe ; au bout de quelques mois, elle peut à peu près comprendre les plaisanteries dans les souks. Dans son hébreu approximatif, où subsistent des traces d'espagnol, se décèlent à présent des intonations judéo-arabes. Seuls ses angoisses ou ses rêves font réémerger son passé nordique, une langue issue d'une autre vie, qui a quelque chose de dur, de gris et de froid, et avive parfois en elle une nostalgie insupportable. Quand arrive l'hiver égyptien, elle est de nouveau enceinte.

Un jour, alors que, devant le port de Fustat, à la hauteur du vieux fort de Babylone, elle regarde en compagnie de Shmuel l'agitation autour de la passerelle, elle lui parle sous le coup de l'émotion du port de Rouen. Elle lui explique ce qu'est un snekke, lui avoue que son père descend d'un des Vikings qui ont foulé aux pieds l'Europe septentrionale deux siècles plus tôt. Shmuel est un peu déconcerté d'apprendre que sa nouvelle femme est apparentée à ces Normands cruels, honnis, qui comme des possédés provoquent des ravages dans les villes d'Orient. Elle lui avait seulement dit qu'elle était d'origine flamande. Le fait qu'elle ait été la belle-fille du grand rabbin de Narbonne était pour lui la garantie d'un mariage honorable. Il est déstabilisé, se sent même trahi, d'une certaine manière. Cette prise de conscience le ronge chaque jour davantage. Il se met dès lors à la considérer avec méfiance.

Quelques semaines plus tard, elle apprend quant à elle par des réfugiés juifs la nouvelle de l'horrible pogrom de Rouen et elle en parle à son mari. L'homme prend peu à peu conscience de toute la difficulté d'une relation avec une prosélyte – ce dont il aurait pu se douter au moment où il commençait à éprouver une forte attirance pour cette femme inconnue. Cependant, leur relation se maintient, en partie parce qu'elle est soutenue par la famille et qu'elle est de nature très formelle, contrairement à cet *amour fou**, inoubliable, de sa jeunesse.

Hamoutal est résistante ; son corps s'est adapté au climat, aux habitudes culinaires, à la culture. Elle fait tout pour regagner la confiance de son nouveau mari. En sa compagnie, elle a eu la chance de parler avec le *nagid*, d'assister à des discussions avec des érudits, et même de recevoir dans sa maison des érudits islamiques et des hauts dignitaires. Elle apprend toute la complexité des relations composites à Fustat. Elle est bien mieux informée à présent des troubles qui agitent l'Orient, provoqués par des personnes appartenant au même peuple qu'elle. Les juifs discutent avec des musulmans, les pèlerins chrétiens en route pour Jérusalem sont mis en garde contre les dangers qui les attendent là-bas ; de toute évidence, les croisés se remobilisent rapidement et sont décidés à prendre Jérusalem. Les armées traversent l'Europe, franchissent la Méditerranée, arrivent dans de grands bateaux devant les côtes du Liban. Ils attaquent les habitants de la côte. Partout des communautés musulmanes s'arment contre les assaillants chrétiens. Souvent, ils restent sans défense face aux massacres perpétrés au hasard, aux viols de leurs femmes, à la dislocation de leurs communautés. Parfois ils remportent une victoire éphémère contre les chevaliers protégés de pied en cap par leurs armures : sur leurs petits chevaux agiles, ils apprennent à viser les yeux à travers la visière, ils cherchent à atteindre les jambes et les yeux des chevaux plus pesants de ces hommes du Nord. Les troubles gagnent les régions désertiques dans l'est de l'Égypte. Partout, les tensions s'accentuent. Elle entend parler d'instabilité en Espagne, apparemment de nombreux réfugiés se déplacent vers le nord, en direction de Narbonne, car la *reconquista* n'épargne pas les juifs non plus : pour beaucoup de chrétiens, ce ne sont que des complices des Sarrasins qu'ils haïssent. À Fustat, ce monde en pleine effervescence où des récits convergent de tous côtés, elle a le sentiment de voir les fils conducteurs de sa vie se rejoindre. En même temps, elle prend conscience plus que jamais que nulle part elle ne pourra encore être vraiment en sécurité. Comme si elle vivait sur un radeau partant à la dérive vers une chute d'eau.

Elle met au monde son quatrième enfant en plein été. L'accouchement se passe vite. C'est un garçon. Elle veut l'appeler Yaakov lui aussi. L'homme n'est pas d'accord, l'enfant portera le nom d'Avram. Le rituel de la circoncision se déroule dans la synagogue. Elle entend dire par la suite que l'enfant n'a pas pleuré, n'a pas même eu un mouvement de recul ; qu'il avait une expression souriante. Ce soir-là, une vipère heurtante, qui s'est faufilée à l'intérieur par une porte ouverte, se loge dans le panier d'osier où sommeille le nouveau-né. La garde d'enfant entre, aperçoit le serpent, pousse un cri. Le serpent se glisse sous les bandages dans lesquels est enveloppé le bébé. Paniquée, la garde sort brusquement l'enfant du panier, le serpent la mord aussitôt au poignet et, sans lâcher prise, reste suspendu en se tortillant, ses yeux brillants grands ouverts, au bras de la femme qui hurle. Le poison mortel pénètre profondément dans l'artère radiale. D'autres femmes entrent dans la chambre, l'une d'elles prend le nourrisson des bras de la garde, une autre frappe le serpent avec un bâton jusqu'à ce qu'il desserre la mâchoire : plusieurs femmes piétinent de leurs pieds rapides la tête de l'animal qui se tord. La garde vomit, s'effondre, perd connaissance un instant plus tard. Peu de temps après, elle se raidit, la gorge enflée, la langue noire ; ses yeux qui roulaient dans leur orbite se vident de leur vie. Les femmes autour d'elle la voient étouffer après une dernière convulsion, de l'écume sanguinolente aux lèvres. Dans la chambre adjacente, Hamoutal se réveille en sursaut en entendant le tapage. Elle entre dans la pièce tandis que, déjà, la garde est transportée dehors sous les lamentations. Elle prend son enfant des mains d'une des femmes. Mon dieu, se dit-elle, peu importe lequel, pourquoi me cherches-tu ?

Elle tombe à genoux, berce le nourrisson et le serre contre elle, affolée. L'enfant fait la moue, cherche son sein. Elle sent la chaleur, respire à nouveau, se laisse conduire jusqu'à son lit. L'enfant boit, l'odeur de son lait et la sensation intense produite par la petite bouche qui tête la calment ; la petite langue masse le mamelon. Elle caresse la tête de son enfant dont la fontanelle est encore ouverte.

Six mois s'écoulent dans une paix relative. L'aisance et la civilisation lui font du bien. Elle se fait confectionner de beaux vêtements, aménage luxueusement ses appartements pour elle et l'enfant. Elle voit rarement son nouveau mari ; un jour à la fin du mois d'août, il part pour Alexandrie, pour régler une histoire de famille dont il ne lui dit pas grand-chose.

Il revient quelques semaines plus tard. Il se dirige vers elle avec une curieuse expression dans les yeux, il la prend dans ses bras et lui dit : assieds-toi, Hamoutal. J'ai quelque chose à te dire.

Elle sent son cœur battre violemment dans sa gorge ; prise de vertige, sans trop savoir à quoi s'attendre, elle a le sentiment de perdre la raison.

Hamoutal, lui dit l'homme, Yaakov et Justa sont en vie. Ils sont chez tes parents à Rouen.

Effarée, elle le regarde, ne parvient pas à prononcer un mot, ouvre la bouche, secoue la tête, incrédule, tout en lui serrant le bras.

5

À partir de ce moment-là, elle ne connaît plus de repos.

La nuit, elle reste éveillée, son esprit en proie à un tourbillon de pensées : comment ses parents ont-ils bien pu trouver les enfants ? Quelque part en route pour l'Orient, des branches des armées septentrionales et des armées méridionales ont dû se rencontrer. Parmi les innombrables chevaliers normands, certains devaient forcément venir de Rouen. Les chevaliers qui ont emporté ses enfants pendant cette nuit fatale à Monieux n'avaient peut-être jamais entendu parler d'eux, mais l'aîné a dû raconter qui étaient son père et sa mère. Il est même possible qu'un de ses frères aînés ait appris la nouvelle, ait recherché les enfants et les ait ramenés à la maison. Cette pensée l'obsède et la préoccupe, mais elle songe aussi avec inquiétude à ses frères, qui donnent peut-être leur vie à présent quelque part en assiégeant Antioche ou Dieu sait quel autre endroit. En tout cas, il est plus que probable que le récit du scandale soit parvenu aux oreilles d'un certain nombre de chevaliers normands. L'un d'eux a sûrement vite compris : mais alors, ce doit être les petits-enfants de Gudbrandr, le père de Vigdis Adélaïs. Et il les a envoyés de Zadar à Rouen par le premier convoi de messagers – elle ne veut pas y penser, ses enfants juifs chez ses parents chrétiens ; ses beaux-parents à Narbonne sont-ils au courant ? Elle envoie un message à Narbonne. Bien que son nouveau mari y soit opposé, il peut difficilement l'empêcher de prendre contact avec le grand rabbin de France ; les rapports hiérarchiques le lui interdisent tout simplement. Au bout de quelques semaines, une réponse arrive : ses anciens beaux-parents n'étaient pas au courant, ils lui demandent de revenir pour pouvoir discuter de la manière de réclamer les enfants. Elle le fait savoir à son mari qui se met en colère et maudit le jour où il lui a dit que les enfants étaient en vie. En même temps, il sait que ce que demande la femme est justifié ; tous les moyens de récupérer ses aînés doivent être explorés. Lui-même ne peut pas quitter aussi longtemps la communauté ; il va falloir qu'elle voyage seule. Il lui pose une seule condition : leur enfant Avram demeurera à Fustat, et elle doit, maintenant que la Méditerranée est encore ouverte, partir le plus vite possible. Ensuite, elle restera à Narbonne l'hiver, une saison pendant laquelle la navigation maritime s'interrompt, et reviendra en prenant les premiers bateaux au printemps.

*

Par une nuit chaude au début du mois de septembre, tandis que devant le miroir en bronze dans sa grande chambre elle se change pour la nuit, elle dit soudain à voix haute : Je ne m'appelle pas Vigdis. Je ne m'appelle pas Hamoutal. Je m'appelle... Je m'appelle... Elle ne parvient pas à poursuivre. Elle s'approche de la fenêtre et observe la ville. Voit les étoiles, là-bas, au loin, où elle sait que s'écoule tranquillement le Nil. Elle sent tout tourner en elle. Je ne suis pas la mère d'Avram. Je suis la mère de... Une fois encore elle ne parvient pas à poursuivre ; quelque chose dans sa tête a craqué. Consciente que ses enfants de Monieux sont chez ses parents à Rouen, alors qu'elle est mariée ici avec un juif égyptien de Fustat et qu'elle a un enfant de lui, elle est incapable de raisonner clairement. Elle a le vertige. Depuis quelques jours, elle rabroue les femmes de son entourage, elle perd patience, les pleurs de l'enfant lui portent sur les nerfs, elle n'a plus assez de lait pour le nourrir au sein et en laisse le soin à d'autres. Elle évite de parler à son mari. Après les repas, elle se rend tôt dans ses appartements. Elle voit qu'il devient impossible de rester. Tandis que Schmuel s'inquiète de plus en plus pour la santé de sa femme, elle fait envoyer secrètement une lettre à son ancien beau-père à Narbonne par un convoi de Fustat, en lui demandant de bien vouloir informer le rabbin Joshua Obadiah à Monieux de ce qu'elle a appris et de chercher éventuellement son aide. Une aide pour quoi ? Elle l'ignore. Elle annonce qu'elle espère venir fin octobre à Narbonne puis, une fois sur place, se rendre à Rouen. Un projet funeste qui donnera de grandes inquiétudes à son ancien beau-père. Elle refait souvent le même cauchemar : elle voit Yaakov et Justa happés par un grand serpent dans le Nil qui les entraîne vers le fond. Après, elle voit toujours le nuage de sang dans l'eau marron. Elle se réveille en nage et en tremblant. Elle regarde autour d'elle comme si elle ne reconnaissait rien. Elle a le sentiment qu'elle va perdre la raison si elle ne peut pas partir maintenant. La nuit est fraîche et envoûtante ; sa chambre, dont les rideaux sont soulevés par le vent, devient soudain un enfer. Elle a une vue sur un quartier de la ville en contrebas ; près du mur d'enceinte, des voleurs et des prostituées se déplacent en chuchotant. Le cœur battant, elle s'habille en silence, prend quelques pièces d'argent à l'intérieur du coffret dans la grande armoire, enfile pour se dissimuler une djellaba légère appartenant à une des nourrices éthiopiennes, passe devant la chambre où le petit Avram respire calmement. Regarde l'enfant, touche le petit visage impassible, marmonne des excuses. S'apprête à sortir de la chambre, revient sur ses pas. Dans un élan, elle prend l'enfant endormi dans ses bras, l'enveloppe dans un châle en soie. Elle sort dans la rue, éclairée par la lune décroissante. La nuit est calme ; quelques arbres bruissent paisiblement. Elle entend un chacal au loin. Une chouette pousse son cri au-dessus de sa tête. Elle pense à l'histoire de l'homme qui en a tué un autre parce que ce bruit doux avait fini par l'obséder. Est-ce la voix de Dieu ? Un bruit que l'on a produit soi-même, dont on a espéré qu'il venait de l'autre côté et qu'il allait révéler le sens de sa propre vie ? Elle ne sait plus à quelle époque elle est, ni en quelle année ; tout tourne et se confond. Elle dit : ce n'est rien Yaakov, à Avram endormi ; elle se dirige en toute hâte, en dépit du danger dans le quartier près de Mar Girgis, vers le môle proche de la passerelle. Dans la pénombre tiède, elle attend les bateaux du matin. Elle monte à bord du premier qui part pour Alexandrie. Elle ne donne aucune explication, le maître d'équipage l'examine, reçoit deux deniers, remarque le petit col délicat sous la djellaba blanche, ne dit rien. Elle doit essayer de recommencer à donner le sein maintenant qu'elle n'a plus de nourrices autour d'elle, elle doit aussi se trouver de quoi manger. Comme à présent elle voyage sur le Nil dans le sens du courant, le bateau se déplace à une vitesse étonnante. Il louvoie, poussé par l'onde, le long des bancs de sable et des rives, contournant les premiers pêcheurs et les derniers prédateurs du matin. Avant même d'avoir eu le temps de s'en apercevoir, elle a dépassé le grand méandre et Fustat disparaît derrière l'horizon. Elle prend conscience seulement maintenant de ce qu'elle a fait : elle s'est de nouveau enfuie, tout simplement. Comme si la fuite était devenue sa seule manière de réagir. Sans lettre de recommandation, sans preuve de son origine, elle est hors-la-loi et ne peut se prévaloir d'aucune protection. Une fois encore, elle laisse derrière elle une famille qui va partir à sa recherche, car elle avait promis de laisser Avram à Fustat. Une fois encore, elle est pressée de partir le plus vite possible et de voyager sans être vue. Une fois encore, elle quitte un nid chaleureux qui reste dans une confusion totale ; elle ne veut pas penser à Shmuel quand il se réveillera et l'appellera, désespéré, devant la porte de sa chambre, puis appellera Avram ; à la colère et au chagrin dont elle a plus qu'assez. Elle ne veut pas penser à sa trahison, à sa belle-mère et aux soucis qu'elle laisse derrière elle. Elle ne vit peut-être pas, mais elle survit une fois encore à sa propre mort. Elle respire et elle bouge, c'est tout. Jusqu'à ce qu'elle se dise soudain le soir : si je ne bouge pas, la mort ne me voit pas. Elle reste donc immobile, couchée dans un coin, l'enfant suçotant en vain son mamelon gauche douloureusement fissuré.

Au bout de trois jours, la felouque en bois de cèdre franchit déjà, en tanguant et en roulant, les vagues écumantes de l'embouchure près de Rachid. Le lendemain, ils accostent sains et saufs près du phare d'Alexandrie. Un jour et demi plus tard, Hamoutal navigue, la tête voilée, à bord d'un navire marchand à destination de Palerme ; l'élégant vaisseau y arrivera en triste état, le mât brisé, tandis que les rameurs gémissent, exténués, après une forte tempête automnale. Elle aussi est brisée, par le mal de mer et sa profonde confusion, son enfant est épuisé car elle ne peut pas le nourrir. Elle met pied à terre en chancelant, change de l'argent auprès d'une personne à qui elle se rappelle avoir eu affaire lors de son précédent séjour dans cette ville. Elle lui ment à propos de son voyage et reste deux jours sur place avant de prendre un bateau pour Marseille. Arrivée sur cette côte méridionale de la France, elle retourne dans la famille du riche armateur. Elle ment une fois de plus concernant son voyage, concernant l'enfant. La femme de l'armateur comprend qu'il se trame une affaire de mauvais augure mais ne pose pas de question. La cour intérieure avec l'oiseau bleu, la toile blanche flottante, l'oranger. De retour dans la chambre où elle a déjà dormi auparavant, elle confond Avram et l'enfant qui a disparu entre les mâchoires du crocodile. On l'entend parler fort, aller et venir, farfouiller jusque tard dans la nuit. Elle ne retrouve le calme qu'à l'aube, surtout parce qu'elle est épuisée. Elle pose l'enfant dans le lit et dort à côté par terre, parlant dans ses rêves. La servante de l'épouse de l'armateur la découvre au début de l'après-midi encore endormie à côté de l'enfant qui geint dans le lit. Hamoutal se réveille en sursaut : laissez-moi, laissez-moi, je ne veux pas, laissez-moi. Elle jure et crie, puis reprend pleinement conscience, regarde autour d'elle, a de l'écume aux lèvres. On s'occupe de l'enfant, plus tard on l'habille elle aussi, on lui dit des paroles apaisantes. La femme de l'armateur fait préparer un paquet de nourriture, un ballot de vêtements pour le voyage, elle la fait accompagner par une petite esclave noire qui ne parle que le grec. Celle-ci l'emmène jusqu'au quai, l'aide à monter sur un caboteur qui navigue vers le cap d'Agde. L'enfant est extrêmement amaigri, la mère ressemble à une nomade égarée. À Agde, elle mendie, car elle a oublié qu'on lui a donné de l'argent. Elle dort à l'ombre des fortifications où des mendiants, des chiens et des prostituées se harcèlent jusqu'à ce que la lune plonge derrière les arches. Le lendemain matin, une jeune femme la réveille, elle tient Avram en pleurs sur ses genoux. Hamoutal lui arrache l'enfant des bras et s'enfuit, sous les injures. À sa stupéfaction, elle entend quelque part parler normand. Elle s'enfuit en courant vers le port, se cache derrière des balles de foin. Elle fouille dans son sac, constate qu'elle a encore sur elle des pièces de valeur. Elle donne une des pièces d'argent grappillées à Fustat à un vieil homme pour qu'il l'emmène dans une fruste voiture bâchée à Narbonne. Bringuebalant, somnolant tout le long du trajet, elle marmonne des prières anciennes sans plus savoir où elle les a apprises. Elle mélange les langues, voit des enfants qu'elle n'a pas eus, pense qu'elle rentre à Fustat et sourit.

6

La confusion règne lors des retrouvailles avec ses beaux-parents, car elle porte le nouvel enfant dans ses bras : ce n'était pas ce qui avait été convenu. En revoyant ces personnes remarquables, elle éclate en sanglots et reste à court de mots. Les parents de David maîtrisent eux aussi difficilement leur émotion. Son beau-père a pris quelques années. Il a les cheveux blancs et la peau couverte de taches brunes. Sa belle-mère s'est arrondie et ralentie ; ses cheveux auparavant noir de jais et lustrés à l'huile d'olive sont devenus ternes et gris. Hamoutal, Sarah Hamoutal, est-elle seulement capable de dire tant elle est émue. Elle lui prend l'enfant des bras, appelle une des femmes à l'arrière de la maison qui, en reconnaissant Hamoutal, se met les mains devant le visage. Hamoutal s'étonne d'apprendre qu'il y a un invité dans la maison : Joshua Obadiah, de Monieux, maintenant encore plus vieux et raide. Bouleversée, elle se jette à son cou. Ils évoquent le pogrom. Le vieux rabbin se lamente quand la discussion porte de nouveau sur le massacre dans le village de montagne.

Narbonne a aussi failli connaître un pogrom à plusieurs reprises, mais jusqu'à présent, cela s'est limité à des échauffourées.

Plus tard dans la journée, dix hommes récitent le kaddish dans la synagogue. Les sonorités sont pour elle étrangères, car la prière est partiellement en araméen, une langue dont elle ne comprend presque pas un mot. De toute façon, ses pensées sont ailleurs.

Cette nuit-là, Hamoutal reste en compagnie des femmes qui prennent soin d'elle et l'apaisent. Elle pleure presque sans discontinuer. Joie douloureuse, malheur adouci par le réconfort. Souvenirs tragiques et heureux. Déracinement, sentiment de rentrer chez soi, le temps d'un instant, le chagrin ressurgissant à la pensée de la mort de David, l'inquiétude face à ce qui l'attend. Shmuel devient David et David devient Yaakov et Avram devient Gudbrandr et Gudbrandr devient David et où est Justa, peut-être auprès de sa mère à Rouen. Justa a-t-elle été mordue par un crocodile ? Hélas, la pauvre enfant, qu'une prostituée d'Agde lui a dérobée alors qu'elle s'était assoupie un instant, une prostituée à gueule de serpent. Un grand tourbillon perturbant. Le monde m'abandonne. Je n'y peux rien, j'ai peur. Mon frère est un croisé, que Dieu l'aide contre les Sarrasins à Fustat. Elle mord les contours de ses ongles jusqu'au sang. Elle a le sentiment d'être possédée par le diable, dit-elle en grimaçant aux femmes, qui mettent les mains devant la bouche et lui ordonnent de se taire.

*

Les jours suivants, le trouble d'Hamoutal devient manifeste. Lorsqu'elle rencontre le cousin de son ancien époux, Yom Tov, elle l'appelle David. Elle sourit en disant qu'elle se nomme Vigdis, Vigdis de Viking, puis rit aux éclats, d'un rire infernal. Ses beaux-parents sont inquiets, lui demandent de ne pas faire le voyage jusqu'à Rouen car elle risque de mettre sa vie en danger et cela n'a aucun sens. Richard Todros préfère faire appel à ses connaissances à la yeshiva de Rouen afin de savoir s'il est possible d'intervenir auprès de ses parents pour les enfants. Mais deux mois plus tard, on lui répond que toutes ses connaissances ont péri lors du grand pogrom de 1096 et que pour l'instant personne n'ose encore entrer en contact avec les chevaliers normands, surtout pas pour négocier la restitution d'enfants à des juifs.

Le vieux Todros comprend qu'il est impossible de retenir Hamoutal ; elle semble de jour en jour de plus en plus embrouillée, fanatique. Elle répète constamment avec obstination qu'elle veut se rendre à Rouen. Le rabbin essaie de la ramener à la raison, dit que le voyage par voie terrestre est devenu difficile, que de Narbonne elle ferait tout de même mieux, finalement, de rejoindre l'Atlantique en empruntant le chemin vers Saint-Jacques-de-Compostelle. Elle devra se montrer particulièrement prudente et faire croire qu'elle est chrétienne, car les chevaliers normands pullulent sur ce trajet. Ensuite, elle pourra se diriger vers la baie de Santander et de là prendre un des caboteurs qui remontent la côte atlantique jusqu'à Rouen. Le regard vide, Hamoutal rit de bon cœur. Oui papa, oui, dit-elle en voulant serrer son ancien beau-père dans ses bras. Il l'évite. Elle semble animée par un fiévreux espoir de revoir ses enfants vivants, et de se réconcilier avec ses parents. Songeur, le vieux Todros se frotte la barbe en l'entendant en parler. En tout cas, elle ne doit plus voyager seule ; Yom Tov et Joshua Obadiah l'accompagneront pour assurer sa protection.

VIII

NÁJERA

1

Ils ne doivent pas tergiverser trop longtemps, l'hiver arrive. Bientôt la navigation côtière sera interrompue et ne reprendra qu'au printemps. Quelques jours plus tard, ils partent dans une petite voiture bâchée. Hamoutal fait une fois de plus ce qu'elle avait promis de ne plus faire : elle sort au dernier moment le petit Avram de son lit et le dépose dans un panier, parmi les bagages et les sacs. Les deux hommes ne s'aperçoivent de la tromperie qu'après quelques heures de voyage, quand l'enfant se met à pleurer. La route est dangereuse, Hamoutal comprend à présent pourquoi la fois précédente, quand elle fuyait avec David, son beau-père ne lui avait pas fait prendre le chemin de Compostelle vers le sud, mais les avait fait partir par la mer vers le nord-est. Partout ils croisent des groupes de jeunes gens surexcités qui veulent aller se battre, des paysans en errance après avoir vu leur cahute incendiée, des enfants vagabonds. Des musulmans en fuite sur la route les mettent en garde contre des fanatiques qui à présent en veulent à la vie des juifs aussi. Parfois surgissent des bandes de brigands qui profitent de la confusion pour jouer de très mauvais tours aux voyageurs ingénus. Les petites communautés juives qu'ils croisent en chemin sont craintives et angoissées. Personne ne sait de quoi le lendemain sera fait. De temps à autre, des soldats ou des sentinelles aux postes de contrôle se méfient et les arrêtent pour les interroger.

Le voyage est de surcroît nettement plus difficile avec un jeune enfant. Yom Tov a menacé, quand l'enfant a été découvert, de faire demi-tour, mais le vieil Obadiah l'en a dissuadé : on ne retire pas un enfant à sa mère, ils le comprendraient là-bas à Narbonne. De plus, il n'y a pas de temps à perdre. Ils ont donc poursuivi leur chemin, sur les routes bosselées dans la poussière et sous les averses, avec Hamoutal et Avram dans la voiture cahotante.

À cent kilomètres à peine de Burgos, dans la petite ville de Nájera, ils veulent s'arrêter, après trois semaines pénibles de voyage, pour se reposer quelques jours avant de repartir vers la côte au nord-ouest. Les deux hommes cherchent une auberge, demandent à rester deux nuits et conduisent Hamoutal et son enfant dans une des chambres. Elle y prend soin d'Avram, elle le dorlote et le berce, mais l'appelle d'un nom norrois, celui d'un de ses frères. Arvid, dit-elle, Arvid. L'enfant rit, elle le chatouille et il se tortille de plaisir, Arvid, comme cela lui fait du bien de le dire, Arvid, je suis ta mère, Vigdis. Le soir dans la pénombre, tandis qu'ils dînent ensemble, le cousin Todros et Joshua Obadiah l'entendent appeler l'enfant Arvid. Ils ne comprennent pas, lui sourient, un peu mal à l'aise.

Je m'appelle Vigdis, dit-elle, je suis la mère d'Arvid le Normand, et elle éclate de rire. À la table à côté, un homme donne un coup de coude à son compagnon et la montre du doigt.

Tu as entendu ça ? dit le chevalier. Il regarde la femme plus attentivement.

Tu ne vas pas me croire, dit-il, c'est bien le diable si ce n'est pas la fille du sieur Gudbrandr de Rouen ! Tu l'as entendu de tes propres oreilles, non ? Je m'appelle Vigdis, elle a dit.

L'autre a l'air abasourdi. Serait-ce cette femme que l'on cherche depuis des années qui est assise tout simplement ici à cette table ? Le deuxième homme la regarde mais reste sceptique.

Le premier dit : cela ne fait aucun doute. Elle ressemble à son frère que nous avons vu pas plus tard que le mois dernier, quand il était en route pour la Sicile. Les mêmes yeux clairs, ce nez fin et ce front haut. Arvid. Elle a prononcé son nom, tu n'as pas entendu ?

Il se lève, approche du chef de sa garnison, en cantonnement dans la ville, et lui rend compte de ce qu'il a entendu. Le chef se rappelle que la tête de la fille du riche bourgeois a été mise à prix pour une somme considérable ; les instructions étaient d'envoyer un messager dès sa découverte et de la mener à Rouen pour la livrer à son père. Il doit la remettre vivante et intacte s'il veut empocher la récompense.

Tandis qu'Hamoutal s'endort en riant et en roucoulant avec son enfant à qui elle fredonne : Arvid, fils de Vigdis, tu es Arvid, le fils de Vigdis, deux gardes sont postés devant la porte de l'auberge.

Un messager est envoyé via Bordeaux à Rouen. Un autre arrive à cheval à l'aube au port de San Sebastián où, deux jours plus tard, il ordonnera au premier bateau partant pour Rouen d'attendre avant d'appareiller deux émissaires accompagnés d'une hôte exceptionnelle et inattendue, la fille de Gudbrandr, une dénommée Vigdis Adélaïs.

Ce matin-là, Hamoutal se sent reposée mais extrêmement tendue. Elle est heureuse de pouvoir enfin aller à Rouen, où elle reverra ses parents, elle va tout expliquer, elle a tout compte fait Arvid avec elle, l'enfant de Vikings, elle a oublié qui en est le père, mais en y songeant elle est prise d'un fou rire. Arvid de Personne ! s'écrie-t-elle, pliée en deux.

On fait signe aux gardes d'entrer. Ils agrippent sous ses bras la femme dans la salle de l'auberge, un autre s'empare de l'enfant. Yom Tov et Joshua Obadiah essaient de s'interposer. Ils sont repoussés brutalement, le vieux rabbin tombe à la renverse et se blesse le dos.

Chiens de juifs, siffle un des chevaliers en tirant son épée, un seul geste et c'en est fini de vous ! Hamoutal hurle : je m'appelle Vigdis Hamoutal, je m'appelle Vigdis Hamoutal Adélaïs Gudbrandr, laissez-moi tranquille, redonnez-moi mon enfant, c'est Arvid Todros, c'est mon enfant, il est de mon père, c'est lui qui l'a fait. Elle crache, crie, rugit, cherche à s'arracher à leur emprise. Un remue-ménage s'ensuit dans la salle de l'auberge ; plusieurs hommes se lèvent, ils voient la femme furieuse frapper, donner des coups de pied et cracher autour d'elle.

C'est mon père le géniteur ! crie-t-elle en riant, l'air hagard.

Tandis qu'elle se débat, le haut du corps agité de secousses, comme un chat prisonnier dans un sac, elle est traînée à l'extérieur.

Mon enfant, crie-t-elle, Arvid de Gudbrandr, il m'a baisée, il a couché, ha ha, baisée par le diable !

Les hommes resserrent leur emprise.

Charognes, tous baisés par le diable !

Elle secoue la tête, elle a les yeux qui tournent, l'écume aux lèvres. Un prêtre accourt. Il entend avec horreur ce que la femme vient de crier. Il fait trois signes de croix, marmonne les yeux écarquillés : *Vade retro Satanas*.

La femme hurle : ha, ha, ha, baisés par Satan !

Elle donne de violents coups de tête, ses boucles grises se détachent et volent autour de sa tête.

Le prêtre s'avance vers les hommes, leur demande de la ligoter.

Ils le font brutalement.

Mon enfant ! Arvid de Shmuel, crie Hamoutal, attention au crocodile diabolique ! Il va te mordre, aïe aïe aïe, non, il ne faut pas entraîner mon enfant dans le fond !

Elle gigote, tire et mord comme un chien fou. Un des chevaliers lui donne une gifle qui la fait tomber, le nez en sang.

Voilà pour toi, sorcière, dit-il, on va se débrouiller pour chasser le diable en toi.

Le prêtre se signe, Yom Tov leur lance qu'ils doivent la lâcher, qu'elle est juive et que ce n'est pas aux chrétiens de la juger.

Elle ne l'est pas, grogne le chef de garnison d'un

ton menaçant, elle est tout ce qu'il y a de plus chrétienne, elle s'appelle Vigdis Adélaïs, je connais son père Gudbrandr personnellement. Vous n'avez rien à faire ici, disparaissez si vous tenez à la vie, sales chiens, que le diable vous emporte.

Pendant ce temps Hamoutal, hébétée, essaie tant bien que mal de se redresser, remarque que ses deux pieds sont déjà liés. Elle tombe de tout son long, un des chevaliers la frappe de nouveau, putain du diable, crie-t-il. Il lui donne un coup de pied avec la pointe de sa chaussure en fer dans les reins, elle perd connaissance. Du sang jaillit de son nez. Un attroupement s'est formé, l'assistance s'excite. Pendant que les soldats délibèrent pour savoir comment ils peuvent charger la femme le plus vite possible dans un véhicule pour l'amener jusqu'à la côte, le prêtre crie qu'elle est possédée par le diable et qu'il est impossible de la transporter car le diable fera couler le bateau.

Un frisson d'aversion parcourt la foule grandissante.

Au bûcher ! entend-on.

Le cri est aussitôt repris.

Au bûcher, la sorcière !

Hamoutal reprend vaguement connaissance : le chef de garnison avance vers elle.

Es-tu Vigdis Adélaïs, la fille de Gudbrandr le Normand ? Peux-tu le confirmer ?

Elle lui crache dessus.

Je suis Hamoutal du diable, siffle-t-elle, ne me touche pas avec tes sales pattes de chrétien.

Possédée, crie le prêtre à présent, possédée par le Sinistre Malin ! *In nomine patris et filii et spiritus sancti !* Elle doit être brûlée le plus vite possible, avant que le diable ne puisse jouer d'autres tours, avec elle et avec nous.

Au bûcher, crie la foule, brûlez-la, brûlez-la !

Le chef de garnison songe à sa récompense qui risque de partir en fumée si cette femme de haute lignée se fait supplicier ici. Il hésite, essaie de persuader le prêtre, mais il est trop tard. La meute traîne la femme avec elle, elle lui arrache ses vêtements. À moitié nue et couverte de sang, elle est tirée sur le sable jusqu'aux hauts rochers rouges où les hommes rassemblent des branchages secs. On plaque Hamoutal, à présent entièrement ligotée et presque inconsciente, contre la paroi rocheuse tandis que le soleil se lève rapidement. Le sang sur son visage est noir de poussière et épais comme des cordelettes ; ces traces ont ruisselé jusque sur sa poitrine en partie dénudée.

Des signes du diable, crie un des hommes, elle a de la poix qui lui sort du nez ! Le diable a pris possession d'elle et il fait sortir de la poix de son corps diabolique ! Ne la touchez pas !

Hamoutal roule les yeux, émet un grognement tant elle a mal aux reins.

La tension monte. Quelqu'un lui jette une pierre, qui la touche en plein front. Sa tête se renverse en arrière contre la paroi. Elle s'effondre sur le côté.

Plusieurs hommes accourent avec des fagots de bois. Le tas augmente rapidement. Un tronc est taillé en pointe, redressé, planté dans le sol et amarré. Les piles de branchages font à présent presque un mètre de haut. Le prêtre approche d'Hamoutal et lui demande une dernière fois : Es-tu

Vigdis Adélaïs de Rouen, la fille de Gudbrandr le Normand ?

Je suis Hamoutal Todros, crie-t-elle, Hamoutal Todros de Fustat ! Je suis juive, je suis juive, allez au diable !

La foule recule et retient sa respiration.

Juive et créature du diable, juive et possédée par le diable, les bouches ouvertes bourdonnent et les yeux s'écarquillent. Certains se signent et commencent à prier ; bientôt tous élèvent une prière. Ils s'agenouillent et prient Dieu de leur apporter son aide tandis que la femme délire sous le soleil brûlant.

Un chant pieux retentit. L'atmosphère devient soudain solennelle.

Un homme approche avec une torche allumée. Un deuxième homme noue un châle autour du cou d'Hamoutal où il glisse des brindilles pour qu'elle prenne feu plus rapidement. On la tire, on la houspille. Quasi inconsciente, elle est entraînée par les deux hommes vers le bûcher. Ainsi brutalisée, avec la couronne de brindilles devant le visage, elle ressemble à une sorcière, à un démon, à un monstre des enfers.

Brusquement elle relève la tête, essaie de résister en se tortillant.

Où est Arvid d'Hamoutal, crie-t-elle, où est Arvid l'enfant juif de Fustat ?

La foule prise d'angoisse se signe sans discontinuer. Hamoutal pousse des cris rauques ; l'assistance a un mouvement de recul. Le diable la tourmente, dit le prêtre, n'attendez pas trop longtemps pour éviter de le laisser sortir.

À cette pensée, l'assistance est prise de panique.

Hamoutal est poussée sur le bûcher, ses bras placés autour du poteau et attachés. L'homme à la torche approche encore plus près.

À ce moment-là, Yom Tov se précipite devant l'assistance.

Halte, crie-t-il, arrêtez, c'est une erreur ! Je m'appelle Yom Tov, je suis de Narbonne, j'ai été chargé d'assurer la protection de cette femme par le vénérable rabbin Todros.

On l'écarte violemment.

Le vieux Joshua Obadiah avance alors en tremblant. Il lève les mains en signe de conjuration.

Bonnes gens, dit-il, écoutez un peu avant de brûler cette femme. Je dois vous raconter une histoire.

Quelques bruits s'élèvent, mais le chef de garnison exige le calme.

Le vieux rabbin raconte l'histoire de la prosélyte Vigdis et de son bien-aimé mort lors d'un pogrom.

C'est bien fait pour eux ! hurle un homme dans la foule. Brûlons tous les sales juifs !

Mais la silhouette fragile du vieil Obadiah tremblant incite les gens à lui laisser encore la parole. Il saisit cette petite chance. Tandis que le feu prend déjà dans les branchages, il dit : je donne la somme de trente-cinq dinars pour libérer cette femme du bûcher, et pour pouvoir l'accompagner jusqu'à Rouen. C'est une somme modeste, je le reconnais : trente-cinq dinars pour votre communauté. Mais nous n'avons pas plus. Cette femme a la tête malade après tout le chagrin et les malheurs qu'elle a connus, elle ne sait pas ce qu'elle dit, elle n'est pas possédée, croyez-moi, livrez-la-moi, je vais la ramener chez elle. Son regard parcourt l'assistance.

La crainte de la femme possédée par le diable est profondément ancrée dans l'assistance, même chez le chef de garnison. Mais il n'est pas fou.

Qu'est-ce que tu manigances, vieux juif, dit-il, est-ce que tu en aurais aussi après ma récompense ?

Il tire à nouveau son épée.

Je signerai une déclaration, dit Obadiah, que tu pourras remettre au père de cette femme à Rouen. Comme je suis juif, votre diable n'a pas de prise sur moi. Confie-moi la femme, je l'accompagnerai sur le bateau et la mènerai à son père. Je connais Rouen, j'y suis allé dans mes jeunes années. J'y ai visité la vieille école juive. Quand on connaît Rouen, on sait où elle se trouvait ; je connais même la rue où vit son père. Tu peux me faire confiance.

Le chef de garnison comprend que c'est sa seule chance d'obtenir la récompense.

Il crie à ses soldats d'éteindre tout de suite le feu et de détacher la femme du poteau. Hamoutal, qui pend du poteau aussi molle qu'une poupée de chiffon, ne comprend pas ce qui lui arrive. Yom Tov et Obadiah l'entraînent avec prudence loin du bûcher. Elle tousse, souffle, cligne des yeux. Sa tête se renverse en arrière. Obadiah demande de l'eau pour la femme libérée et lui asperge le visage. Soutenue par les deux hommes, elle est conduite jusqu'à l'auberge. Là-bas, on lui rend aussi son enfant, sur l'insistance du chef de garnison. Elle ne semble toujours pas comprendre ce qui s'est passé, elle est comme en transe. Elle marmonne en regardant devant elle, bredouille des propos insensés à l'enfant, elle halète et tousse. Sa main caresse machinalement la petite tête.

À Yom Tov elle dit : David, mon amour, embrasse-moi.

Elle pointe les lèvres, un spectacle insupportable avec ces traces de fumée noires, cette bouche gonflée et ce sang qui a coulé. Obadiah jette un manteau sur ses épaules nues, maculées. Les deux hommes l'emmènent dans la chambre en haut et font monter de l'eau pour qu'elle puisse se laver.

Le lendemain Obadiah la conduira jusqu'à la côte, qui est encore à quelques jours de là, avec Yom Tov, et en compagnie de quelques soldats et du chef de garnison, qui veut se faire remplacer ici à Nájera pendant la durée du voyage.

2

Une fois dans sa chambre, Hamoutal semble retrouver un peu son calme. Obadiah approche, lui confie que Yom Tov avancera la plus grosse partie du montant. Pour sa part, il ne peut donner que cinq dinars. La somme doit être payée le lendemain, au lever du soleil. Obadiah lui demande combien de pièces d'argent elle a sur elle.

Hamoutal fait un geste de refus en secouant lentement la tête.

Qu'a-t-elle donc ? Obadiah insiste pour qu'elle lui dise où elle a caché sa bourse. Il sait que le vieux Todros lui a donné de l'argent. Hamoutal se recroqueville comme un animal, fait encore non de la tête, semble s'endormir.

Je réglerai cette question demain, se dit le vieil homme, cette femme est totalement perturbée.

Bien qu'Hamoutal soit effectivement très perturbée par ce qui lui est arrivé, cette nuit-là elle reprend peu à peu ses esprits. Elle ne veut surtout pas aller à Rouen pour y être livrée. Elle se fait des illusions si elle croit que son père va lui accorder son pardon ; en se convertissant au judaïsme, elle a commis une hérésie qui est punie de la peine de mort. Le Rouen où elle veut retourner n'est plus celui de sa jeunesse ; les récits du grand pogrom dans les rues de la ville et près de la yeshiva lui hantent l'esprit. Que va-t-il arriver à son enfant ? Ne va-t-elle pas se retrouver là-bas aussi sur le bûcher ? Elle a appris aujourd'hui ce que cela signifie. Non, retourner à Rouen est aller vers une mort certaine. Elle doit fuir. Elle ne peut pas faire autrement : fuir comme elle l'a toujours fait. D'ailleurs, comment pourra-t-elle rembourser Yom Tov un jour ? Elle a emporté une poignée de pièces à peine, qu'elle veut conserver au cas où elle et son enfant en auraient besoin. Elle redresse le dos ; le silence et l'obscurité, une lune décroissante jaune coiffe les lointaines collines. Elle entend l'enfant respirer. Elle a mal partout et gémit de douleur. Lentement et avec précaution, elle s'habille et enveloppe son enfant dans un châle, comme elle l'a déjà fait à Monieux, à Narbonne et à Fustat. Elle se glisse dans les escaliers, descend en marquant une pause à chaque craquement de marche, se retrouve soudain dehors dans l'air frais de la nuit. Il souffle une brise tiède ; elle entend des animaux au loin dans l'obscurité ; les étoiles scintillent au-dessus des collines. Elle prend une profonde respiration, quelque chose en elle semble revivre, elle sait ce qu'elle veut. Elle se met à marcher sur le chemin, d'abord avec difficulté, hésitante, puis plus souplement à chaque pas, la douleur se dissipe un peu lorsqu'elle bouge, l'enfant dort dans le châle sur son dos, la voilà en route. Elle connaît sa destination.

*

Au lever du soleil, elle a déjà parcouru plusieurs kilomètres ; elle se cache parmi quelques moutons dans une bergerie pour attendre le soir avant de reprendre sa route.

À Nájera, le chef de garnison frappe à la porte de l'auberge.

Yom Tov se présente, les hommes s'assoient à table. Yom Tov paie les trente dinars qu'il avait sur lui, puis compte les cinq dinars d'Obadiah.

Pendant ce temps, Obadiah frappe à la porte d'Hamoutal et n'obtient pas de réponse. Il l'appelle, patiente quelques instants, frappe à nouveau, la chambre reste silencieuse.

Il s'assoit et attend. Le chef de garnison finit par venir les chercher.

Comme aucune réaction ne provient de la chambre, on ouvre la porte. Le vieux rabbin comprend aussitôt ce qui s'est passé ; le chef de garnison l'attrape par la gorge et crie : tu as fait exprès de la laisser s'échapper ! Tu m'as trahi ! Ça va te coûter ta tête, vieux juif !

Entre les mains du soldat, Obadiah gémit et supplie, Yom Tov monte à l'étage, essaie de calmer le chef de garnison : elle ne peut pas être bien loin, elle veut peut-être se rendre seule à Rouen parce qu'elle craint un nouveau jugement. Elle n'a plus toute sa tête, ce n'est pas leur faute si elle s'est enfuie. Rien n'est perdu, d'ailleurs ils feraient mieux d'aller le plus vite possible à San Sebastián, ils arriveront bien à retrouver sa trace.

Une fois encore le chef de garnison se laisse

convaincre, pensant à la récompense qui l'attend à Rouen.

Yom Tov lui propose de l'accompagner.

Les deux hommes partent à cheval ; Obadiah reste, haletant et épuisé.

Le vieux rabbin séjourne encore quelques jours à l'auberge pour reprendre des forces. Puis il retourne à Narbonne, pour rendre compte des événements survenus à Nájera.

En chemin, il se dit qu'Hamoutal a dû fuir là-bas. Il reprend courage, espère que tout finira bien. Il s'adresse à un cocher, qui peut l'emmener vers le sud en compagnie de quelques fugitifs musulmans. Eux aussi sont en route pour Narbonne.

Une fois chez les Todros, il est bien obligé de constater qu'Hamoutal n'y est pas. Ils attendent encore quelques jours, espérant la voir apparaître, puis perdent courage. Ensemble, les vieux rabbins évaluent les chances de survie d'Hamoutal. Peut-être que son père lui accordera tout de même sa grâce. Peut-être qu'ils devraient envoyer un message aux quelques survivants de la communauté là-bas. Ils ne savent pas quoi faire. Ils imaginent la scène : Hamoutal arrêtée par le chef de garnison accompagné par Yom Tov, le bon cousin. Elle est conduite jusqu'au bateau ; peut-être a-t-elle déjà parcouru une bonne distance en mer.

Quelques semaines plus tard, Yom Tov réapparaît : ils n'ont pas trouvé la moindre trace d'Hamoutal ; il a failli se faire mettre en pièces. Désormais, plus rien n'est envisageable, Obadiah reste tout l'hiver à Narbonne. Il est trop vieux et trop fragile pour retourner en cette saison vers Monieux, qui se situe dans une région montagneuse ; le climat en altitude est rude et capricieux, ici près de la mer il est plus doux et la compagnie de son vieil ami vénérable lui fait du bien. Ils reçoivent cependant des voyageurs de passage des nouvelles bouleversantes. Des récits de pogroms leur parviennent à présent de toute part ; cent ans après la grande peur de l'an mil des chrétiens, la Bête immense semble s'être finalement abattue sur la planète, pour faire sombrer dans le fanatisme et la haine aveugle tout ce qu'elle trouve sur son passage. Dans les églises s'élèvent chaque jour des chants mornes, les cloches sonnent dès le lever du jour, l'encens forme des volutes dans les rayons de soleil qui s'infiltrent à travers les vitraux. Dans la pénombre des synagogues retentit le *Chéma Israël*, sombre et ancien, comme les temps insondables auxquels sont confrontés les juifs. Les mosquées espagnoles sont réduites en cendres, la *reconquista* attise le sadisme quotidien et la soif de vengeance contre les musulmans ; la confusion est générale. Les vieux rabbins se penchent au-dessus de leurs rouleaux de la Torah, en marmonnant. La petite main de lecture en argent glisse sur le vieux parchemin.

*

On est à la fin du mois de mars 1099. Obadiah s'apprête à commencer le voyage – qui lui prendra au moins une dizaine de jours, estime-t-il.

Il ira à cheval, empruntant d'abord la Via Domitia vers Arles, puis s'orientant vers le nord-est en direction d'Apt, où il séjournera quelques jours. Le temps a changé, il est soudain devenu rigoureux, des chutes de neige surviennent tardivement, on se croirait en pleine nuit dès l'après-midi, un brouillard se lève dans les forêts sombres du Lubéron. Il patiente, puis un matin, le soleil perce à travers les nuages. La brume se dissipe, laissant des traînées au-dessus des collines. Les premières chaleurs se font sentir, le vieux rabbin reprend courage. Il passera d'abord par la plaine du Roussillon, puis empruntera la route sur les hauteurs de Saint-Saturnin, longeant les gorges et les ravins dans ce paysage en éveil. Le prunellier fleurit déjà ; des lièvres bondissent au-dessus des rochers noirs, les premiers iris bourgeonnent dans les vallées, les dernières baies, couleur d'encre, sont suspendues aux branches nues. Il approche d'une grotte pour se mettre à l'abri d'une averse. Le cheval est nerveux, apeuré, Obadiah l'attache un peu plus loin à un arbre. Comme un rideau qui s'écarte, la pluie glisse dans un murmure sur les terres. Il s'aperçoit trop tard qu'il est assis à côté d'une tanière de loups. Les jeunes poussent des petits cris affamés et viennent vers lui sur leurs pattes flageolantes. La louve s'avance et montre ses dents en grognant, prête à défendre ses petits : lentement, prudemment, le vieillard s'allonge puis cesse de bouger. La louve attend longtemps, se calme, vient le renifler, ensuite se couche à côté de ses petits. Le vieil homme s'endort à côté de la louve qui allaite. À son réveil, elle a disparu. Au-dessus des collines il voit un soleil pâle, les branches gouttent, l'eau brille partout. Il se lève avec précaution, se dirige vers son cheval. En longeant le rocher, il voit la louve le suivre du regard.

Son cœur est auprès de la prosélyte, il pense à elle toute la journée. Il est triste pour elle ; elle sera certainement condamnée. Il a le sentiment de ne pas en avoir fait assez. À la tombée du jour, il arrive sur les hauteurs de Saint-Saturnin. Le voyage lui a brisé le dos, il se sent engourdi, exténué.

Mais l'envie de se retrouver chez lui le plus vite possible lui donne un coup de fouet. Comme il ne voit pas la moindre habitation à la ronde, il passe quelques heures à somnoler sous un auvent de paille, à côté d'un feu qu'il ranime de temps en temps pour garder les loups à distance. Dans l'obscurité, le cheval prend peur plusieurs fois.

Le lendemain matin, il sent la chaleur de la rosée.

Il monte sur son cheval dès le lever du soleil, passe par Lioux et ce lieu que l'on appelle aujourd'hui le château de Javon. Il finit par amorcer sa descente, depuis Saint-Jean, arrive au voisinage du lit asséché de la Croc, où des arches romaines enjambent la vallée, au nord-est du plateau de Monieux.

En revoyant le vieux village solitaire au loin, il ressent un bonheur douloureux ; il réprime ses larmes, donne une dernière fois un petit coup de talon dans les flancs de son cheval. Il traverse la vallée en direction du village haut perché, entend vaguement à présent l'agitation quotidienne autour et à l'intérieur des murs, le caquètement des poules, l'aboiement sec d'un chien. Le soleil éclaire la tour et la chapelle. Des ouvriers agrandissent et consolident les murs d'enceinte.

Il reconnaît avec émotion les odeurs et les couleurs. Son cœur n'en peut plus. Les premières abeilles bourdonnent dans la vigne, les premières fleurs du printemps l'étourdissent, les petites roses sauvages arrosées par la pluie sentent l'eau de source. Obadiah attache son cheval près du portail. On le reconnaît, on s'étonne ; il pleure et avance jusque chez lui en titubant, la montée lui est pénible.

Il est parti depuis plus de six mois ; ici le temps semble s'être interrompu.

Il se repose quelques heures, fait à la fin de l'après-midi le tour du village, serre des mains.

Voit alors, près du Portail Meunier en partie réparé, une femme assise sur une pierre.

C'est Hamoutal.

Il se dirige vers elle. Heureux, il veut la prendre dans ses bras.

Elle le regarde sans comprendre.

Hamoutal, dit-il, comment es-tu arrivée ici… ?

La femme fait non de la tête, fixe ses pieds.

Hamoutal… ?

La femme garde la tête penchée de côté, comme si elle pouvait ainsi remettre de l'ordre dans ses pensées, mais rien ne vient.

Elle lève un instant le visage. Un regard sans signe de reconnaissance. Ses yeux bleu terne louchent terriblement.

Ses mains sont couvertes d'égratignures et sales.

Son pied gauche enflé présente des traces de morsure et il est totalement disloqué.

Elle a perdu le petit doigt de la main gauche, une croûte suppure à cet endroit.

Un homme approche, prend le rabbin déconcerté par l'épaule.

C'est inutile, elle ne parle plus à personne.

Il apprend qu'elle est arrivée ici avant l'hiver, malade et brisée, et qu'elle est le plus souvent assise parmi les vestiges de la synagogue, au bord du mikvé. Parfois elle y descend, le bain est asséché à présent. On pense qu'elle vit dans cette vieille cavité. Elle la recouvre la nuit avec des branches et des feuilles. Elle mendie un peu, certains habitants lui apportent de temps en temps quelque chose à manger. Elle accepte tout, l'engloutit, sans dire un mot.

Et où est son enfant ?

L'homme hausse les épaules.

Un enfant ? Nous n'en avons pas vu ici. Elle n'avait pas d'enfant avec elle quand elle est arrivée.

Hamoutal, essaie encore Obadiah.

Il pose la main sur son épaule.

Sarah Hamoutal ?

La femme ne semble pas l'entendre. Ses mains fourragent dans son giron. Elle regarde droit devant elle.

Obadiah rentre chez lui en clopinant.

Le lendemain, il écrit une lettre à la communauté de Fustat pour expliquer pourquoi elle s'est enfuie et pour annoncer que l'enfant égyptien, le fils de Shmuel, Avram, est perdu.

3

La nuit, l'obscurité et le silence insondables de l'autre côté de la vallée lui donnent parfois l'impression que c'est la fin du monde. Qu'en sortant du village on risque de tomber dans un trou noir, infini, dans l'inconnu qui entoure le monde et qui commence ici, à quelques pas. Elle entend le cri de la chouette et une trace fulgurante de sa jeunesse traverse son esprit perturbé. Elle revoit aussi un soir, sous une pluie battante et des rafales de vent, les escargots glisser et s'accoupler sur les pavés, agglutinement translucide de créatures enchevêtrées. Elle en a la nausée. Il n'y a plus d'étoiles, seulement d'innombrables petits trous dans la nuit et cette lumière qui semble ne pas pouvoir percer au travers. Elle descend dans le mikvé asséché, s'y cache parfois la moitié d'une nuit et bredouille des absurdités. Le matin, allongée sur des fougères sèches, elle tremble comme un animal prisonnier, elle prononce des noms et marmonne des prières incompréhensibles. Dès les premiers rayons de soleil, elle cherche des plantes aromatiques, et des fruits. Elle caresse des buissons et adresse des tirades aux nuages qui sont bas. Un sanglier la heurte violemment au genou droit, elle boîte pendant plusieurs semaines. Elle traîne son pied gauche comme une masse derrière elle. Ce paysage impitoyable la grise, elle évite les gens et tout rapport avec eux. Pendant l'été torride qui se prolonge, elle dort sur les berges de la Nesque, dans les gorges, où il fait frais et où elle est en sécurité. Elle passe l'automne à ramasser des noix, à cueillir des pommes et à errer. Elle ne sait pas comment le temps s'écoule. Elle est maigre comme un clou et résistante comme une bête sauvage. Elle ne sait presque plus parler. Avec l'hiver qui commence, elle risque de mourir de froid en silence. Elle se faufile auprès des animaux dans des étables. Personne ne se préoccupe d'elle. Sauf le vieux rabbin qui ne parvient presque plus à marcher.

Il la supplie de venir chez lui, au moins la nuit. Elle ne comprend pas ce qu'il dit, ou fait semblant. Elle ne veut pas vivre et elle ne peut pas mourir. Des noms, dans sa tête des noms tourbillonnent, elle ne sait plus lesquels. Dans ses pensées, elle passe parfois des journées entières à Rouen, dans la cour intérieure, elle joue avec ses frères. Arvid, dit-elle avec un sourire édenté, Arvid mon bien-aimé. Puis elle sent son bas-ventre s'enflammer, un homme est sur elle, il pèse sur elle de tout son poids et la fait rire et haleter jusqu'à ce qu'elle s'endorme. Elle connaît les rats et les serpents ; parfois ils se réfugient dans la chaleur de ses jupes sales, mais ils ne la dérangent pas. Il gèle, neige et dégèle, le tout s'enchaîne rapidement en fin d'après-midi sous des nuages bas ; les eaux de fonte bruissent partout, les chemins escarpés se transforment en ruisseaux. Elle dort dans le mikvé asséché, sous des branches et des vieilles peaux de renard. On l'entend y appeler, rire, crier et prier. Avec ses ongles sales, elle déterre des truffes, les sabots du diable. Elle rit d'une voix rauque et se parle à elle-même.

Sur les hauteurs, là où l'on peut voir à présent ce qui subsiste du village de Flaoussiers, un hameau sans mémoire dans une vallée latérale abritée, elle se niche pendant les jours de neige dans une vieille *borie**. Elle marche le matin vers les gorges de la Nesque pour y observer les oiseaux qui volent dans les profondeurs au-dessous d'elle. Elle rêve qu'elle plane au-dessus du monde. Elle entend le murmure de la rivière, voit les nuages blancs défiler rapidement. Le matin, elle voit monter rapidement les rayons du soleil sur la grande paroi du Rocher de cire, une lueur orange qui éclaire les pierres d'un bleu froid sur lesquelles elle est allongée, grelottante. Des blocs de rocher fendus par le gel se détachent de la montagne et roulent dans le ravin ; elle les entend dégringoler puis tomber, au fond. Elle veut mourir.

Elle obtiendra ce qu'elle veut. Cela se produit par surprise, un jour de décembre. Elle mange des champignons vénéneux. Le corps secoué, en proie à des vomissements incessants, elle affronte l'horreur de sa mort. Elle avance en hoquetant, en titubant, jusqu'au bord du ravin, en face du Rocher de cire. Un soleil glacial perce à travers les nuages sans réchauffer les pierres. Les plantes aromatiques sont éternelles et inanimées ; les serpents grouillent dans les hauteurs où le vent malmène les chênes tordus. Elle regarde autour d'elle et pose une dernière fois les yeux sur le monde, qu'elle ne comprend plus. Vigdis, chère sœur lumineuse, je suis Hamoutal l'obscure. Un rire amer lui transperce le corps comme un couteau. Puis elle se raidit, son cœur bat à tout rompre. Ses yeux pâles sont exorbités. Sa langue gonflée, couverte de salive noire, sort de sa bouche. Elle sent le froid monter dans son corps, comme un énorme mouvement partant de ses pieds, très progressivement, comme si elle était aussi grande que ce monde froid et inaccessible. Pendant un instant, ses yeux se fixent droit devant elle sur l'ensemble du paysage. Lentement, elle s'emplit de cette nouvelle sensation, ce refroidissement et cet éloignement dans les profondeurs obscures infinies de son propre corps.

*

Plus que quelques jours et l'année 1100 aura commencé.

Le lieu inhospitalier où elle gît est introuvable pour les passants.

Les loups reniflent son cadavre. Les serpents glissent à côté. Les crapauds s'y heurtent en sautant. Du mucus se mêle à la poussière noire. Le monde. La terre. Les corneilles et les geais décrivent des cercles au-dessus. Plus bas, au fond des gorges, au-dessous de l'endroit où elle se décompose, un jeune moine est arrivé près de la chapelle Saint-Michel, construite dans la roche. Le jeune ermite prie Dieu en s'émouvant de sa propre ferveur religieuse. Les ours dorment dans les grottes. Les poissons sautent pour remonter le courant dans l'eau glacée, dont le flot enfle et qui coule du haut du plateau d'Albion jusque dans les profondeurs des gorges. Les derniers papillons meurent sous les chênes rouvres, parmi les feuilles sèches qui bruissent dans la brise matinale. Les insectes en chrysalide attendent dans l'ombre. Le soleil est faible ; comme un rêve lointain. Au loin un tourbillon de neige se précipite contre les rochers. Les baies de genièvre brillent comme des gouttes noires dans les buissons épineux. Personne ne les cueille.

Peu à peu ses vêtements sales se décomposent.

Ses cheveux poussent entre les brins d'herbe.

Au bout d'un an et demi, les petits prédateurs ont tout rogné ; les vers souvent chantés font le reste. Ses os pâlissent, personne ne découvre ses dernières traces physiques.

Les croisés ont fini par prendre Jérusalem.

On est en février 1106. Une gigantesque comète, sorte d'apparition qui semble avoir rompu la membrane du rêve, fend la nuit, provoquant la peur dans tout le monde occidental. Encore une fois, les prédicateurs passent dans les rues avec leurs crécelles ; les loups et les chiens poussent des hurlements à rendre sourd. On aperçoit aussi au-dessus de la vallée de Monieux cette apparition d'une chose divine, d'une chose qui dépasse tout entendement. Le rabbin Obadiah lève les yeux, demande à Dieu ce qu'il doit advenir de l'humanité. Le silence là-haut, où file l'apparition, est écrasant.

Les semaines suivantes plusieurs brebis avortent ; leurs fœtus ont des museaux d'aspect humain, mais diaboliquement tordus. Aussitôt on leur tranche la gorge et on les jette dans un puits. On donne une messe pour le pardon des péchés non confessés. À quelques kilomètres de là, en bas du village, le corps enduit d'huiles aromatiques de David Todros s'est déjà décomposé dans le cimetière juif. Le squelette d'Hamoutal tombe également en poussière. Semblable à une poignée de terre jaunâtre, il ne se distingue plus du mouvement intemporel. Il gît là impassible, et il est absorbé dans la terre.

Pas de tombe, pas de trace témoignant de son existence.

Il ne reste de sa vie que le compte rendu qui en est fait dans les documents rongés du Caire. C'est aussi là-bas qu'après un certain temps le rabbin jette dans la genizah la deuxième lettre d'Obadiah que Shmuel lui a remise. Pour cela, il doit monter à l'étage par l'escalier étroit, puis approcher du mur du fond. À un mètre cinquante au-dessus du sol y est aménagée l'ouverture en demi-lune derrière laquelle se devine l'obscurité du dépôt. Le deuxième document invoque aussi le nom de Iahvé. Par conséquent Iahvé doit aussi le reprendre ; un être humain ne peut détruire le nom de Dieu. La lettre voltige pour rejoindre le reste, parmi les gravats et la poussière.

*

Les années passent ; l'histoire mouvementée de Fustat, la ville fière autrefois fondée par

Amr ibn al-'As près de l'ancienne porte de Babylone, connaît une fin tragique inattendue. À peine soixante-dix ans après la mort d'Hamoutal, les Kurdes, avec à leur tête le légendaire Shirkuh, avanceront implacablement sur la ville et mettront un terme à l'âge d'or des Fatimides. Comme il ne peut assister à la destruction de sa ville, il demande au grand vizir égyptien de l'incendier lui-même en 1168. Il veut ainsi empêcher les croisés, qui profitent de l'invasion kurde pour gagner du terrain sur les Arabes, d'utiliser la ville comme base d'opérations. Cette autodestruction est une des nombreuses catastrophes socioculturelles que doit affronter le Proche-Orient de l'époque. La ville brûle pendant plus de deux mois. Le feu dévore tout un monde, dévastant chaque témoignage de cette société multiculturelle bigarrée. Les érudits se lamentent, les gens paniqués fuient cette bouche de l'enfer, les rats et les serpents, les chats et les chiens tentent de s'échapper de la fournaise, les enfants sont ensevelis sous les décombres, il n'y a pratiquement plus une seule pierre sur une autre. À vingt kilomètres à la ronde, on voit pendant des semaines s'élever au-dessus de la vallée du Nil des nuages de fumée noire comme un signe de malédiction et d'anéantissement. La nuit, des millions d'étincelles jaillissent et tourbillonnent dans une lueur orange, les vieux pleurent et se frappent la poitrine, persuadés en assistant au spectacle depuis des tentes sur les rives du Nil que la fin du monde approche. La destruction de Fustat fut une catastrophe qui rappela la disparition de la bibliothèque d'Alexandrie : la fin d'une époque verrouillée par les impitoyables cadenas de l'oubli. Il est impossible de déterminer l'ampleur des connaissances dont nous avons été par là même privés. Miraculeusement, le quartier de la synagogue Ben Ezra fut en partie épargné. La genizah y choyait ses secrets dans ses profondeurs obscures, à peine quelques dizaines de mètres derrière ce tout dernier bloc inébranlable ayant fait partie des énormes murs d'enceinte de la ville, juste à côté du puits de Moïse.

IX

CAMBRIDGE

Il me restait encore un voyage à entreprendre, un voyage qu'Hamoutal n'a jamais fait et qu'elle, l'éternelle fugitive, n'aurait pas même pu concevoir : celui qui allait me mener jusqu'à sa lettre de recommandation, la lettre écrite pour elle à Monieux par le rabbin Obadiah. Je devais me rendre à Cambridge, où est conservée la collection de manuscrits que Solomon Schechter a apportés du Caire, pour voir de mes propres yeux et peut-être même toucher l'objet qu'elle avait porté contre son corps.

Le jour où j'arrive dans la petite ville universitaire, il fait une chaleur tropicale. Les jardins intérieurs des vieux collèges austères diffusent une odeur de fleurs pénétrante. Des étudiants sont assis dans des renfoncements de fenêtres, penchés au-dessus de Maynard Keynes, saint Thomas d'Aquin, Milton ou Wittgenstein. Près des étangs sont assises des beautés préraphaélites qui surlignent leur cours d'anthropologie au feutre fluorescent. Sur la rivière des guides à bord de leurs *punts* – des petites barques qu'ils font avancer en enfonçant une perche dans l'eau peu profonde de la Cam – font de leur mieux pour imiter Venise. Telle est la vie des vieilles élites, un peu étrangère à ce monde et charmante, on est au centre de cercles civilisés anciens qui s'obstinent à prétendre que la moitié du monde n'est pas en feu. Les jeunes filles, qui ont l'âge d'Hamoutal quand elle s'est enfuie de Rouen, ont glissé dans leur chevelure blonde d'élégantes oreillettes blanches. Elles écoutent de l'*ambient* inspirée de Hildegarde de Bingen qui, proposée par *torrents*, leur reste anonyme.

Je parcours les allées qui sentent l'herbe tondue, j'arrive devant la vieille tour de la University Library, je monte les larges marches, prends au guichet ma *library card*, passe le portail électronique, emprunte le large escalier jusqu'au premier étage, traverse les vénérables salles de lecture, grimpe les marches étroites vers les étages supérieurs dans la tour, marche d'un bout à l'autre de la longue North Wing au troisième étage, en longeant les bibliothèques interminables, aperçois au fond une modeste porte ; je la pousse, je franchis encore un petit hall, j'arrive enfin à la Manuscript Room, sécurisée et gardée par des personnes dont la courtoisie évoque les créatures qui nous attendent à la porte du paradis. On scanne ma carte, je laisse sur place tout ce qu'on n'a pas le droit d'avoir sur soi d'après le dépliant qu'on m'a remis, comme des stylos à bille, des stylos-plumes, des classeurs, des sacs, des chapeaux, des écharpes ou des gants, des taille-crayons, des canifs ou des cutters.

Ainsi purgé des préoccupations actuelles, je pénètre, après l'ouverture du petit sas en verre avec un léger déclic, dans la salle de lecture. À l'extrémité du comptoir m'attend un chariot contenant deux grosses boîtes noires provenant de la Cairo Genizah Collection ; elles portent les numéros 12 et 16. Elles font environ un mètre de long sur cinquante centimètres de large, et dix de haut. Je signe au crayon la déclaration, m'assois à la table qui m'est indiquée, ouvre mon petit ordinateur de voyage, sors ma loupe de son vieil étui. J'ouvre d'abord la boîte 12, examine le document T-S 12.532. C'est un fragment coloré qui fait plutôt penser à une vieille carte géographique, ou aux contours primitifs d'un continent en partie imaginé. Il est tout de même étonnant que ces rognures très anciennes aient pu atteindre notre époque mouvementée et que leur découverte ait eu de telles conséquences.

En 1964, deux ans avant les constatations de Norman Golb en rapport avec Monieux, l'exégète Eliyahu Ashtor a analysé ce document. Celui-ci rend compte de la quasi-exécution, dans les environs de Nájera, d'une prosélyte qui a perdu son mari lors d'un pogrom. Une trentaine d'années plus tard seulement, en 1999, Edna Engel de Tel-Aviv suggère qu'il existe peut-être un lien entre ce manuscrit et un autre, le document T-S 16.100, concernant la prosélyte de Monieux. Elle avance des arguments plausibles pour montrer que le manuscrit provient du même auteur. Même écriture, mêmes particularités linguistiques qui renvoient à un hébreu séfarade, même support. Dans un article initialement publié par la revue en hébreu *Sefunot*, Edna Engel donne une idée du contenu du document. Comme dans le document T-S 16.100, l'auteur précise son nom, Joshua Obadiah de MNYW, l'autre document, le T-S 12.532, doit être aussi de sa main. Si tel est le cas, on peut en conclure qu'il porte sur la femme de MNYW. De manière inattendue, la prosélyte obtient la vie sauve pour un *sequel*. Mais comme on a fait monter la femme sur le bûcher à Nájera, dans le nord de l'Espagne, Edna Engel décide que le lieu vers lequel elle fuit après avoir été libérée en contrepartie de cette somme n'est pas Monieux, mais Muño, un village à présent disparu qui existait au voisinage de Burgos en Espagne au Moyen Âge. On n'écrit pas les voyelles en hébreu, aussi, d'un point de vue linguistique, cette thèse est-elle défendable. Elle a été reprise par Joseph Yahalom qui, lorsqu'il la cite dans un article écrit à propos de documents espagnols anciens, affirme purement et simplement qu'il doit s'agir de Muño.

Mais quel était exactement le contenu du document T-S 12.532 ? Je voulais obtenir une traduction littérale. Je me suis donc rendu à l'université de Cambridge pour obtenir une copie électronique de ce manuscrit, comme je l'avais fait auparavant pour le document T-S 16.100. J'ai ensuite envoyé la copie au fils de Norman Golb, Raphaël Golb, qui l'a fait lire à son père. L'érudit de Chicago était étonné ; les philologues qui avaient contredit avec tant de conviction sa thèse de 1969 n'étaient jamais entrés en contact avec lui. M. Golb, alors très âgé, a été de nouveau intrigué par cette histoire qui l'avait occupé au début de sa brillante carrière. Il a fait faire une traduction littérale de ce manuscrit extrêmement endommagé. J'ai été étonné quand je l'ai eue sous les yeux : le document T-S 12.532 donne peu d'informations probantes sur les circonstances ou les lieux. Il en ressort clairement en revanche qu'on a mis la femme sur le bûcher à Nájera et que sa vie a été rachetée de manière inattendue au tout dernier moment. Le véritable nom, un peu curieux, du généreux sauveur apparaît dans le document : Yom Tov Narboni. Certains détails frappent l'imagination : la femme a été renvoyée vers minuit après sa condamnation à mort. À la fin des noms sont mentionnés : David bar [...], Samuel bar Jacob ; Justa. Deux de ces noms correspondent à ceux des enfants d'Hamoutal, les deux autres presque à ceux de ses époux. Avec chaque fois cet ajout : les défunts. Le document T-S 12.532 signale-t-il que les enfants d'Hamoutal étaient morts ? Pourquoi se retrouve-t-elle dans le nord de l'Espagne ? Obadiah a-t-il vraiment écrit cette autre lettre ? Est-il réellement question d'Hamoutal ? Je scrute les étranges lettres, me heurte chaque fois aux bords frustrants où le texte s'interrompt. Je reste confronté à mes interrogations.

*

Je rends la boîte 12 au guichet, on me remet la boîte 16. Je l'ouvre et vois briller une pile encore plus épaisse de documents enveloppés d'un film plastique. Le dossier commence par le numéro un ; je dois faire glisser avec précaution toutes les grandes feuilles au-dessus des anneaux métalliques jusqu'au dernier document, le centième : T-S 16.100. Le manuscrit, un des mieux conservés, est aussi très beau. Tel qu'il est, recouvert de son film, il est difficile de déterminer s'il s'agit d'un parchemin, comme l'affirme Norman Golb, ou d'une sorte de papier fabriqué à la main, même si cela n'existait pas encore à l'époque. Les lettres ont la couleur de sang de bœuf, le manuscrit va du jaune pâle au blanc grisâtre, avec ici et là des teintes plus foncées. Je cherche la plus petite ouverture dans le dossier fermé par des coutures, j'y glisse l'extrémité de mon doigt, touche un instant le bord du document qu'Hamoutal a porté contre son corps. La salle est si silencieuse que je m'entends respirer.

J'examine la surface à la loupe, chaque petit pli – les endroits fragiles dans le support surtout, où apparaissent des marques laissées par des événements impossibles à retracer. Le document effiloché présente quatre trous de différentes tailles ; trois sont manifestement dus à l'humidité, à l'usure, à la détérioration du matériau. Mais au-dessus, à la neuvième ligne, un trou terriblement grand se voit dans une partie justement solide du support, qui ne montre aucune trace d'usure ; on dirait qu'à cet endroit, un morceau a été déchiré. Je distingue à présent plus clairement qu'au-dessus de ce gros trou les lettres mem, noun, yod, vav, peuvent se lire en partie : מניו. MNYW. Où et quand ce trou est-il apparu ? Quelqu'un a-t-il volontairement déchiré un morceau de la lettre ?

Le document est-il resté coincé tandis qu'Hamoutal le tenait à la main ? S'est-il accroché aux tefillin de David dans son sac ? La déchirure est-elle apparue dans les profondeurs de la genizah, durant les neuf siècles passés dans l'obscurité ? Quand Jacob Saphir a visité la synagogue en 1864 et a demandé l'accès à la genizah, le gardien lui a assuré qu'il n'y avait que des serpents et des démons à l'intérieur du sombre dépôt. La sueur, le sang, l'eau salée ou encore la moisissure peuvent aussi être à l'origine de l'humidité qui a rongé le matériau. L'idée me vient seulement à ce moment-là de retourner avec précaution le document dans son film plastique. À mon grand étonnement, je m'aperçois qu'il a deux grands plis au dos : le document n'était pas enroulé, comme je l'avais toujours supposé, mais avait été plié en trois dans le sens de la longueur. Ce sont des plis nets, qui y sont depuis longtemps. Hamoutal a donc pu aussi bien garder la lettre cachée dans ses vêtements. Il est curieux que ces plis soient invisibles au recto. La tache d'humidité est aussi brune au verso. Cette lettre a été trempée, et pas seulement par l'eau du Nil. Je me penche à nouveau un long moment au-dessus du document. En outre, si la lettre était pliée en trois de cette manière, le gros trou était à l'intérieur. Incompréhensible. Qu'a-t-il donc bien pu se passer ? Le document T-S 16.100 restera toujours un mystère. Je prends encore des photos de cette peau vulnérable couverte de lettres à la lumière du jour. Note quelques observations. Reste assis à la regarder fixement. Je sais si peu de chose.

*

Norman Golb était tellement intrigué par cette question qu'il est venu deux fois à Monieux, en décembre 1966 et en 1967. Ses articles sont complétés par des photos qu'il a prises lui-même. Après son célèbre essai datant de 1969, il a publié en 1978 un article dans la revue juive française *L'Arche*, où il défend encore une fois avec concision et de manière convaincante la thèse de Monieux. En 1979, il publie dans la même revue un courrier des lecteurs dans lequel il évoque l'existence de ce qui est appelé le *cimetière aux juifs de Monieux**, un concept dans la tradition populaire locale. Je possède un exemplaire d'une vieille photo où l'on voit la famille Golb assise sur un banc devant la maison où j'ai écrit ce livre.

En avril 2016, Golb publie sur le site Internet de l'Oriental Institute de l'université de Chicago un nouvel article intitulé « Monieux or Muño ? », en se fondant sur les informations que je lui ai transmises à propos des articles de Yahalom et d'Engel, et sur mes propres recherches à Monieux. Il conclut lui aussi qu'il ne peut y avoir de certitude absolue ni concernant l'interprétation de MNYW, ni concernant la relation entre les deux manuscrits. Il affirme cependant explicitement que l'option de Muño lui paraît peu convaincante d'un point de vue topographique et qu'il continue de croire à la thèse de Monieux. Il me semble totalement improbable que le rabbin de Narbonne ait envoyé les deux fugitifs en direction de Muño, donc sur la route de Saint-Jacques-de-Compostelle, où les chevaliers normands pullulaient à ce moment-là. Monieux est une option bien plus rationnelle, d'autant que la Provence se situait encore à l'époque dans l'Empire romain germanique. La présence d'influences espagnoles dans l'hébreu de Joshua Obadiah paraît tout à fait logique, étant donné qu'il avait probablement étudié à Narbonne, où se parlait surtout l'espagnol en ce temps-là, et qu'il est presque certain qu'il connaissait personnellement le rabbin Todros. Bien qu'Edna Engel ait raison sur le plan philologique, elle tire à mon avis les mauvaises conclusions. En tout état de cause, le document T-S 16.100 est connu comme le récit de la prosélyte de Monieux. Simon Schama l'appelle sans détour, dans son grand ouvrage *L'Histoire des juifs*, « La prosélyte de Monieux » et il y consacre un court paragraphe. Même la Jewish Virtual Library, qui se fonde sur l'*Encyclopaedia Judaica*, mentionne « un manuscrit à Cambridge, de toute évidence originaire de Monieux en Provence ».

*

Ici se termine ma quête. J'ai du mal à quitter cette salle de lecture silencieuse. Plus tard, je déambule de nouveau dans les rues de cette petite ville paisible d'un autre temps. Dans le Fitzwilliam Museum, il y a une exposition sur les rites funéraires égyptiens. Je flâne dans les salles obscurcies où sont présentés des sarcophages et des canopes, en pensant au Caire et à mes soirées au bord du Nil. J'ai l'impression qu'une boucle se ferme. Je constate en sortant qu'une pluie quasi invisible s'est mise à tomber d'un ciel plein de lumière et de chaleur.

X

LE TRÉSOR DE MONIEUX

1

Dans le journal *Le Méridional*, à la Toussaint en 1968, deux journalistes s'intéressent à ce qu'ils appellent les secrets du plateau. Ils sont partis à la recherche des derniers témoins susceptibles de parler du fameux trésor de Monieux, qui devrait être dissimulé quelque part dans les rochers à l'intérieur d'une cavité secrète. Ils évoquent l'atmosphère de ce paysage préalpin en des termes de dépliants touristiques : ici on ne danse pas la farandole, ici les cigales se taisent, le paysage est *équilibre et austérité**. Ici on n'a visiblement pas atterri dans la Provence des cartes postales, mais dans un vieux paysage sans nom que l'on découvre partout dans les montagnes autour de la Méditerranée. Ici ce ne sont pas des platanes mais des châtaigniers sauvages et des vieux tilleuls qui bordent la route. Dans certains pâturages on voit déambuler de petites vaches alpines, on entend tinter toute la journée les clochettes des moutons. Un berger somnole dans un talus. Ici, rien n'a vraiment changé de mémoire d'homme. On se croirait dans une églogue de Virgile.

Les deux journalistes, qui abordent avec une joyeuse et feinte naïveté les habitants farouches du village, ne se sont pas déplacés pour rien. Mme Calamel, à l'époque très âgée, raconte que déjà son grand-père lui parlait du trésor caché, le boulanger se souvient de Mme Jussiand, presque centenaire, qui en savait davantage mais qui est morte sans révéler son secret. Fernand Bres, l'homme à la baguette de sourcier que les journalistes ont amené avec eux, ne cesse d'aller et venir ce jour-là sur le redoutable chemin escarpé entre la tour médiévale en haut de la paroi rocheuse et le village en contrebas, trébuchant parmi les rochers et les pierres. Soudain, devant une partie en ruine des vieux murs d'enceinte, sa baguette se met à vibrer puis à se balancer fortement. De l'or, il doit y avoir de l'or par ici ! La baguette est animée d'un tel mouvement qu'elle saute des mains de M. Bres et tombe sur le sentier parmi les buis sauvages. Il faudrait creuser ici, pense-t-il, sur quelques mètres seulement. Les villageois présents secouent la tête d'un air apitoyé : c'est absurde, le trésor ne peut pas être là, on a toujours parlé de l'entrée d'une grotte qui s'est effondrée, quelque part dans les rochers là-haut ?

Comment ça, ce n'était pas une légende ?

Les journalistes se rendent à la mairie pour consulter le vieux maire. Des archives sont-elles disponibles ? Non, il n'y a rien ici sur place, et même rien à propos de la date exacte de la construction de la vieille tour, d'une hauteur considérable de trente mètres et dans un état de délabrement avancé. D'ailleurs, au dix-neuvième ou au dix-huitième siècle, presque toutes les vieilles archives ont brûlé dans un grand incendie. Ce qu'il en reste se trouve peut-être à Carpentras, qui sait. Vous voulez un verre de vin ?

Proches du désespoir, les journalistes se tournent vers quelques villageois qui assistent en silence à la scène.

Et eux, ils y croient ?

Bien sûr, jusqu'à preuve du contraire, dit M. Ughetto avec finesse.

Et effectivement, les langues se délient : il est question de tentatives, de fouilles, de quêtes et de querelles, d'histoires chuchotées tout bas à l'oreille, de pistes à suivre menant ici ou là, après le tournant, ou quelque part dans tel ou tel ravin, la troisième cavité à gauche ou à droite, plus trop sûr à présent, autrefois on a trouvé des armes anciennes, une vieille pierre romaine, et des petites haches du néolithique, on découvre toutes sortes de vieilles choses par ici. Dans un puits près du Grangeon d'Augier, il n'y a pas d'eau plus pure, qui sait ce qu'on peut découvrir par là-bas, mais non, ces personnes âgées qui viennent de mettre leurs côtes d'agneau à griller sur la braise n'en croient pas un mot. Le seul trésor dans le coin, c'est cet endroit paradisiaque, disent-ils en riant et en mettant gentiment à la porte ces journalistes insistants, sinon leurs côtelettes seront carbonisées. Selon un autre habitant du village, il existerait un passage souterrain entre la tour là-haut et celle de Durefort de l'autre côté de la vallée, une ruine à environ cinq kilomètres de distance ; si on en déniche l'entrée, on trouvera peut-être aussi le trésor.

Quelqu'un se contente de répliquer : cela m'étonnerait qu'on ait pu creuser un tunnel de cinq kilomètres il y a mille ans, on arrive à peine à enfoncer notre pioche dans le sol tellement la roche est dure !

On raconte tant de choses.

Finalement, un Belge est interviewé, un commissaire de police anversois qui passe ses vacances d'été dans une vieille maison dont la façade est fissurée de bas en haut ; cet individu dénommé Albert Schilders, d'apparence pétulante et sympathique, parle « sans accent », s'étonnent les journalistes. Oh, dit-il, j'ai creusé un peu ici et là, c'est vrai, sur une trentaine de centimètres tout au plus, je suis trop paresseux pour ce genre d'entreprise. Il hausse les épaules, pose pour la photo, sourit aimablement, reprend la lecture de son livre sur sa petite terrasse donnant sur la vallée. Dans les journaux qu'Albert Schilders a soigneusement tenus, je ne trouve aucune preuve écrite de son profond intérêt pour toute la question. Je regarde par la fenêtre de la maison d'où lui-même a observé la vallée pendant des décennies.

2

C'est l'été 2015. Les jours chauds du mois d'août s'enchaînent, pendant des semaines le ciel reste immaculé. Tôt le matin, surtout du côté ouest au-dessus des ruines de la vieille tour, il est d'un bleu d'une telle intensité qu'il donne le vertige. Je passe la plupart de ces journées à me promener. Je refais tous les itinéraires possibles que la prosélyte juive aurait pu suivre pour atteindre la vallée. Je prends le chemin au fond de la gorge jusqu'à la vieille chapelle Saint-Michel, à flanc de rocher. C'est un lieu mystique ; cette petite construction très ancienne se situe littéralement dans une grotte. À l'intérieur, sur les vieux murs, on discerne des bas-reliefs enfouis, et les mots devenus illisibles creusés dans la pierre par des moines solitaires. Juste devant, entre d'épaisses broussailles, la Nesque estivale se réduit à un mince ruisseau. Odeur de roche et de pierres humides. Je m'assois. Je me rappelle qu'Andy Cosyn, dans son livre *Le Trésor de Monieux*, fait croire à deux personnages ingénus au dix-huitième siècle que le fameux trésor se trouve ici. L'auteur prend plaisir à susciter la curiosité du lecteur. Il a inclus dans son livre les photos d'une grotte qu'il a découverte quelque part et qui contenait des crânes. Apparemment, leur excellent état de conservation était dû à l'absence d'air dans la grotte jusqu'à ce qu'il l'ouvre à coups de hache. S'agissait-il des crânes des hommes venus enterrer le trésor, qui s'étaient retrouvés ensevelis sous les débris d'une galerie effondrée ? Chacun sait que ce n'est qu'un jeu, mais bon, avant de se rendre compte de ce que l'on fait, on se retrouve une fois de plus à parcourir ces chemins rocailleux peu praticables et solitaires en se demandant où peut bien se cacher le trésor.

Quant à mon idée, elle vaut ce qu'elle vaut : je suis à présent convaincu que, dans l'inconscient collectif, cette légende séculaire de l'existence d'un trésor concerne les humbles possessions de la synagogue de Monieux, que Joshua Obadiah et David Todros voulaient mettre à l'abri. Autrement dit : quelques chandeliers de cuivre, peut-être quelques pièces d'argent, mais surtout : leurs rouleaux de la Torah, quelques tefillin et, comme dans la genizah du Caire, leur collection de documents qui ne pouvaient être détruits car ils contenaient le nom de Iahvé. Autrement dit : le plus grand trésor de Monieux, dont la découverte provoquerait sans doute notre stupéfaction, ne peut être qu'une genizah. Le mot genizah apparaît d'ailleurs déjà dans le livre d'Esther en hébreu dans le sens de « trésor ».

À mon avis, la collection de manuscrits de la genizah, celle de Monieux, n'est pas ici au fond de la gorge mais, à supposer qu'il en subsiste quoi que ce soit, au lieu-dit de la combe de Saint-André, dans un petit ravin latéral abrupt auquel on ne peut accéder sans équipement d'escalade professionnel. Cependant, peut-être pouvait-on y descendre à l'époque par une échelle de corde. On aperçoit là-bas dans la paroi rocheuse deux cavités superposées qui se prêtent parfaitement à la dissimulation d'objets et que l'on aurait pu rejoindre rapidement après s'être enfui de la synagogue par le Portalet, la tour de guet la plus haute située du côté juif du village.

Il n'est pas impensable que le vieux Joshua Obadiah ait écrit un compte rendu de cette catastrophe. Et que les documents écrits n'aient pas résisté aux caprices du climat, contrairement à ce qui s'est passé à Fustat. Il est aussi possible qu'il ait envoyé chercher les biens de la synagogue et que le tout se soit perdu à un autre moment, des siècles plus tard. On peut aussi supposer qu'il ne savait plus très bien où il avait enterré ces biens durant cette nuit infernale ; il avait dû courir pour sauver sa vie quand l'ours était sorti de la grotte. Il est presque inconcevable que l'on retrouve un jour quoi que ce soit.

Je décide de descendre vers la pente envahie de broussailles à l'extérieur du village, là où selon certains se situait l'ancien cimetière juif. Quelques vieilles pierres sont recouvertes de lierre, d'arum et de grateron. J'essaie péniblement de retourner plusieurs pierres. Est-ce que je distingue des traits d'une époque lointaine ou des signes estompés ? J'ai beau en avoir très envie, je ne vois aucune trace. S'il y a eu ici des pierres tombales juives, elles ont dû finir au bout de dix siècles par s'enfoncer à au moins un mètre et demi de profondeur sous l'humus qui, compte tenu de la déclivité, ne cesse de glisser. Le cimetière est lui-même enterré. La seule vague trace qui subsiste est un muret rectiligne et trois marches en pierre, enfouis parmi les feuilles sèches.

Sela. Fin du psaume.

*

Mais ce n'était pas la fin.

Parmi les ruines en haut du village, il y a un endroit où, plusieurs étés de suite, je me suis senti particulièrement heureux. C'est un petit pré d'herbe sèche, où l'écorce des branches mortes de cerisier s'effritait et tombait en tourbillonnant comme des flocons de neige noire dans le vent chaud estival, certains atterrissant dans mes cheveux et sur les feuilles du livre que j'étais en train de lire. Je passais là des après-midi entiers sans me douter de rien, à regarder la lumière se déplacer sur le plateau, j'entendais le croassement des corneilles se répercuter contre la paroi rocheuse au-dessus de moi et j'écoutais la musique sublime de Sébastien de Brossard : « *Ego sum pastor bonus* » – Dieu apaise les mourants et dit qu'Il est le bon berger.

Ce pré en hauteur se situe du côté sud du village médiéval où devait se trouver le quartier juif autrefois, pas tout à fait au-dessous du Portalet. Pour y arriver, il faut monter quelques marches très anciennes, des pierres qu'ont fini par déplacer au fil des siècles des plantes aromatiques coriaces. À côté de ces marches, on aperçoit encore l'arche romane d'une cave en partie enfouie. La maison correspondante devait être une vaste et remarquable construction, aux fondations épaisses et solides. Étant donné la présence d'un puits aussi profond à l'étage, auquel on accédait non par le sous-sol mais par en haut, j'en déduis qu'il devait s'agir d'un édifice très spécial. Les contours des fondations indiquent en outre que le bâtiment était plus grand qu'une maison particulière.

Une plaque de tôle ondulée est posée au-dessus du puits sombre. À travers une fente, je vois scintiller au fond une nappe d'eau foncée, fraîche. Je retire la plaque de tôle. À mon étonnement, j'aperçois non seulement le puits, mais aussi un petit siège primitif aménagé dans la vieille pierre. Le puits a vaguement la forme d'un huit ; visiblement, il peut contenir au moins un volume d'eau de cinq cents litres. Je comprends seulement à ce moment-là : c'est un bain juif, un mikvé pour le rituel de purification. J'ai besoin de m'asseoir pour me remettre. Est-ce que vraiment ce… ? Pour qu'un tel mikvé soit situé à l'étage, le bâtiment était forcément une synagogue. Ou en tout cas la maison du rabbin. Il y a même un escalier de quelques marches vers une nef latérale, plus haut. Peut-être la galerie des femmes. Cela signifie que l'endroit où j'ai passé des années à lire avec tant de bonheur est le lieu où Joshua Obadiah et David Todros se sont penchés au-dessus de leurs rouleaux. C'est le lieu où Hamoutal est descendue dans le bain rituel. C'est le lieu où l'épouvantable massacre s'est déroulé. Le petit pré paisible se remplit soudain de hurlements, de lamentations, d'imprécations, de meurtres et d'homicides, de désespoir et de sang. Je me tiens littéralement sur le lieu de leur passé. *Chéma Israël.* Ici, le lendemain du pogrom, Hamoutal, au désespoir, s'est effondrée à côté du corps mutilé de son mari. C'est le lieu où, les derniers jours de sa vie, folle et malheureuse, elle s'est cachée comme un animal et a pleuré pendant des nuits entières.

Incrédule et stupéfait, je regarde fixement ma découverte.

Je touche le bord du vieux puits. Je touche Hamoutal.

*

Il bruine au-dessus de la vallée au crépuscule. Sur les vieux pavés des ruelles en haut du village les escargots glissent lentement, plongés dans leur jeu amoureux onirique. Je fais attention où je pose mes pieds qui se tordent assez facilement. Je descends voir Andy Cosyn, en train de savourer son apéritif. Je lui annonce ma découverte : la preuve tangible de la présence d'une communauté juive à l'époque des croisades qui passaient par le sud, la clé de voûte dont avait encore besoin Norman Golb pour confirmer définitivement la thèse de Monieux. Andy extrait aussitôt de ses archives les vieux plans du village antérieurs à l'époque napoléonienne. Nous cherchons la parcelle : le bâtiment en question dans lequel se trouvait le mikvé s'avère être la seule maison de tout le village dotée d'un portail à l'arrière. Le portail derrière la synagogue.

Il donnait sur une étroite ruelle aujourd'hui disparue qui en décrivant une courbe contournait ce côté du village et débouchait au Portail Meunier au sud. Nous nous regardons : c'est par là que les hommes ont dû fuir avec les objets de leur synagogue.

3

Les villages méridionaux se dépeuplent. Peu à peu la cohésion sociale de l'ancienne communauté disparaît. Toute une génération s'éteint, les jeunes ne viennent pas en nombre suffisant pour la remplacer. Parfois, des jeunes mariés s'installent ici, mais au bout d'un an ils se sentent oppressés par l'isolement dû à la rigueur de la nature. Ils cherchent des lieux moins déserts. Même la vieille boulangère au parler franc a décidé, quand elle a pris sa retraite, d'aller vivre quelques villages plus loin, avec son mari Jean-Jacques, le boulanger dont le rire a retenti dans le village pendant des décennies, du matin au soir – le caquetage d'un canard géant. Alex, le plombier aux cheveux blancs, se dirige le dimanche en se plaignant de ses genoux en mauvais état vers la maisonnette de la douce Hélène, où tous deux s'enivrent doucettement. Il rêve de son pays d'origine, la Croatie, mais ne parvient plus à partir d'ici. Le couple Chanu resté sans enfant, Renée et Henri, les personnes les plus généreuses que j'aie rencontrées ; il passait ses journées à écouter de l'opéra et, quand il avait envie de se rendre utile, il réparait le doigt cassé de saint Roch dans l'église du village en le remplaçant par une brindille ou restaurait une autre statue ancienne de saint avec une patience infinie. Leur maison romantique aux grands rosiers est vide à présent depuis longtemps, les fissures dans la façade s'élargissent d'année en année. Un four de boulanger séculaire installé dans la vieille pièce se dégrade lentement ; il semble que le boulanger ait tiré son eau des caves sous ma maison. Le rocker irlandais près de la place du village en contrebas a vieilli. Il vit dans une pittoresque boutique avec sa femme, qui y vend ses petits tableaux de couleurs vives. Il a coupé court sa longue et fière crinière devenue grise. Ce printemps, il a découvert le petit pré de la synagogue et, sans se douter de rien, il y a retourné la terre pour y planter des pommes de terre. Il puise de l'eau dans le vieux mikvé, qui a été dégagé davantage ; quand je lui confie ma découverte, je lis dans ses yeux un certain scepticisme.

L'ancien facteur du village, un homme sympathique et espiègle qui a fêté ses quatre-vingts ans depuis un certain temps, s'enorgueillit de sa dernière conquête, une jeune femme qui n'a pas même la soixantaine, mais dites ! Il a un grand sourire irrésistible, mange seul le soir, un simple repas qu'il aime accompagner d'un petit verre de vin. À côté de sa maison s'entasse tout un fatras, un musée du bric-à-brac qu'il a mis au rancart. Le maire et propriétaire du restaurant local, qui regarde avec bienveillance les personnes bavardant sous les platanes de son agréable terrasse, a pris lui aussi quelques années et marche à présent un peu voûté.

Sur la place du village se dresse encore, impassible, une jeune femme représentant la Nesque qui, tenant une cruche dans sa main gracieuse, verse symboliquement l'eau de la rivière dans un bassin où nagent de petites brèmes. Il émane de cette femme de bronze pourtant sensuelle une jeunesse et un érotisme que soulignent ses vêtements sémillants adhérant à son joli corps et à ses cuisses bien faites. La statue a été réalisée sur commande du maire Léon Doux en 1905. Pendant la Seconde Guerre mondiale, elle est restée cachée des années dans une grotte car les Allemands réquisitionnaient tout le bronze pour leurs canons. Dès la fin de la guerre, La Nesque a été replacée triomphalement sur son socle. Cette belle déesse de la rivière pourrait être une jeune femme comme Hamoutal. Je la regarde longuement, puis j'observe la tête du griffon à ses pieds, qui crache l'eau dans le bassin. Des générations de femmes sont venues ici remplir leurs seaux pour la lessive et le ménage. Je fais demi-tour. La cloche de l'église sonne quatre heures. La vie semble s'écouler doucement, hors du temps.

Bientôt, plus des trois quarts de la population mondiale vivront regroupés dans des mégalopoles et des conglomérats. Cette forme d'habitat ancienne, poétique, disparaîtra peu à peu. Sans doute vivons-nous la fin d'une époque. L'époque des villages, qui a commencé en des temps immémoriaux et arrive désormais à son terme.

Au-dessus des branches est encore suspendue la masse rocheuse colossale qui s'est détachée il y a un millénaire et que soutiennent à peine les ruines des remparts médiévaux en lente décomposition. Nul ne semble encore croire qu'elle finira un jour par tomber. En m'approchant, après une montée abrupte, je constate pourtant qu'elle continue de glisser, imperceptiblement, doucement, millimètre par millimètre. En tout cas je vois la différence par rapport à vingt-deux ans auparavant, quand je suis venu ici la première fois. Peut-être attend-elle patiemment que le village se soit entièrement dépeuplé.

*

J'ai entendu dire que le mistral mourra comme un très vieil animal. Le changement climatique l'étouffera progressivement car le glacier du Mont-Blanc, qui refroidit le vent d'ouest et le renvoie, fond peu à peu. Les ciels bleu de glace, qui de mémoire d'homme sont apparus ainsi et rendaient déjà cette *Provincia* chère aux Romains, appartiendront peut-être un jour au passé. Mais cela se produit si lentement que j'aurai le temps de vieillir avec cette pensée mélancolique en tête.

Je me promène une fois encore en direction du hameau dépeuplé de Flaoussiers, quelques kilomètres plus loin. Cette petite vallée a quelque chose de mystérieux qui m'a toujours attiré. On y est abrité du vent, sauf lorsqu'il s'engouffre précisément dans le ravin durant quelques jours à chaque saison. On est alors presque obligé de se plaquer à terre pour échapper au froid cinglant. À présent le lieu est abandonné et paisible. Un couple de faucons décrit de petits cercles au-dessus des prés arides. Quelque part un chien attaché à une chaîne aboie ; les quelques champs de lavande juste au-dessus de la vallée sont gris après la récolte. Au loin s'élève, majestueux, le Géant de Provence, le mont Chauve, le Ventoux. Tout est désolé et très ancien. Un agneau égaré bêle.

Je quitte la petite vallée en direction des gorges de la Nesque. M'assois là où les os d'Hamoutal ont blanchi au soleil. On peut sentir le vide de l'Histoire, ici. Une sorte de paix descend sur moi, si énorme et silencieuse que je m'allonge moi aussi à cet endroit juste au bord du ravin.

Il existe encore ici de ces après-midi oniriques au cours desquels les lents nuages blancs évoquent de gigantesques dieux grecs assoupis qui, flottant à travers l'Élysée, nous donnent un aperçu du paradis. Je ressens de plus en plus le désir d'être enterré ici dans ce sol dur quand le moment sera venu. J'imagine qu'il me reste quelques années de répit puis je m'allongerai pour écouter le temps se déplacer, le bourdonnement des cyprès, le tintement de la cloche de l'église, le cri de la chouette et le gazouillis des guêpiers planant, extatiques, au-dessus de ma tombe, avec ce bleu intangible au-dessus de mes yeux devenus aveugles.

Le monde tourne, mais quand on retient un instant sa respiration, il s'immobilise.

Monieux, septembre 1994-juillet 2016

REMERCIEMENTS

Je tiens à remercier M. Ben Outhwaite, directeur de la Taylor-Schechter Genizah Research Unit, Cambridge University Library, et Mme Melonie Schmierer-Lee, Research Associate de la Genizah Research Unit, qui ont mis à ma disposition électroniquement les manuscrits concernés, ainsi que les membres de l'administration de la University Library et de la Manuscript Room.

Je remercie le professeur Norman Golb et son fils Raphaël Golb, qui m'ont fourni une traduction du document T-S 12.532 et m'ont accordé par ailleurs un grand soutien pour documenter la thèse de Monieux.

Je remercie Steve Krief, secrétaire de rédaction de la revue *L'Arche* à Paris, pour m'avoir procuré les articles difficiles à trouver de Norman Golb, publiés dans ladite revue.

Je remercie l'auteur égyptien Alaa Al Aswani pour la discussion éclairante sur le Caire actuel que nous avons eue dans un endroit très particulier de la ville.

Je remercie M. Raoul Bauer pour son soutien, ses informations et sa lecture critique du récit en prêtant attention aux précisions historiques ; il a été le premier à me signaler la thèse de Muño.

Je remercie tout particulièrement Andy Cosyn et Kurt Stegmaier, habitants de Monieux, qui ont été les premiers à porter à mon attention l'existence de l'article scientifique de Norman Golb. Je remercie Andy pour son soutien et ses informations, nos conversations et nos vagabondages parmi les rochers et les arbrisseaux, pour ses références et pour son livre *Le Trésor de Monieux*. Sa description du pogrom a stimulé mon imagination. Il a été le premier à qui j'ai confié ma découverte du mikvé.

Je remercie Mme Ruth Kinet pour notre conversation passionnante à Berlin et pour son aide afin de réunir les arguments en faveur de la thèse de Monieux, de même que M. Reuven Namdar, à New York, qui a posé un regard critique sur le manuscrit T-S 16.100.

Je remercie Mme Esther Voet pour ses corrections concernant les usages juifs et M. Leonard Ornstein, de la chaîne de télévision VPRO, qui m'a mis en contact avec elle.

Je remercie mes éditrices Suzanne Holtzer et Mariska Kleinhoonte van Os pour leur foi dans ce livre et leur suivi intensif ; je remercie également mon ancien éditeur Wil Hansen pour ses conseils.

Je remercie Jan Vanriet pour ses remarques et ses belles suggestions.

Je suis surtout reconnaissant à ma femme Sigrid, qui a vécu avec moi toute la diaspora et m'a aidé avec amour et dévouement à mener à son terme cette histoire – une histoire sur le lieu où, aujourd'hui encore, nous vivons nos plus heureux moments.

Pour finir, je remercie le vénérable colporteur juif du vieux Caire, qui m'a parlé de la synagogue et m'a donné un prospectus défraîchi, a écouté mon histoire en pleurs et n'a pas arrêté de crier dans mon dos tandis que je m'éloignais, car c'était un samedi : shabbat shalom.

DU MÊME AUTEUR

Aux Éditions Gallimard

GUERRE ET TÉRÉBENTHINE (Folio nº 6261)

LE CŒUR CONVERTI (Folio nº 6758)

Aux Éditions Le Castor Astral

ENTRE VILLES : HISTOIRES EN CHEMIN

LE PARADOXE DE FRANCESCO

Chez L'Arche Éditeur

L'ANGE DE LA MÉTAMORPHOSE : SUR L'ŒUVRE DE JAN FABRE

Chez Christian Bourgois Éditeur

COMME AU PREMIER JOUR

COLLECTION FOLIO

Dernières parutions

6814. Georges Rodenbach — *Bruges-la-Morte*
6815. Margaret Mitchell — *Autant en emporte le vent I*
6816. Margaret Mitchell — *Autant en emporte le vent II*
6817. George Eliot — *Felix Holt, le radical.* À paraître
6818. Goethe — *Les Années de voyage de Wilhelm Meister*
6819. Meryem Alaoui — *La vérité sort de la bouche du cheval*
6820. Unamuno — *Contes*
6821. Leïla Bouherrafa — *La dédicace.*
6822. Philippe Djian — *Les inéquitables*
6823. Carlos Fuentes — *La frontière de verre.* Roman en neuf récits
6824. Carlos Fuentes — *Les années avec Laura Díaz.* Nouvelle édition augmentée
6825. Paula Jacques — *Plutôt la fin du monde qu'une écorchure à mon doigt.*
6826. Pascal Quignard — *L'enfant d'Ingolstadt. Dernier royaume X*
6827. Raphaël Rupert — *Anatomie de l'amant de ma femme*
6828. Bernhard Schlink — *Olga*
6829. Marie Sizun — *Les sœurs aux yeux bleus*
6830. Graham Swift — *De l'Angleterre et des Anglais*
6831. Alexandre Dumas — *Le Comte de Monte-Cristo*
6832. Villon — *Œuvres complètes*
6833. Vénus Khoury-Ghata — *Marina Tsvétaïéva, mourir à Elabouga*
6834. Élisa Shua Dusapin — *Les billes du Pachinko*

6835. Yannick Haenel — *La solitude Caravage*
6836. Alexis Jenni — *Féroces infirmes*
6837. Isabelle Mayault — *Une longue nuit mexicaine*
6838. Scholastique Mukasonga — *Un si beau diplôme !*
6839. Jean d'Ormesson — *Et moi, je vis toujours*
6840. Orhan Pamuk — *La femme aux cheveux roux*
6841. Joseph Ponthus — *À la ligne. Feuillets d'usine*
6842. Ron Rash — *Un silence brutal*
6843. Ron Rash — *Serena*
6844. Bénédicte Belpois — *Suiza*
6845. Erri De Luca — *Le tour de l'oie*
6846. Arthur H — *Fugues*
6847. Francesca Melandri — *Tous, sauf moi*
6848. Eshkol Nevo — *Trois étages*
6849. Daniel Pennac — *Mon frère*
6850. Maria Pourchet — *Les impatients*
6851. Atiq Rahimi — *Les porteurs d'eau*
6852. Jean Rolin — *Crac*
6853. Dai Sijie — *L'Évangile selon Yong Sheng*
6854. Sawako Ariyoshi — *Le crépuscule de Shigezo*
6855. Alexandre Dumas — *Les Compagnons de Jéhu*
6856. Bertrand Belin — *Grands carnivores*
6857. Christian Bobin — *La nuit du cœur*
6858. Dave Eggers — *Les héros de la Frontière*
6859. Dave Eggers — *Le Capitaine et la Gloire*
6860. Emmanuelle Lambert — *Giono, furioso*
6861. Danièle Sallenave — *L'églantine et le muguet*
6862. Martin Winckler — *L'École des soignantes*
6863. Zéno Bianu — *Petit éloge du bleu*
6864. Collectif — *Anthologie de la littérature grecque. De Troie à Byzance*
6865. Italo Calvino — *Monsieur Palomar*
6866. Auguste de Villiers de l'Isle-Adam — *Histoires insolites*
6867. Tahar Ben Jelloun — *L'insomniaque*
6868. Dominique Bona — *Mes vies secrètes*
6869. Arnaud Cathrine — *J'entends des regards que vous croyez muets*

6870. Élisabeth Filhol *Doggerland*
6871. Lisa Halliday *Asymétrie*
6872. Bruno Le Maire *Paul. Une amitié*
6873. Nathalie Léger *La robe blanche*
6874. Gilles Leroy *Le diable emporte le fils rebelle*
6875. Jacques Ferrandez / Jean Giono *Le chant du monde*
6876. Kazuo Ishiguro *2 nouvelles musicales*
6877. Collectif *Fioretti. Légendes de saint François d'Assise*
6878. Herta Müller *La convocation*
6879. Giosuè Calaciura *Borgo Vecchio*
6880. Marc Dugain *Intérieur jour*
6881. Marc Dugain *Transparence*
6882. Elena Ferrante *Frantumaglia. L'écriture et ma vie*
6883. Lilia Hassaine *L'œil du paon*
6884. Jon McGregor *Réservoir 13*
6885. Caroline Lamarche *Nous sommes à la lisière*
6886. Isabelle Sorente *Le complexe de la sorcière*
6887. Karine Tuil *Les choses humaines*
6888. Ovide *Pénélope à Ulysse* et autres lettres d'amour de grandes héroïnes antiques
6889. Louis Pergaud *La tragique aventure de Goupil* et autres contes animaliers
6890. Rainer Maria Rilke *Notes sur la mélodie des choses* et autres textes
6891. George Orwell *Mil neuf cent quatre-vingt-quatre*
6892. Jacques Casanova *Histoire de ma vie*
6893. Santiago H. Amigorena *Le ghetto intérieur*
6894. Dominique Barbéris *Un dimanche à Ville-d'Avray*
6895. Alessandro Baricco *The Game*
6896. Joffrine Donnadieu *Une histoire de France*
6897. Marie Nimier *Les confidences*
6898. Sylvain Ouillon *Les jours*
6899. Ludmila Oulitskaïa *Médée et ses enfants*

6900. Antoine Wauters — *Pense aux pierres sous tes pas*
6901. Franz-Olivier Giesbert — *Le schmock*
6902. Élisée Reclus — *La source* et autres histoires d'un ruisseau
6903. Simone Weil — *Étude pour une déclaration des obligations envers l'être humain* et autres textes
6904. Aurélien Bellanger — *Le continent de la douceur*
6905. Jean-Philippe Blondel — *La grande escapade*
6906. Astrid Éliard — *La dernière fois que j'ai vu Adèle*
6907. Lian Hearn — *Shikanoko, livres I et II*
6908. Lian Hearn — *Shikanoko, livres III et IV*
6909. Roy Jacobsen — *Mer blanche*
6910. Luc Lang — *La tentation*
6911. Jean-Baptiste Naudet — *La blessure*
6912. Erik Orsenna — *Briser en nous la mer gelée*
6913. Sylvain Prudhomme — *Par les routes*
6914. Vincent Raynaud — *Au tournant de la nuit*
6915. Kazuki Sakuraba — *La légende des filles rouges*
6916. Philippe Sollers — *Désir*
6917. Charles Baudelaire — *De l'essence du rire* et autres textes
6918. Marguerite Duras — *Madame Dodin*
6919. Madame de Genlis — *Mademoiselle de Clermont*
6920. Collectif — *La Commune des écrivains. Paris, 1871 : vivre et écrire l'insurrection*
6921. Jonathan Coe — *Le cœur de l'Angleterre*
6922. Yoann Barbereau — *Dans les geôles de Sibérie*
6923. Raphaël Confiant — *Grand café Martinique*
6924. Jérôme Garcin — *Le dernier hiver du Cid*
6925. Arnaud de La Grange — *Le huitième soir*
6926. Javier Marías — *Berta Isla*
6927. Fiona Mozley — *Elmet*
6928. Philip Pullman — *La Belle Sauvage. La trilogie de la Poussière, I*

6929.	Jean-Christophe Rufin	*Les trois femmes du Consul. Les énigmes d'Aurel le Consul*
6930.	Collectif	*Haikus de printemps et d'été*
6931.	Épicure	*Lettre à Ménécée* et autres textes
6932.	Marcel Proust	*Le Mystérieux Correspondant* et autres nouvelles retrouvées
6933.	Nelly Alard	*La vie que tu t'étais imaginée*
6934.	Sophie Chauveau	*La fabrique des pervers*
6935.	Cecil Scott Forester	*L'heureux retour*
6936.	Cecil Scott Forester	*Un vaisseau de ligne*
6937.	Cecil Scott Forester	*Pavillon haut*
6938.	Pam Jenoff	*La parade des enfants perdus*
6939.	Maylis de Kerangal	*Ni fleurs ni couronnes* suivi de *Sous la cendre*
6940.	Michèle Lesbre	*Rendez-vous à Parme*
6941.	Akira Mizubayashi	*Âme brisée*
6942.	Arto Paasilinna	*Adam & Eve*
6943.	Leïla Slimani	*Le pays des autres*
6944.	Zadie Smith	*Indices*
6945.	Cesare Pavese	*La plage*
6946.	Rabindranath Tagore	*À quatre voix*
6947.	Jean de La Fontaine	*Les Amours de Psyché et de Cupidon* précédé d'*Adonis* et du *Songe de Vaux*
6948.	Bartabas	*D'un cheval l'autre*
6949.	Tonino Benacquista	*Toutes les histoires d'amour ont été racontées, sauf une*
6950.	François Cavanna	*Crève, Ducon !*
6951.	René Frégni	*Dernier arrêt avant l'automne*
6952.	Violaine Huisman	*Rose désert*
6953.	Alexandre Labruffe	*Chroniques d'une station-service*
6954.	Franck Maubert	*Avec Bacon*
6955.	Claire Messud	*Avant le bouleversement du monde*
6956.	Olivier Rolin	*Extérieur monde*
6957.	Karina Sainz Borgo	*La fille de l'Espagnole*
6958.	Julie Wolkenstein	*Et toujours en été*
6959.	James Fenimore Cooper	*Le Corsaire Rouge*

Tous les papiers utilisés pour les ouvrages des collections Folio sont certifiés et proviennent de forêts gérées durablement.

Composition Nord Compo
Impression Maury Imprimeur
45330 Malesherbes
le 18 janvier 2022
Dépôt légal : janvier 2022
1er dépôt légal dans la collection : janvier 2020
Numéro d'imprimeur : 260278

ISBN 978-2-07-87365-2 / Imprimé en France.

440155